21世纪高等职业教育特色精品课程规划教材
高等职业教育课程改革项目研究成果

计算机应用基础
实验指导及习题集

主编 杨 远 滕文惠
参编 彭 娟

北京理工大学出版社
BEIJING INSTITUTE OF TECHNOLOGY PRESS

图书在版编目（CIP）数据

计算机应用基础实验指导及习题集/杨远，滕文惠主编. —北京：北京理工大学出版社，2010.1（2011.1重印）

ISBN 978-7-5640-2499-4

Ⅰ. 计…　Ⅱ. ①杨…②滕…　Ⅲ. 电子计算机-高等学校-教学参考资料　Ⅳ. TP3

中国版本图书馆 CIP 数据核字（2009）第 117464 号

出版发行／北京理工大学出版社
社　　址／北京市海淀区中关村南大街 5 号
邮　　编／100081
电　　话／(010)68914775（办公室）　68944990（批销中心）　68911084（读者服务部）
网　　址／http：// www. bitpress. com. cn
经　　销／全国各地新华书店
印　　刷／保定市中画美凯印刷有限公司
开　　本／787 毫米×1092 毫米　1/16
印　　张／11
字　　数／252 千字
版　　次／2010 年 1 月第 1 版　　2011 年 1 月第 3 次印刷
印　　数／10001～12000 册
定　　价／22.00 元

责任校对／陈玉梅
责任印制／边心超

前　言

高职教育以培养技术应用型人才为根本任务，以适应社会需求为目标，以培养技术应用能力为主线，来设计学生的知识、能力和素质结构。为了适应我国高职、高专教育发展及教育改革和教材建设的需要，特地编写了本书来配合新版教材的使用。本书内容主要有：计算机基础知识，操作系统WindowsXP，中文 Office 2003套装软件（包括 Word 2003，Excel 2003，PowerPoint 2003 和 FrontPage 2003）的使用，多媒体技术基础和计算机网络基础。

本书是《计算机应用基础》的配套指导书。作者根据教育部最新文件精神，按照突出应用性、实践性的原则编写这套教材。本教材具有内容新颖、结构紧凑、层次清楚、图文并茂、题目涵盖知识点全面、题量充足并配有详细答案等特点，做到“触类旁通、举一反三”，让读者很快能掌握对软件的操作和使用。每章包括 3 个部分：实验环节、测试练习和参考答案。实验环节依据理论教材，先明确实验目的，提出实验内容，详解实验步骤。实验步骤详略得当、图文结合，学生完全可以根据步骤提示完成每个实验，使理论教学通过实验融会贯通；测试练习是供学生进行学习评价的，有选择题、填空题、简答题及操作题，命题参考了国家计算机等级考试、职业资格考试等考试命题的特点，具有一定的代表性。参考答案是学生进行总复习的实用资料，而且还为读者免费提供本教材的实验及操作题的电子素材，有需要的读者可以与编者联系。

参与本教材编写的作者都是长期工作在计算机教学、科研和实验室第一线的计算机专业教师和工作人员。他们在长期的教学和实践工作中积累了丰富的教学经验。本书由西安欧亚学院杨远、滕文惠主编，全书共分为八章。其中第一、第二章是由杨远编写，第三、第五、第六、第七章是由杨远、滕文惠编写，第四、第八章及综合模拟题是由杨远、彭娟编写，全书由杨远负责统稿。作者在编写此书时，结合多年的教学与实践经验，收集了大量最新资料，将理论教学与实践教学相结合，尽量做到层次分明，内容实用。北京理工大学出版社十分重视本书的出版工作，对本书的编审提出了许多建设性建议，编者在此表示衷心的感谢！

由于编者水平有限，书中难免有欠妥之处，恳请使用本书的师生、专家批评指正，以便下次再版时得以修正。

编　者

目　录

第一章　计算机基础知识……1
一、实验环节……1
实验 1　计算机的基本操作……1
实验 2　中文输入……1
二、试题精解……4
三、测试练习……7
四、参考答案……14
第二章　Windows 操作系统……16
一、实验环节……16
实验 1　Windows XP 基本操作……16
实验 2　Windows XP 文件系统及文件管理……21
实验 3　控制面板的应用……23
实验 4　压缩软件 WinRAR 的使用……26
二、测试练习……27
三、参考答案……33
第三章　文字处理软件 Word 2003……35
一、实验环节……35
实验 1　文档的编辑及格式设置……35
实验 2　表格的创建及编辑……39
实验 3　文档的高级排版……41
二、测试练习……46
三、参考答案……53
第四章　电子表格软件 Excel 2003……59
一、实验环节……59
实验 1　工作表的基本操作和格式化……59
实验 2　数据管理……63
实验 3　数据图表化……68
二、测试练习……73
三、参考答案……79
第五章　演示文稿制作软件 PowerPoint 2003……87
一、实验环节……87
实验 1　演示文稿的建立和编辑……87
实验 2　演示文稿的放映效果设置……90

二、测试练习……94
三、参考答案……99
第六章 多媒体技术基础……103
一、实验环节……103
实验 1 利用 Photoshop 制作特殊效果……103
实验 2 动画制作软件 Flash 的应用……108
二、测试练习……112
三、参考答案……115
第七章 计算机网络基础……116
一、实验环节……116
实验 1 利用 Internet Explorer 浏览 WWW 信息……116
实验 2 电子邮件的发送与接收……119
二、测试练习……121
三、参考答案……126
第八章 网页制作软件 FrontPage 2003……128
一、实验环节……128
实验 1 FrontPage 基本操作……128
实验 2 超链接与框架网页……134
二、测试练习……140
三、参考答案……144
综合模拟题一……148
综合模拟题二……152
综合模拟题三……156
综合模拟题四……160
综合模拟题五……164

第一章　计算机基础知识

一、实验环节

实验 1　计算机的基本操作

【实验目的】

1. 了解计算机的系统组成。

2. 掌握正确的开关机步骤。

【实验内容】

1. 熟悉计算机系统的构成。

2. 掌握微型计算机的硬件组成。

3. 掌握微型计算机（PC 机）正确的开机和关机的操作步骤。

【操作步骤】

1. 熟悉计算机的系统构成。

一个完整的计算机系统由硬件系统和软件系统两部分构成。硬件系统是构成计算机的各种物理实体的组合，软件系统是运行、维护、管理和应用计算机的所有程序和文档资料的总和。

2. 掌握微型计算机的硬件组成。

微型计算机硬件由主板、中央处理器（CPU）、总线、内存储器、外存储器、输入/输出设备、机箱、电源及其他辅助设备构成。结合实物，认识各个组成部分及其功能。

3. 掌握正确的微型计算机的开关机步骤。

微型计算机的启动方法有 3 种类型：冷启动、热启动和复位启动。

（1）冷启动：打开主机箱上的电源开关 Power 按钮。

（2）热启动：在键盘上同时按 Ctrl+Alt+Del 组合键。

（3）复位启动：按主机箱上的 Reset 按钮，此时关闭内存，启动后 CPU 重新调用内存。

实验 2　中文输入

【实验目的】

1. 正确了解键盘键位的分布和功能。

2. 熟练掌握一种英文和一种中文输入方法。

【实验内容】

1. 熟悉键盘键位分布和功能转换。

2. 练习中英文输入方法。

【操作步骤】

1. 熟悉键盘结构和功能。

键盘是微型计算机主要的输入设备，不同的键盘按键数不完全相同，有 104 键、105 键等，键盘上键位的排列按用途可分为：字符键区、功能键区、编辑键区和小键盘区。

（1）主键盘区。

- 字母键（A～Z）：分别按对应的键可显示 26 个字母。
- 数字键（0～9）：分别按对应的键可显示数字。
- 符号键（/、，、；、'、\等）：分别按这些符号键可显示各种符号。
- 空格键（Space）：主键区下方最长的键，按该键可产生空格字符。
- 大、小写字母转换键（Caps Lock）：按该键后，键盘右上角 Caps Lock 键指示灯变绿，此时可以输入字母的大写效果，再次按该键，又可以回到开始的小写状态。
- 上档键（Shift）：在英文输入法状态下，按住该键不放，再按字母键可输入大写字母；按住该键不放，再按双字符键，则可输入上一档的字符。
- 控制键（Ctrl）：常和其他键联用，组成快捷键，产生特殊的功能。如：Ctrl+C 组合键可用于复制操作。
- 转换键（Alt）：常和其他键联用，产生转换功能等。如：Alt+字母键可用于激活菜单。
- 回车键（Enter）：按该键一般可做确认或换行。
- 退格键（Backspace）：按该键可删除光标或插入点前面的一个字符。
- 制表键（Tab）：按该键可使光标或插入点右移一个制表位置。

（2）功能键区。

- 功能键（F1～F12）：不同软件对功能键的使用定义不相同。
- 取消键（Esc）：按该键一般可做取消或退出。
- Print Screen 键：在 Windows 中，按 Print Screen 键，可以将整个屏幕复制到剪贴板中；按 Alt+Print Screen 组合键，可以将当前窗口复制到剪贴板中。
- Pause Break 键：用于暂停执行程序和命令，按任意字符键后可再次执行。
- Scroll Lock 键：在显示长文件时用户暂停屏幕滚动。

（3）编辑键区。

编辑键区位于主键盘区和小键盘区之间，主要用于编辑文字。

- Insert：可做“插入”/“改写”状态的切换。
- Delete：按该键可删除当前光标处或插入点后的一个字符。
- Home：将光标移到行首。
- End：将光标移到行尾。
- Page Up：向上翻页。
- Page Down：向下翻页。
- →、←、↑、↓：用于使光标向箭头方向移动。

（4）小键盘区。

小键盘区位于键盘的右侧，既可作为数字键，又可作为功能键，具有双重功能。两种状态的转换是通过 Num Lock 键来控制的。由 Num Lock 指示灯指示。

- 当 Num Lock 灯亮时，该区处于数字键状态，可以输入数字和运算符。
- 当 Num Lock 灯灭时，该区处于编辑键状态，可用作光标的移动。

2. 在规定时间内，输入短文，样例如下。

样例一：

Bidding the lovely scenes at distance hail!
向远方的美景欢呼！

In the commencement of life, we set no bounds to our inclinations.nor to the unrestricted opportunities of grastifying them.we have as yet found no obstacle, no disposition to flag; and it seems that we can go on so forever.We look round in a new world, full of life, and motion, and ceaseless progress; and feel in ourselves all the vigour and spirit to keep pace with it, and do not foresee from any present symptoms how we shall be left behind in the natural course of things, decline into old age, and drop into the grave.It is the simplicity, and as it were abstractedness of our feelings in youth, that (so to speak) identifies us with nature, and (our experience being slight and our passions strong) deludes us into a belief of being immortal like it.Our short-lives connexion with existence we fondly flatter ourselves, is an indissoluble and lasting union-a honeymoon that knows neither coldness, jar, nor separation.As infants smile and sleep, we are rocked in the cradle of our wayward fancies, and lulled into security by the roar of the universe around uswe quaff the cup of life with eager haste without draining it, instead of which it only overflows the more-objects press around us, filling the mind with their magnitude and with the strong of desires that wait upon them, so that we have no room for the thoughts of death.

在这生活的开端，我们听任自己的志趣驰骋，放手给它们一切满足的机会。到此为止，我们还没有碰上过什么障碍，也没有感觉到什么疲惫，因此觉得还可以一直这样向前走去，直到永远。我们看到四周一派新天地——生机盎然，变动不居，日新月异；我们觉得自己活力充盈，精神饱满，可与宇宙并驾齐驱。而且，眼前也无任何迹象可以证明，在大自然的发展过程中，我们自己也会落伍，衰老，进入坟墓。由于年轻人天真单纯，可以说是茫然无知，因而将自己跟大自然划上等号；并且，由于经验少而感情盛，误以为自己也能和大自然一样永世长存。我们一厢情愿，痴心妄想，竟把自己在世上的暂时栖身，当作千古不变、万事长存的结合，好像没有冷淡、争执、离别的密月。像婴儿带着微笑入睡，我们躺在用自己编织成的摇篮里，让大千世界的万籁之声催哄我们安然入梦；我们急切切，兴冲冲地畅饮生命之杯，怎么也不会饮干，反而好像永远是满满欲溢；森罗万象纷至沓来，各种欲望随之而生，使我们腾不出工夫想死亡。

样例二：

If I were a Boy Again（如果我又回到了童年）
Anonymous/无名氏

If I were a boy again, I would practice perseverance more often, and never give up a thing because it was or inconvenient. If we want light, we must conquer darkness. Perseverance can sometimes equal genius in its results."There are only two creatures", syas a proverb, "who can surmount the pyramids — the eagle and the snail".

If I were a boy again, I would school myself into a habit of attention; I would let nothing come between me and the subject in hand. I would remember that a good skater never tries to skate in two directions at once. The habit of attention becomes part of our life, if we begain early enough. I often hear grown up people say "I could not fix my attention on the sermon or book, although I wished to do so", and the reason is, the habit was not formed in youth.

If I were to live my life over again, I would pay more attention to the cultivation of the memory. I would strengthen that faculty by every possible means, and on every possible occasion. It takes a little hard work at first to remember things accurately; but memory soon helps itself, and gives very little trouble. It only needs early cultivation to become a power.

假如我又回到了童年，我做事要更有毅力，决不因为事情艰难或者麻烦而撒手不干，我们要光明，就得征服黑暗。毅力在效果上有时能同天才相比。俗话说："能登上金字塔的生物，只有两种——鹰和蜗牛。"

假如我又回到了童年，我就要养成专心致志的习惯；有事在手，就决不让任何东西让我分心。我要牢记：优秀的滑冰手从不试图同时滑向两个不同的方向。

如果及早养成这种专心致志的习惯，它将成为我们生命的一部分。我常听成年人说："虽然我希望能集中注意听牧师讲道或读书，但往往做不到。"而原因就是年轻时没有养成这种习惯。

假如我现在能重新开始我的生命，我就要更注意记忆力的培养。我要采取一切可能的办法，并且在一切可能的场合，增强记忆力。要正确无误地记住一些东西，在开始阶段的确要作出一番小小的努力；但要不了多久，记忆力本身就会起作用，使记忆成为轻而易举的事，只需及早培养，记忆自会成为一种才能。

二、试题精解

1. 第一台电子计算机是1946年在美国研制成功的，该机的英文缩写名是（　　）。

A. ENIAC　　B. EDVAC　　C. EDSAC　　D. MARK-II

【解析】正确答案是A，现在比较公认的第一台电子计算机是美国的ENIAC，第一台存储程序的电子计算机是英国的EDSAC，第一台以商品形式被用户所适用的通用电子计算机是美国的UNIVAC。

2. 用MIPS衡量的计算机性能指标是（　　）。

A. 字长　　B. 运算速度　　C. 存储容量　　D. 传输速度

【解析】正确答案是B，MIPS是Million of Instructions Per Second的英文缩写，指的是计算机每秒执行指令的百万条数，用来衡量计算机的运算速度。

3. 若一台计算机的字长为4个字节，这意味着它（　　）。

A. 能处理的数值最大为4位十进制数9999

B. 能处理的字符串最多为4个英文字母组成

C. 在CPU中作为一个整体加以传送处理的代码为32位

D. 在 CPU 中运行的结果最大为 2 的 32 次方

【解析】正确答案是 C，字长指的是 CPU 能一次传输的二进制数据的位数，通常由若干个字节组成（一个字节等于 8 位二进制数），是计算机性能的重要指标。人们常说的 286 计算机是 16 位，486 是 32 位，Pentium4 是 64 位，指的都是它们的字长。

4. FTP 提供的服务是（　　）。

A. 上传和下载文件　B. 下载文件　C. 超文本传输　D. 简单邮件传输

【解析】正确答案是 A，FTP 是文件传输控制协议，提供的是文件上传和下载服务。HTTP 提供的是超文本传输服务，SMTP 提供的是简单邮件传输服务。

5. CAD 指的是计算机在哪个方面的应用（　　）。

A. 计算机辅助教学　B. 计算机辅助制造

C. 计算机辅助设计　D. 计算机辅助测试

【解析】正确答案是 C，CAD 是计算机辅助设计的英文缩写，CAM 是计算机辅助制造的英文缩写，CAI 是计算机辅助教学的英文缩写，CAT 是计算机辅助测试的英文缩写。

6. 冯・诺依曼为现代计算机的结构奠定了基础，他的主要设计思想是（　　）。

A. 程序存储　B. 数据存储　C. 虚拟存储　D. 采用电子元件

【解析】正确答案是 A，冯・诺依曼思想的三点原理是现代计算机的设计基础，主要包括：用二进制表示数据和指令；程序和数据存放在存储器中；硬件系统由运算器、控制器、存储器、输入和输出设备构成。而核心思想是程序的存储。

7. 计算机主存中，能用于存取信息的部件是（　　）。

A. 硬盘　B. 软盘　C. 只读存储器　D. RAM

【解析】正确答案是 D，主存也叫内存，包括随机存储器（RAM）和只读存储器（ROM）A 和 B 都属于外存，也叫辅存，C 是主存，但只能取（读），不能存（写）。

8. 通常所说的 24 针打印机属于（　　）。

A. 激光打印机　B. 击打式打印机　C. 喷墨式打印机　D. 热敏打印机

【解析】正确答案是 B，打印机分为：激光打印机、喷墨打印机和击打式（针式）打印机，24 针指的是用 24×24 的点阵输出一个汉字，是击打式打印机特有的输出方式。

9. 在微机的性能指标中，用户可用的内存容量通常是指（　　）。

A. RAM 的容量　B. ROM 的容量

C. RAM 和 ROM 的容量之和　D. CD-ROM 的容量

【解析】正确答案是 A，内存包括 RAM 和 ROM 两部分，但用户可用来随机写入和读出的是 RAM，所以用户可用的内存容量实际上指的是 RAM 的容量。

10. 存储器分为内存储器和外存储器两类，（　　）。

A. 它们中的数据均可被 CPU 直接调用

B. 其中只有外存储器中的数据可被 CPU 直接调用

C. 它们中的数据均不能被 CPU 直接调用

D. 其中只有内存储器中的数据可被 CPU 直接调用

【解析】正确答案是 D，存储器中的数据在被调用的过程中，首先是外存储器中的数据被调用到内存，然后 CPU 再从内存中调用该数据。所以只有内存中的数据才可以直接被 CPU 调用。

11. 下列有关存储器读写速度的排列，正确的是（　　）。

A. RAM>cache>硬盘>软盘　　B. cache>RAM>硬盘>软盘

C. cache>硬盘>RAM>软盘　　D. RAM>硬盘>cache>软盘

【解析】正确答案是 B，cache 也叫高速缓存，是存放在内存和 CPU 之间的一个用来协调内存和 CPU 读写速度不一致的设备，容量一般为 1 M 左右，读写速度最快；内存和外存相比，容量相对小，但读写速度快；在所给外存储器中，硬盘容量大，读写速度快，硬盘容量一般都在吉字节（GB）以上，而软盘的容量为 1.44 MB。

12. 存储器容量 1 GB、1 KB、1 MB 分别表示 2 的（　　）次方字节。

A. 10、20、30　　B. 30、10、20　　C. 20、30、10　　D. 30、20、10

【解析】正确答案是 B，容量的基本单位是字节（B），常用单位还有千字节（KB），兆字节（MB），千兆字节（GB），太字节（TB），它们之间的进制转换关系都是 2^{10}。

13. 微型计算机能处理的最小数据单位是（　　）。

A. ASCII 码字符　　B. 字节　　C. 字符串　　D. 二进制位

【解析】正确答案是 D，计算机内所有的数据和指令都是由二进制数构成，二进制位是容量的最小单位。

14. 目前计算机内常用的字符编码是（　　）。

A. 二进制　　B. 国标码　　C. 机内码　　D. ASCII 码

【解析】正确答案是 D，ASCII 码是美国信息交换标准代码，是目前计算机内常用的字符编码。

15. 下列四个字符中，ASCII 码值由大到小的排列顺序正确的是（　　）。

A. a＞8＞x＞y　　B. 8＞Y＞x＞A　　C. x＞a＞Y＞8　　D. Y＞x＞a＞8

【解析】正确答案是 C，从 ASCII 码表字符排列顺序中可以看出，数字 0～9 的 ASCII 值为 30 H～39 H，大写字母 A～Z 为 41 H～5 AH，小写字母 a～z 为 61 H～7 AH，其中 H 表示为十六进制数。所以基本顺序是：小写>大写>数字。

16. 一个汉字的国标码是 3 473 H，则该汉字的机内码是（　　）。

A. 5 493 H　　B. A4E3H　　C. B453H　　D. B4F3H

【解析】正确答案是 D，一个汉字的机内码=国标码+8 080 H，H 表示十六进制数。

17. 存储 400 个 24×24 点阵汉字的字模所需要的存储容量是（　　）。

A. 255 KB　　B. 75 KB　　C. 37.5 KB　　D. 28.125 KB

【解析】正确答案是 D，描述汉字点阵的一个点的信息，需要用一个二进制位来表示，一个 24×24 点阵汉字的字形所需要的二进制位为 24×24=576 b=72 B，所以存储 400 个该点阵汉字所需容量=24×24×400/8/1 024=28.125（KB）。

18. 下列四个无符号十进制数中，能用八位二进制表示的是（　　）。

A. 256　　B. 299　　C. 199　　D. 312

【解析】正确答案是 C，八位二进制数最大的为 11111111，转化为十进制数为 255，八位二进制数最小的为 00000000，转化为十进制数为 0，所以十进制数中 0～255 的数都可以用 8 位二进制数来表示。

19. 下列无符号整数中最大的数是（　　）。

A. 10100011 B　　B. A4H　　C. 237 O　　D. 160 D

【解析】正确答案是 B，方法是将四个数统一转换成十进制数，计算如下：

$$10100011\ B=1\times2^7+0\times2^6+1\times2^5+0\times2^4+0\times2^3+0\times2^2+1\times2^1+1\times2^0=163\ D$$

$$A4H=10\times16^1+4\times16^0=164\ D$$

$$237O=2\times8^2+3\times8^1+7\times8^0=128+24+7=159$$

20. 执行下列逻辑加运算（即逻辑或运算）10101010∨01001010 其结果是（　）。

A. 11110100　B. 11101010　C. 10001010　D. 11100000

【解析】正确答案是 B，逻辑加运算的规则是对应位逻辑值只要有一个为真（1）时，其结果就为真（1），不存在进位或借位。根据该规则，B 是正确的。同样，逻辑与运算规则是对应位逻辑值只要有一个为假（0）时，其结果就为假（0）。

21. 正确的 IP 地址是（　　）。

A. 202.202.1　B. 202.2.2.2.2　C. 202.112.111.1　D. 202.257.14.13

【解析】正确答案是 C，IP 地址的设置规则是：由 3 个实心点隔开的 4 个十进制数构成；每个十进制数都不大于 255。A 中只有 3 个十进制数，而 B 中有 5 个，D 中的 257 超过了 255，只有 C 是正确的。

三、测试练习

一、选择题

1. 二进制数运算 1110×1101 的结果是（　　）。

A. 10110110　B. 00110110　C. 01111110　D. 10011010

2. （　　）都属于计算机的低级语言。

A. 机器语言和高级语言　B. 机器语言和汇编语言

C. 汇编语言和高级语言　D. 高级语言和数据库语言

3. 下列四条叙述中，正确的一条是（　　）。

A. 假若 CPU 向外输出 20 位地址，则它能直接访问的存储空间可达 1 MB

B. PC 机在使用过程中突然断电，SRAM 中存储的信息不会丢失

C. PC 机在使用过程中突然断电，DRAM 中存储的信息不会丢失

D. 外存储器中的信息可以直接被 CPU 处理

4. “32 位机”中的 32 位表示的是一项技术指标，即为（　　）。

A. 字节　B. 容量　C. 字长　D. 速度

5. 网卡的主要功能不包括（　　）。

A. 将计算机连接到通信介质上　B. 进行电信号匹配

C. 实现数据传输　D. 网络互联

6. 将高级程序语言编写的源程序翻译成目标程序的程序称（　　）。

A. 连接程序　B. 编辑程序　C. 编译程序　D. 诊断维护程序

7. 微型计算机的主机由 CPU 和（　　）构成。

A. RAM　B. RAM、ROM 和硬盘

C. RAM 和 ROM　D. 硬盘和显示器

8. 以（　　）将网络划分为广域网（WAN）、城域网（MAN）和局域网（LAN）。

A. 接入的计算机多少　　B. 接入的计算机类型

C. 拓扑类型　　D. 地理范围

9. 3.5 英寸软盘片角上有一带滑块的小方口，当小方口被打开（能透光）时，其作用是使该盘片（　　）。

A. 只能读不能写　B. 能读也能写　C. 禁止读也禁止写　D. 能写但不能读

10. 计算机内部用于传送、存储、加工处理的数据或指令都是以（　　）形式进行的。

A. 十进制码　B. 二进制码　C. 八进制码　D. 十六进制码

11. 高级程序设计语言编写的程序称为（　　）。

A. 源程序　B. 应用程序　C. 用户程序　D. 实用程序

12. 8 位二进制位能表示的最大的无符号十进制整数为（　　）。

A. 128　B. 256　C. 255　D. 127

13. 十进制数 101 转换成二进制数是（　　）。

A. 01101001　B. 01100101　C. 0110011　D. 01100110

14. 汉字国标码（GB 2312—80）规定，每个汉字用（　　）。

A. 一个字节表示　B. 二个字节表示　C. 三个字节表示　D. 四个字节表示

15. 英文字母A的10进制ASCII码值为65，则英文字母Q的16进制ASCII码值为（　　）。

A. 51　B. 81　C. 73　D. 94

16. 汉字字库中存储的是汉字的（　　）。

A. 输入码　B. 字形码　C. 机内码　D. 区位码

17. 操作系统是（　　）。

A. 软件与硬件的接口　　B. 计算机与用户的接口

C. 主机与外设的接口　　D. 高级语言与机器语言的接口

18. 冯·诺依曼型体系结构的计算机包含的五大部件是（　　）。

A. 输入设备、运算器、控制器、存储器、输出设备

B. 输入 / 输出设备、运算器、控制器、内/外存储器、电源设备

C. 输入设备、中央处理器、只读存储器、随机存储器、输出设备

D. 键盘、主机、显示器、磁盘机、打印机

19. 1 GB 的准确数值是（　　）。

A. 1 024 KB　B. 1 024 MB　C. 1 024 Bytes　D. 1 024 Words

20. 十进制数 56 对应的二进制数是（　　）。

A. 00110111　B. 00111001　C. 00111000　D. 00111010

21. 断电后会丢失数据的存储器是（　　）。

A. ROM　B. RAM　C. 硬盘　D. 光盘

22. 调制解调器（Modem）的作用是（　　）。

A. 将计算机的数字信号转换成模拟信号

B. 将模拟信号转换成计算机的数字信号

C. 将计算机数字信号与模拟信号互相转换

D. 为了上网与接电话两不误

23. 1 MB 的准确数量是（　　）。

A. 1 024×1 024 Words　　B. 1 024×1 024 Bytes

C. 1 000×1 000 Bytes　　D. 1 000×1 000 Words

24. 3.5 英寸双面高密盘片的存储容量为（　　）。

A. 720 KB　　B. 1.2 MB　　C. 1.44 MB　　D. 2.8 MB

25. 下列存储器中，属于外部存储器的是（　　）。

A. ROM　　B. RAM　　C. cache　　D. 硬盘

26. 计算机网络的主要目标是实现（　　）。

A. 数据处理　　B. 文献检索

C. 资源共享和信息传输　　D. 信息传输

27. 已知字符 A 的 ASCII 码是 01000001 B，字符 D 的 ASCII 码是（　　）。

A. 01000011 B　　B. 01000100 B　　C. 01000010 B　　D. 01000111 B

28. 多媒体计算机处理的信息类型有（　　）。

A. 文字，数字，图形　　B. 文字，动画，图形，图像，音频，视频

C. 文字，数字，图形，图像　　D. 文字，图形，图像，动画

29. 十进制数 77 转换成二进制数是（　　）。

A. 1001011　　B. 1000110　　C. 1001101　　D. 1011001

30. 下列（　　）键不属于二态转换键。

A. Caps Lock　　B. Num Lock　　C. Del　　D. Ins

31. 微型计算机中，控制器的基本功能是（　　）。

A. 进行算术运算和逻辑运算　　B. 存储各种控制信息

C. 保持各种控制状态　　D. 控制机器各个部件协调一致地工作

32. 防止软盘感染病毒的有效方法是（　　）。

A. 机房定期药物消毒　　B. 加上写保护

C. 定期对软盘格式化　　D. 把有毒的盘销毁

33. 下列关于电子邮件的说法，正确的是（　　）。

A. 收件人必须有 E-mail 账号，发件人可以没有 E-mail 账号

B. 发件人必须有 E-mail 账号，收件人可以没有 E-mail 账号

C. 发件人和收件人均必须有 E-mail 账号

D. 发件人必须知道收件人的邮政编码

34. 超文本是指（　　）。

A. 该文本含有图像　　B. 该文本含有二进制字符

C. 该文本含有声音　　D. 该文本含有链接到其他文本的链接点

35. 英文缩写 CAM 的中文意思是（　　）。

A. 计算机辅助设计　　B. 计算机辅助制造

C. 计算机辅助教学　　D. 计算机辅助管理

36. WPS，Word 等文字处理软件属于（　　）。

A. 管理软件　　B. 网络软件　　C. 应用软件　　D. 系统软件

37. 与十进制数 291 等值的十六进制数为（　　）。

A. 123　　B. 213　　C. 231　　D. 132.

38. 通常一台计算机要接入互联网，应该安装的设备是（　　）。

A. 网络操作系统　　B. 调制解调器或网卡

C. 网络查询工具　　D. 浏览器

39. 下列叙述中，正确的一条是（　　）。

A. 用高级程序语言编写的程序称为源程序

B. 计算机能直接识别并执行用汇编语言编写的程序

C. 机器语言编写的程序执行效率最低

D. 不同型号的计算机具有相同的机器语言

40. 在一个非零无符号二进制整数之后去掉一个 0，则此数的值为原数的（　　）倍。

A. 4　　B. 2　　C. 1/2　　D. 1/4

41. 目前各部门广泛使用的人事档案管理、财务管理等软件，按计算机应用分类，应属于（　　）。

A. 实时控制　　B. 科学计算　　C. 计算机辅助工程　　D. 数据处理

42. 计算机软件系统是由哪两部分组成（　　）。

A. 网络软件、应用软件　　B. 操作系统、网络系统

C. 系统软件、应用软件　　D. 服务器端系统软件、客户端应用软件

43. 下列各存储器中，存取速度最快的是（　　）。

A. CD-ROM　　B. 内存储器　　C. 软盘　　D. 硬盘

44. 在外部设备中，扫描仪属于（　　）。

A. 输出设备　　B. 存储设备　　C. 输入设备　　D. 特殊设备

45. 计算机能直接识别的语言是（　　）。

A. 高级程序语言　　B. 汇编语言　　C. 机器语言　　D. BASIC 语言

46. 下列四条叙述中，正确的一条是（　　）。

A. 字节通常用英文字母 bit 来表示

B. 目前广泛使用的 Pentium 机其字长为 5 字节

C. 计算机存储器中将 8 个相邻的二进制位作为一个单位，这种单位称为字节

D. 微型计算机的字长并不一定是字节的倍数

47. 3.5 英寸 1.44 MB 软盘片格式化后具有（　　）个磁道。

A. 39　　B. 40　　C. 79　　D. 80

48. 电子计算机的发展已经历了四代，四代计算机的主要元件分别是（　　）。

A. 电子管、晶体管、集成电路、激光器件

B. 电子管、晶体管、集成电路、大规模集成电路

C. 晶体管、集成电路、激光器件、光介质

D. 电子管、数码管、集成电路、激光器件

49. 计算机系统软件中最核心的是（　　）。

A. 语文处理系统　　B. 操作系统　　C. 数据库管理系统　　D. 诊断程序

50. 正确的 IP 地址是（　　）。

A. 202.112.111.1　　B. 202.2.2.2.2　　C. 202.202.1　　D. 202.257.14.13

51. 显示器的主要技术指标之一是（　　）。

A. 分辨率　B. 亮度　C. 重量　D. 耗电量

52. 下列关于计算机病毒的说法中，正确的是（　　）。

A. 计算机病毒是一种有损计算机操作人员身体健康的生物病毒

B. 计算机病毒发作后，将造成计算机硬件永久性的物理损坏

C. 计算机病毒是一种通过自我复制进行传染的，破坏计算机程序和数据的小程序

D. 计算机病毒是一种有逻辑错误的程序

53. 微机的销售广告"P42.4 G/256 M/80 G"中的 2.4 G 是表示（　　）。

A. CPU 的运算速度为 2.4 GMIPS　B. CPU 为 Pentium4 的 2.4 代

C. CPU 的时钟主频为 2.4 GHz　D. CPU 与内存间的数据交换速率是 2.4 Gbps

54. 存储一个 48×48 点的汉字字形码需要的字节数是（　　）。

A. 384　B. 144　C. 256　D. 288

55. 假设 ISP 提供的邮件服务器为 bj163.com，用户名为 XUEJY 的正确电子邮件地址是（　　）。

A. XUEJY￥bj163.com　B. XUEJYbj163.com

C. XUEJY#bj163.com　D. XUEJY@bj163.com

56. 一个汉字的内码与它的国标码之间的差是（　　）。

A. 2 020 H　B. 4 040 H　C. 8 080 H　D. A0A0H

57. 与 Web 网站和 Web 页面密切相关的一个概念称"统一资源定位器"，它的英文缩写是（　　）。

A. UPS　B. USB　C. ULR　D. URL

58. 存储一个汉字的机内码需 2 个字节，其前后两个字节的最高位二进制值依次分别是（　　）。

A. 1 和 1　B. 1 和 0　C. 0 和 1　D. 0 和 0

59. 下列关于总线的说法，错误的是（　　）。

A. 总线是系统部件之间传递信息的公共通道

B. 总线有许多标准，如：ISA，AGP 总线等

C. 内部总线分为数据总线、地址总线、控制总线

D. 总线体现在硬件上就是计算机主板

60. 下列关于网络协议说法正确的是（　　）。

A. 网络使用者之间的口头协定

B. 通信协议是通信双方共同遵守的规则或约定

C. 所有网络都采用相同的通信协议

D. 两台计算机如果不使用同一种语言，则它们之间就不能通信

二、填空题

1. 第一台电子计算机诞生于________年，该机中文名全称是________。第一台存储程序的电子计算机是英国的________。

2. 冯・诺依曼为现代计算机的结构奠定了基础，他的主要设计思想是________。

3. 计算机的发展经历了________代，第四代计算机的主要物理器件是由________构成。

4. 计算机的发展方向为________、________、________、________。

5. 计算机最早应用于________，办公自动化属于计算机________方面的应用，天气预报属于________方面的应用，人机对弈属于________方面的应用。

6. 计算机按规模可分为________、________、________和________。按功能可分为________计算机和________计算机。

7. CAD，CAI，CAM 的中文含义分别是________、________和________。

8. 裸机是指________________________。

9. ________是用户和计算机的之间的接口。

10. 在计算机中，表示信息数据编码的最小单位是________，表示存储空间大小的最基本的单位是________。

11. 1 MB=________KB=________B。

12. 国际上通用的西文字符编码是________码。

13. 国家标准 GB 2312—80 方案中，共有汉字及字符________个，其中一级汉字________，二级汉字________。

14. 人们针对某一需要而为计算机编制的指令序列称为________。

15. 计算机硬件系统由主机和________组成，其中主机由________和________组成。

16. ________负责指挥和控制计算机各部分自动地、协调一致地进行工作。

17. 存储器分为________和________，磁带、磁盘、光盘属于________，RAM 属于________。

18. ________设备是人与计算机联系的接口，用户可以通过它与计算机交换信息。

19. 内存储器中每一个存储单元被赋予唯一的一个序号，该序号称为________。

20. 硬盘在工作时，应特别注意避免________。

21. 外存中的数据只有被调入________才能被 CPU 处理。

22. 根据软件的用途，计算机软件一般分为系统软件和________两大类。Windows XP 属于________软件，Office 属于________软件，电脑游戏输入________软件，汇编程序属于________软件。

23. 计算机的指令由________和________组成。

24. 计算机语言分为________、________和________，计算机能够直接识别和执行的语言是________。

25. 高级语言编写的程序称为________，该程序必须被转换成可执行的________程序，计算机才能执行。

26. 数字符号 0 的 ASCII 码十进制表示为 48，数字符号 9 的 ASCII 码十六进制表示为________。

27. 大写字母、小写字母和数字 3 种字符的 ASCII 码从小到大的排列顺序是________、________、________。

28. 在计算机内部用来进行汉字的存储、运算的编码是________。为了方便汉字的输入而制定的汉字编码是________。

29. 逻辑运算的三种基本运算是________、________和________。

30. 二进制数 1101.101 的十进制数表示形式是________。

31. 与十进制数 112.375 所对应的十六进制数是________。

32. 二进制数 10101 与 11101 的和为________。

33. 125 D=________B=________O=________H。

34. 11101111101 B=________H=________D。

35. 在 101001 B，52 O，2 BH，44 D 四种进制数中最小的是________。

36. 32 位微型计算机中的 32 指的是________。

37. ________是影响计算机运算速度的重要因素之一。其数值越高，运算速度越快。

38. ________是显示器的一个重要指标，它表示显示器屏幕上像素的数量。

39. 计算机运算速度的单位是________，其含义是指每秒钟百万条指令。

40. 根据传送信号的类型，外部总线分为________总线、________总线和________总线。

41. 内存储器分为随机存储器和________两大类。随机存储器又分为________和________。

42. 光盘一般分为________、________和________。CD 系列光盘的存储容量一般是________，DVD 光盘的存储容量一般为________。

43. cache 称为________，主要是解决 CPU 和内存速度不匹配的问题。

44. ________简称显卡，是微机与显示器之间的接口卡。

45. 扫描仪是计算机的一种________设备。打印机是________设备，分为________和________两种，激光打印机属于________。

46. 1.44 MB 软盘的所有磁道中，最外圈的磁道编号是________磁道。软盘加上写保护以后，对它可进行的操作是________。

47. CGA，EGA，VGA 是________的性能指标。

48. 存储 200 个 32×32 点阵的汉字信息需要________KB。

49. 人为编制的具有破坏能力的计算机程序称为________。

50. 计算机病毒一般具有以下特征：________、________、________、________、针对性、可触发性和衍生性。

三、简答题

1. 简述计算机的发展历程。

2. 简述计算机的主要应用领域。

3. 简述计算机的工作特点。

4. 简述计算机的分类标准和具体的分类方法。

5. 计算机内部为什么采用二进制数？

6. 什么是进位计数制？计算机中常用的进位计数制有哪些？

7. 简述字节、字、字长之间的关系。

8. 什么是计算机的原码、反码和补码？

9. 简述基本 ASCII 码和扩展 ASCII 码的区别。

10. 简述国标码、机内码的区别。

11. 简述冯·诺依曼“程序存储”原理的内容。

12. 简述计算机硬件系统和软件系统之间的关系。

13. 简述计算机硬件系统的组成及其功能。

14. 计算机软件系统分为系统软件和应用软件，列举常见的系统软件和应用软件。

15. 简述计算机语言的分类及其特点。
16. 简述计算机内存和外存的区别。
17. 内存分为哪两类？其特点是什么？
18. 什么是指令？什么是指令系统？什么是程序？
19. 简述计算机的基本工作原理。
20. 简述微型计算机的基本硬件配置。
21. 什么是总线？外部总线分为哪几类？
22. 简述计算机的主要技术指标。
23. 什么是计算机病毒？计算机病毒的特点是什么？
24. 简述计算机病毒的分类。
25. 如何防治计算机病毒的感染？

四、参考答案

一、选择题

1. A	2. B	3. A	4. C	5. D	6. C	7. C	8. D	9. A	10. B
11. A	12. C	13. B	14. B	15. A	16. B	17. B	18. A	19. B	20. C
21. B	22. C	23. B	24. C	25. D	26. C	27. B	28. B	29. C	30. C
31. D	32. B	33. C	34. D	35. B	36. C	37. A	38. B	39. A	40. C
41. D	42. C	43. B	44. C	45. C	46. C	47. D	48. B	49. B	50. A
51. A	52. C	53. C	54. D	55. D	56. C	57. D	58. A	59. C	60. B

二、填空题

1. 1946　电子数字积分计算机　EDSAC
2. 程序存储
3. 四　大规模/超大规模集成电路
4. 巨型化　微型化　网络化　智能化
5. 科学计算　数据及事务处理　科学计算　人工智能
6. 巨型机　大型机　小型机　微型机　专用　通用
7. 计算机辅助设计　计算机辅助教学　计算机辅助制造
8. 没有安装任何计算机软件的计算机
9. 操作系统
10. 位（bit）　字节（Byte）
11. 1 024　1 024×1 024
12. ASCII
13. 7 445　3 755　3 008
14. 程序
15. 外部设备　CPU　内存储器

16. 控制器
17. 内存储器　外存储器　外存　内存
18. 输入/输出设备
19. 内存单元地址
20. 振动
21. 内存
22. 应用　系统　应用　应用　系统
23. 操作码　地址码
24. 机器语言　汇编语言　高级语言　机器语言
25. 源程序　目标程序
26. 39
27. 数字　大写英文字母　小写英文字母
28. 机内码　输入码（外码）
29. 与　或　非
30. 13.625
31. 70.6
32. 110010
33. 1111101　175　7 D
34. 77 D　1917
35. 101001 B
36. 该微机的字长是 32 位
37. 主频（时钟频率）
38. 分辨率
39. MIPS
40. 数据　地址　控制
41. 只读存储器　静态随机存储器　动态随机存储器
42. 只读型光盘　可写型光盘　可擦写型光盘　650 MB　4.7 GB
43. 高速缓冲存储器
44. 显示适配卡
45. 输入　输出　击打式　非击打式　非击打式
46. 0　只能读，不能写
47. 显示器
48. 25
49. 计算机病毒
50. 传染性　隐蔽性　潜伏性　破坏性

三、简答题（略）

第二章　Windows 操作系统

一、实验环节

实验 1　Windows XP 基本操作

【实验目的】

1. 掌握中文 Windows XP 的启动方法。
2. 掌握鼠标的单击、双击、右击和拖动操作。
3. 掌握桌面图标的排列、添加、删除、重命名的操作。
4. 熟练掌握磁盘、文件、文件夹、回收站等资源的操作方法与选项设置。
5. 掌握设置任务栏的高度、位置及属性等相关操作。
6. 掌握退出 Windows XP 系统的方法。
7. 掌握窗口和对话框的基本操作。
8. 掌握运行应用程序的几种常用方法。
9. 掌握菜单的各种操作方法。

【实验内容】

1. 开机启动 Windows XP。
2. 鼠标的单击、双击、右击和拖动操作。
3. 桌面图标的排列、添加、删除、重命名的操作。
4. “我的电脑”、“回收站”窗口的相关操作。浏览“我的电脑”窗口中的内容；在“回收站”窗口中恢复误删除的文件（夹）；删除选定的文件（夹）；清空、设置回收站。
5. 任务栏的相关操作。调整任务栏的高度，改变任务栏的位置，设置任务栏的属性。
6. 退出 Windows XP 系统。
7. 窗口和对话框的操作。窗口的最大化、最小化、还原与关闭；移动窗口；滚动窗口内容；窗口的排列与切换。
8. 运行应用程序。利用“开始”菜单、“运行”对话框、程序的快捷方式运行应用程序。
9. 菜单的操作。利用鼠标、键盘操作菜单。

【实验步骤】

1. 开机启动 Windows XP。

（1）当计算机电源处在关闭状态时，先检查计算机的电源线是否已连好，再注意软驱中不要放入任何磁盘；然后按 Power 按钮开机（注意：先开外设，后开主机）。

（2）若为 Windows XP 设置了双启动，则计算机首先显示 Windows 2000（XP）的多重启动屏幕，此时可以先用方向键移动高亮度显示区到所需的操作系统（Windows XP），再按回车键。

2. 鼠标的单击、双击、右击和拖动操作。

（1）指向桌面上的“我的电脑”图标，显示提示信息。

（2）单击桌面上的“我的电脑”图标，该图标呈反色显示，表示该图标已被选中。

（3）双击桌面上的“我的电脑”图标，打开“我的电脑”窗口。

（4）将光标移至“我的电脑”窗口中的标题栏，然后按住鼠标左键不放并移动鼠标，窗口将随之移动。

（5）将光标移至“我的电脑”窗口右上角，单击“关闭”按钮，则关闭该窗口。

（6）将光标指向桌面上“我的电脑”图标，右击，则打开其快捷菜单。

3. 桌面图标的排列、添加、删除、重命名。

（1）桌面图标的排列。

在桌面空白处右击，打开桌面快捷菜单。从快捷菜单中选择“排列图标”命令，在弹出的级联菜单中有以下几个选项，可任选其一排列桌面图标。

- “名称”。
- “大小”。
- “类型”。
- “修改时间”。

（2）添加图标。

- 如图 2–1 所示，在桌面空白处右击，从弹出的快捷菜单中选择“新建”命令，再在其级联菜单中选择“文件夹”命令，则桌面上新增一个文件夹图标，将该文件夹名称框中的“新建文件夹”改为自己的姓名。
- 如图 2–2 所示，在桌面空白处右击，从弹出的快捷菜单中选择“新建”命令，再在其级联菜单中选择“文本文档”命令，则桌面上新增一个文本文件的图标，将该文件名称框中的“新建文本文档.TXT”改为“文字材料.TXT”。

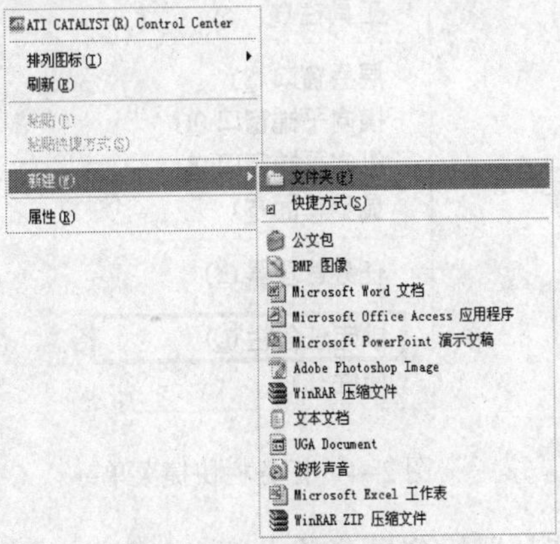

图 2–1　新建文件夹

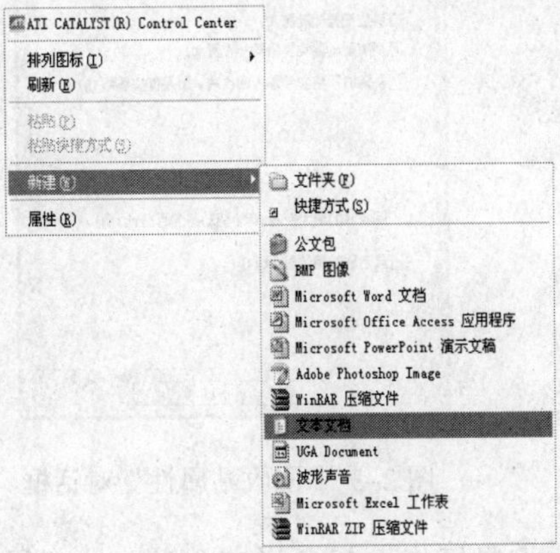

图 2–2　新建文本文档

（3）桌面图标的删除与重命名。

- 右击以自己姓名命名的文件夹图标，在快捷菜单中选择“删除”命令，在随后打开的对话框中单击“是”按钮。

- 右击“文字材料.TXT”文件图标，在快捷菜单中选择“重命名”命令，其名称框呈反色显示，输入“我的文件.TXT”，按回车键确认。

4.“我的电脑”与“回收站”窗口的相关操作。

（1）浏览“我的电脑”中的内容。

双击桌面上“我的电脑”图标，打开“我的电脑”窗口。双击“我的电脑”窗口中的 C 盘图标，进一步了解 C 盘中的文件和文件夹，浏览完毕，关闭打开的各个窗口回到桌面。

（2）在回收站恢复误删除的文件（夹）。

双击桌面上的“回收站”图标，打开“回收站”窗口，进行以下操作。

选择一个或多个已被删除到回收站的文件（夹）。右击，在快捷菜单中选择“还原”命令，使其恢复到原来的位置。

（3）在“回收站”窗口中删除文件（夹）、清空、设置回收站。

- 打开回收站，右击欲删除的文件（夹），在快捷菜单中选择“删除”命令，将其从回收站中删除。
- 打开回收站，选择“文件”菜单中的“清空回收站”命令，将回收站中的文件（夹）全部删除。
- 右击桌面上的“回收站”图标，从快捷菜单中选择“属性”命令，打开“回收站属性”对话框，如图 2–3 所示。可根据需要对其进行设置。

5. 调整任务栏的位置、高度以及设置任务栏的自动隐藏属性。

（1）调整任务栏的位置和高度（请在测试完后，将任务栏移回原来的位置）。

① 右击任务栏空白处，弹出快捷菜单，如图 2–4 所示，确保“锁定任务栏”命令未被选中。

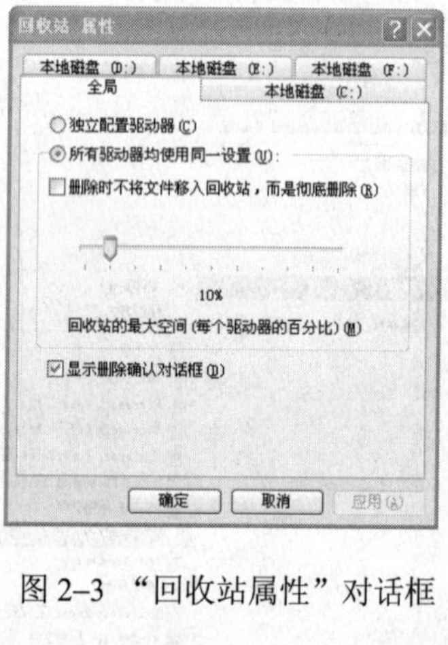

图 2–3 “回收站属性”对话框

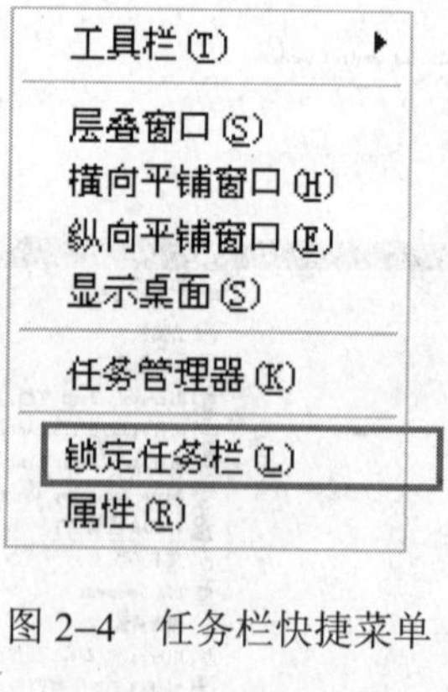

图 2–4 任务栏快捷菜单

② 将鼠标指向任务栏空白处，按下鼠标左键拖动鼠标到屏幕的上部、左侧、右侧，观察拖动后任务栏的位置变化。

③ 将鼠标移到任务栏的边缘，当指针变成双向箭头时按住鼠标左键拖动鼠标，观察任务栏高度的改变。

（2）设置任务栏的自动隐藏属性。

右击任务栏空白处，在其快捷菜单中选择“属性”命令，打开“任务栏属性”对话框，如图 2–5 所示。

选择“自动隐藏任务栏”复选框。单击“确定”按钮。当鼠标指向桌面下边缘时，任务栏将自动显示。

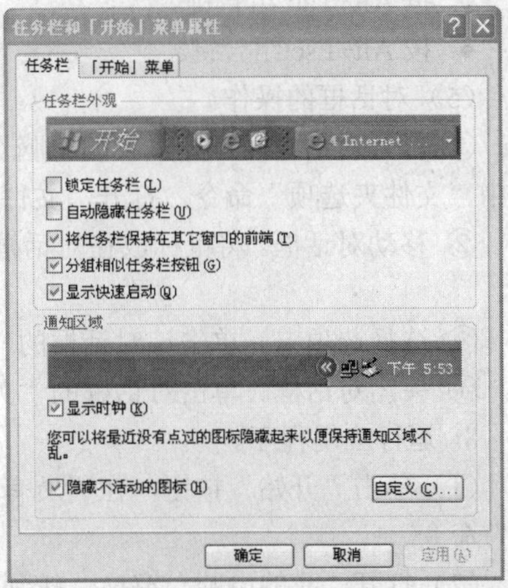

图 2–5 “任务栏和‘开始’菜单属性”对话框

6. 退出 Windows XP 系统。

（1）单击“开始”按钮，显示“开始”菜单。

（2）单击“关闭计算机”命令，弹出“关闭 Windows”对话框。

（3）在对话框中单击“关闭”按钮，关闭计算机。

7. 窗口的操作。

（1）窗口的最大化、最小化、还原与关闭。

① 双击桌面上的“我的电脑”图标，打开“我的电脑”窗口，然后再双击窗口中的“控制面板”图标，打开“控制面板”窗口。

② 单击“最小化”按钮，使窗口收缩成任务栏上的一个图标，单击任务栏上的“控制面板”图标，窗口就会还原成原来的大小。

③ 单击“最大化”按钮，将“控制面板”窗口放到最大，此时“最大化”按钮将被“还原”按钮所取代，单击“还原”按钮，使“控制面板”窗口恢复至原始状态。

④ 单击“关闭”按钮，则关闭“控制面板”窗口。

⑤ 打开“我的电脑”窗口，将鼠标定位到窗口的四个边框线上或四个角上，光标变成双向箭头时拖动鼠标，将“我的电脑”窗口的大小缩放成屏幕大小的四分之一。

（2）窗口的移动。

将光标定位于标题栏，然后按住鼠标左键拖动鼠标，将“我的电脑”窗口移动到屏幕的右下角。

（3）滚动窗口内容。

调整“我的电脑”窗口的大小，使之出现滚动条，单击垂直滚动条两端的、按钮，或水平滚动条两端的、按钮可滚动窗口内容。直接上下或左右拖动滑块，可以快速滚动窗口内容。

（4）窗口的排列与切换。

① 排列窗口。

打开“我的电脑”、“我的文档”、“控制面板”等多个窗口，右击任务栏空白处，在快捷菜单中选择以下方式的任意一种，可以实现窗口的排列。

- 层叠窗口。
- 横向平铺窗口。
- 纵向平铺窗口。

② 切换活动窗口。

- 依次单击任务栏上的图标。

- 按 Alt+Tab 组合键。
- 按 Alt+Esc 组合键。

（5）对话框的操作。

① 打开对话框。打开“我的电脑”中的 C 盘，选择 Windows 文件夹；选择“工具”菜单中“文件夹选项”命令，打开“文件夹选项”对话框。

② 移动对话框。将鼠标放在对话框的标题栏处，然后按住鼠标左键拖动鼠标可移动对话框。

③ 选择选项卡。单击该对话框的“查看”选项卡，则打开该选项卡。

④ 关闭对话框。单击对话框的“关闭”按钮或按“Esc”键，可关闭对话框。

8. 运行应用程序。

（1）单击“开始”按钮，在“所有程序”的级联菜单中的“附件”子菜单中选择“记事本”命令。

（2）打开“我的电脑”窗口，找到相应的程序图标，双击鼠标。

（3）打开“Windows 资源管理器”窗口，找到相应的程序图标，双击鼠标。

图 2–6 “运行”对话框

（4）单击“开始”按钮，打开“开始”菜单，单击“运行”命令，在如图 2–6 所示的“运行”对话框中输入 C：\windows\Notepad.exe，然后单击“确定”按钮。

（5）利用快捷方式。若桌面上有相应的快捷方式图标，则双击桌面快捷方式图标。

用上述方法运行下列应用程序：我的电脑、资源管理器、图画、Microsoft Word。

9. 菜单操作。

（1）菜单后面带有“…”的，执行此菜单命令会弹出一个对话框。

打开“写字板”窗口，选择“文件”菜单中的“另存为”命令，将弹出“另存为”对话框。

（2）菜单命令后面带有“▸”的，执行此菜单命令将会出现下一级子菜单。

打开“我的电脑”窗口，打开“查看”菜单。在其下拉菜单中指向“工具栏 ▸”，就会出现下一级子菜单。

（3）菜单命令前有“√”的为复选项。

打开“我的电脑”窗口，打开“查看”菜单。“状态栏”前有“√”，表明此项正发挥作用。单击该项，“√”消失，可以看见窗口底部的状态栏消失，表明该项无效。一组相关复选项命令中可同时选中多项。

（4）菜单命令前有“·”的为单选项。

打开“我的电脑”窗口，打开“查看”菜单。在“缩略图”、“平铺”、“图标”、“列表”、“详细信息”这一组相关选项中，“列表”前有“·”，表明此时该窗口正以列表的方式显示。若单击没有“·”的项，“·”就会移动到该项前，同时窗口中图标的显示方式也发生了变化。单击窗口空白处，则关闭菜单。单击“关闭”按钮，关闭“我的电脑”窗口。

【实验思考】

1. 尝试多种方法运行应用程序。

2. 尝试利用快捷键操作菜单命令。

实验 2　Windows XP 文件系统及文件管理

【实验目的】

1. 熟悉并掌握 Windows XP 的文件系统。

2. 掌握资源管理器的启动方法，并能够利用其浏览文件。

3. 掌握剪贴板的使用方法。

4. 熟练掌握在 Windows XP 资源管理器下，对文件（夹）的选择、新建、移动、复制、删除、重命名的操作方法。

5. 掌握磁盘格式化的操作方法。

【实验内容】

1. 启动资源管理器以及利用资源管理器浏览文件。

2. 在 D 盘的根目录中，创建"实验报告"文件夹，并在该文件夹中创建实验报告 1、实验报告 2、实验报告 3、实验报告 4、实验报告 5，5 个文本文件。

3. 练习多个文件（夹）的选择。

4. 将"D：\实验报告"文件夹复制到 C 盘、将"D：\实验报告"文件夹移动到桌面。

5. 删除桌面的"实验报告"文件夹。并在回收站中恢复该文件夹。

6. 将 C 盘中的"实验报告"文件夹重命名为"本学期试验报告"。

7. 在桌面上创建"本学期试验报告"文件夹的快捷方式。

8. 使用搜索命令，查找"本学期试验报告"文件夹，并将其复制到软盘中。

9. 利用剪贴板复制屏幕或窗口。

10. 格式化软盘。

【实验步骤】

1. 启动资源管理器以及利用资源管理器浏览文件。

（1）使用以下方法均可打开资源管理器窗口。

● 单击"开始"按钮，选择"所有程序"级联菜单中"附件"子菜单中的"Windows 资源管理器"命令。

● 右击"我的电脑"图标，在弹出的快捷菜单中选择"资源管理器"命令。

● 右击"开始"按钮，在弹出的快捷菜单中选择"资源管理器"命令。

打开的资源管理器窗口如图 2–7 所示。

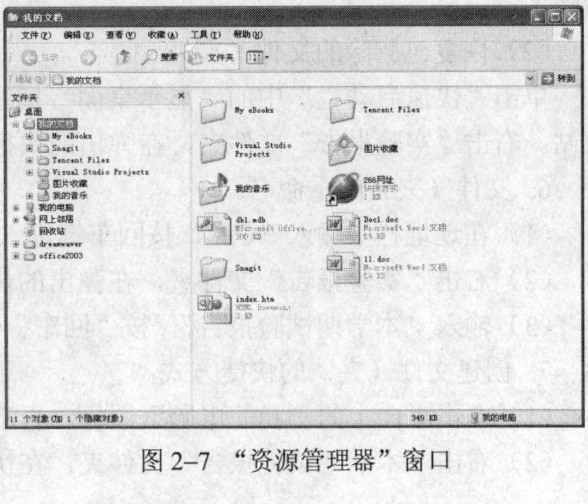

图 2–7 "资源管理器"窗口

（2）利用资源管理器浏览文件内容。

单击 C 盘左侧的"+"，展开"本地磁盘 C"，浏览 C 盘内容。打开"查看"菜单，分别选择"缩略图"、"平铺"、"图标"、"列表"、"详细信息"来改变文件的显示方式，并仔细观察其区别。拖动文件夹窗格与文件夹内容窗格之间的分界线，调整文件夹窗格的大小。

2. 创建文件（夹）。

（1）在“资源管理器”左侧的窗格中，选中D盘驱动器。

（2）单击“文件”菜单，选择“新建”级联菜单中的“文件夹”命令。

（3）在“资源管理器”右侧的窗格中会创建一个新的文件夹，并自动命名为“新建文件夹”，此时名称框呈反色显示，可直接输入“实验报告”，然后按“回车”键确认。

（4）双击“实验报告”文件夹进入，在“资源管理器”右侧窗格的空白处右击鼠标，选择“新建”级联菜单下的“文本文档”命令，并将新建文本文档命名为“实验报告1”。使用相同操作，分别创建实验报告2～5。

3. 文件（夹）的选择。

（1）同时选择实验报告1、实验报告3、实验报告5。

单击“实验报告1”，按住“Ctrl”键，再依次单击“实验报告3”、“实验报告5”，可选择不连续的文件。

（2）同时选择实验报告2、实验报告3、实验报告4、实验报告5。

单击“实验报告2”，按住“Shift”键，单击“实验报告5”，可选择连续的文件。

4. 文件（夹）的复制和移动。

（1）复制“实验报告”文件夹到C盘。

在地址栏中输入“D:”，按回车键进入D盘，选中“实验报告”文件夹。单击“编辑”菜单的“复制”命令或按“Ctrl+C”组合键。在地址栏中输入“C:”，按回车键进入C盘。单击“编辑”菜单的“粘贴”命令或按“Ctrl+V”组合键。

（2）移动“实验报告”文件夹的到桌面。

在地址栏中输入“D:”，按回车键进入D盘，选中“实验报告”文件夹。单击“编辑”菜单的“剪切”命令或按“Ctrl+X”组合键。单击地址栏右侧的下拉按钮，选择“桌面”，进入桌面。单击“编辑”菜单的“粘贴”命令或按“Ctrl+V”组合键。

5. 文件（夹）的删除和恢复

（1）删除文件（夹）。

选中桌面的“实验报告”文件夹，按“Del”键，在显示的“确认删除”对话框中单击“是”按钮。

（2）恢复已删除的文件（夹）。

单击“快速启动栏”中的“显示桌面”按钮，显示桌面。双击“回收站”图标，进入回收站。右击“实验报告”文件夹，在弹出的快捷菜单中选择“还原”命令。

6. 文件（夹）的重命名。

（1）在地址栏中输入“C:”，按回车键进入C盘。

（2）右击“实验报告”文件夹，在弹出的快捷菜单中选择“重命名”。

（3）输入“本学期试验报告”，按“回车”键。

7. 创建文件（夹）的快捷方式。

（1）双击桌面上的“我的电脑”图标，再双击“本地磁盘（C:）”图标。

（2）右击“本学期试验报告”文件夹，在快捷菜单中选择“发送到”级联菜单的“桌面快捷方式”命令。

（3）在桌面上将自动出现“快捷方式本学期试验报告”快捷图标。

8. 搜索文件（夹）

（1）单击“开始”按钮，选择“搜索”命令，出现“搜索结果”对话框。如图 2–8 所示。

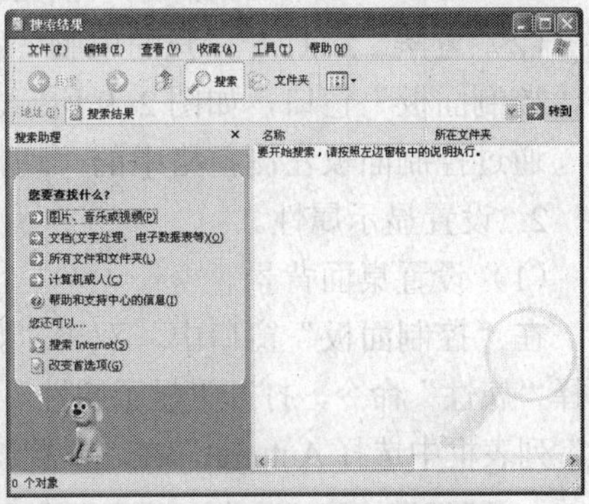

图 2–8 “搜索结果”对话框

（2）在左侧窗格中选择“所有文件和文件夹”选项。

（3）输入文件名“本学期试验报告”，单击“搜索”按钮。

（4）在搜索结果的名称栏目下，右击“本学期试验报告”文件夹，在弹出的快捷菜单中选择“发送到”级联菜单的“3.5 软盘（A）”命令，将其复制到软盘中。

9. 剪贴板的使用。

（1）整屏复制。

设计好要复制的屏幕，按“Print Screen”键，即可将屏幕内容复制到剪贴板中。打开“画图”程序，按“Ctrl+V”组合键，将剪贴板中的内容粘贴到工作区中。

（2）活动窗口的复制。

活动窗口的复制过程同整屏复制类似，按键为“Alt+Print Screen”组合键。

10. 格式化磁盘与磁盘复制。

（1）将要格式化的软盘插入到 A 驱动器中。

（2）打开“我的电脑”窗口，右击 A 盘图标，在弹出的快捷菜单中选择“格式化”命令，打开“格式化工具（A:）”对话框。

（3）设置磁盘容量、格式化类型及其他选项，单击“开始”按钮。

（4）格式化完毕，单击“关闭”按钮。

【实验思考】

1. 利用菜单及鼠标拖动的方法实现文件（夹）的移动与复制。

2. 尝试多种打开“资源管理器”的方法。

3. 考虑移动磁盘上删除的文件能否在回收站中还原。

实验 3　控制面板的应用

【实验目的】

1. 掌握控制面板的启动方法，并能够利用其进行系统设置。

2. 掌握显示属性的设置方法。

3. 掌握系统日期和时间的设置方法。

4. 掌握添加或删除程序的操作方法。

【实验内容】

1. 启动控制面板。

2. 设置桌面背景、屏幕保护程序等显示属性。

3. 设置系统日期和时间。

4. 添加或删除程序。

【实验步骤】

1. 打开控制面板。

（1）方法一：单击“开始”按钮，选择“控制面板”命令。

（2）方法二：打开“我的电脑”窗口，在窗口左侧的窗格中单击“控制面板”选项。打开“控制面板”窗口，如图 2–9 所示。

通过控制面板左侧窗格中的“切换到”选项，可以进行视图切换。

2. 设置显示属性。

（1）设置桌面背景。

在“控制面板”窗口中，双击“显示”图标，或右击桌面空白处，在弹出的快捷菜单中选择“属性”命令，打开“显示属性”对话框，如图 2–10 所示。打开“桌面”选项卡，在“背景”列表框中选择 Autumn，在“位置”下拉列表中选择“拉伸”选项，然后单击“应用”按钮。

图 2–9 “控制面板”窗口

图 2–10 “显示属性”对话框

（2）设置屏幕保护程序。

打开“屏幕保护程序”选项卡，在“屏幕保护程序”下拉列表框中选择“三维文字”。单击“设置”按钮，显示“三维文字设置”对话框，如图 2–11 所示。在“自定义文字”文本框中输入“欢迎光临！”，单击“确定”按钮，返回到“显示属性”对话框。将等待时间设置为 3 分钟，单击“确定”按钮。

3. 设置系统日期和时间。

（1）打开控制面板，双击“日期和时间”图标，打开“日期和时间属性”对话框。如图 2–12 所示。

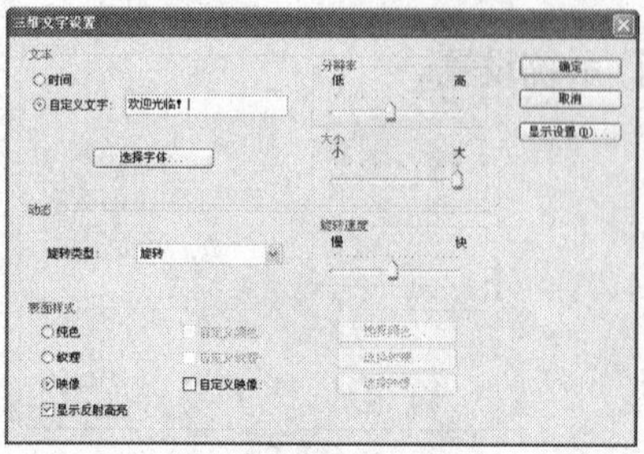

图 2–11 “三维文字设置”对话框

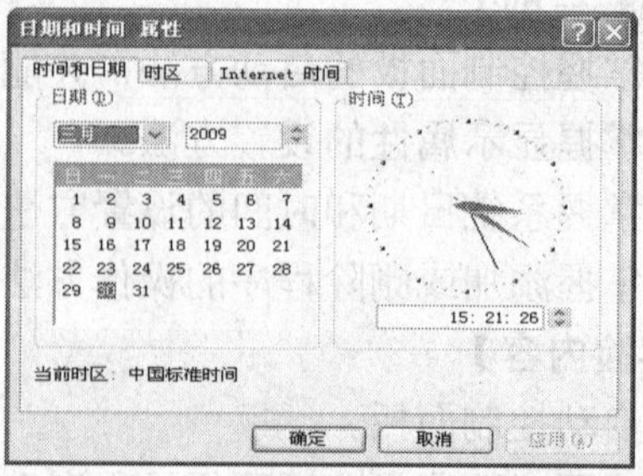

图 2–12 “日期和时间属性”对话框

（2）根据实际情况选定日期、时间后，单击“确定”按钮。

4. 在系统中添加一台 HP LaserJet 4 LC 打印机。

（1）在“控制面板”窗口中，双击“打印机和传真”图标，或单击“开始”按钮，选择“打印机和传真”命令，打开“打印机和传真”窗口，如图 2–13 所示。

（2）单击左侧“打印机任务”窗格中的“添加打印机”选项，打开如图 2–14 所示的“添加打印机向导”对话框。

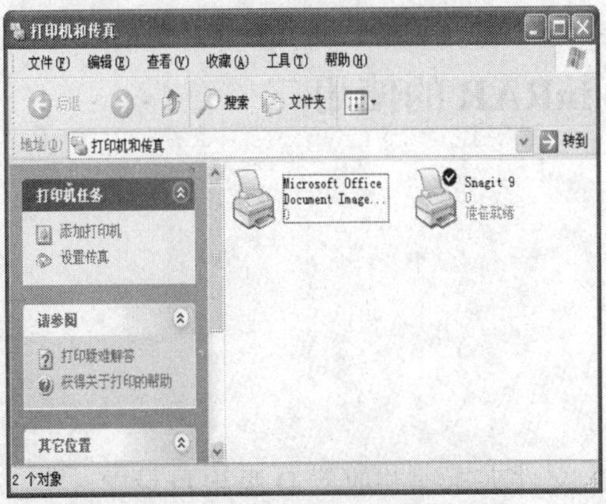

图 2–13 “打印机和传真”窗口

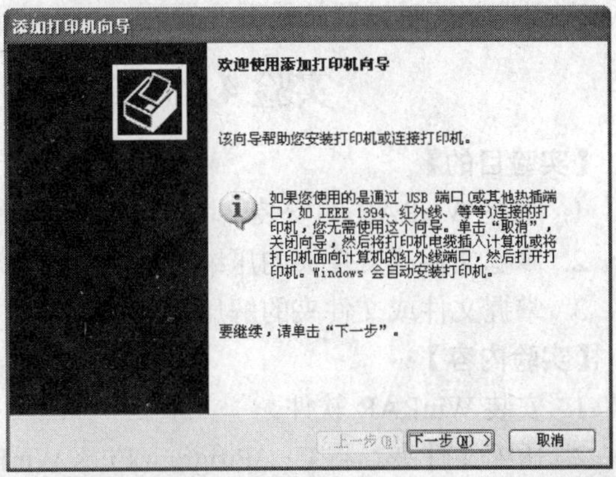

图 2–14 “添加打印机向导”对话框

（3）根据向导提示，单击“下一步”按钮，系统将向用户询问是安装本地打印机还是安装网络打印机，选择“本地打印机”，单击“下一步”按钮。

（4）选择“手动安装”，然后单击“下一步”按钮。

（5）选择 LPT1 端口，然后单击“下一步”按钮。

（6）从“制造商”列表框中选择 HP，从“打印机”列表框中选择 HP LaserJet 4 LC，单击“下一步”按钮。

（7）给打印机定义名称，然后在“是否希望将这台打印机设为默认打印机”中选择“是”选项。再次单击“下一步”按钮，系统提示“是否打印测试？”，选择“否”，再单击“下一步”按钮。

（8）对话框中显示的是有关打印机的设置信息。单击“完成”按钮，退出打印机安装向导后，在原“打印机和传真”窗口中增加了一个新的打印机图标。

5. 添加或删除程序。

打开“控制面板”，双击“添加或删除程序”图标，打开“添加或删除程序”对话框。如图 2–15 所示。

（1）安装程序。

将安装 CD 插入光驱，单击“添加或删除程序”对话框左侧的“添加新程序”按钮，然后在右侧单击“CD 或软盘”按钮，再按提示进行相应操作。

（2）卸载程序。

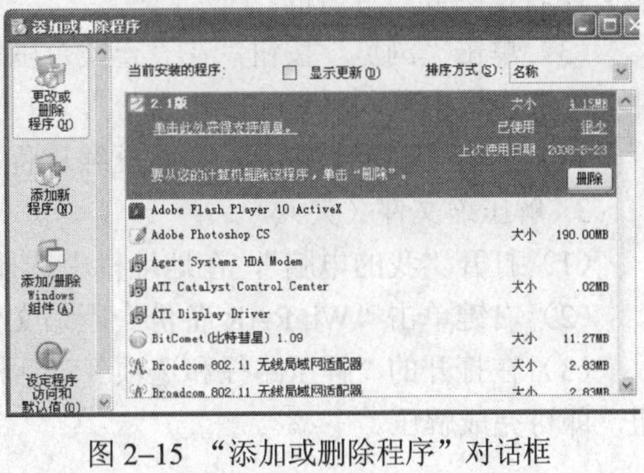

图 2–15 “添加或删除程序”对话框

单击“添加或删除程序”对话框左侧的“更改或删除程序”按钮，在右侧的“当前安装程序”列表中，选定要卸载的程序，单击“更改 / 删除”按钮。

（3）添加 / 删除 Windows 组件。

单击“添加 / 删除程序属性”对话框左侧的“添加 / 删除 Windows 组件”按钮，在右侧的列表中选择要添加的组件，单击“确定”按钮。

【实验思考】

利用控制面板设置其他系统属性。

实验 4　压缩软件 WinRAR 的使用

【实验目的】

1. 掌握 WinRAR 的安装。

2. 掌握文件或文件夹的压缩方法。

3. 掌握文件或文件夹的解压缩方法。

【实验内容】

1. 安装 WinRAR 软件。

2. 压缩文件夹。将 C：\Program Files\WinRAR 文件夹压缩并放入 D 盘根目录中。

3. 解压缩文件夹。将 D 盘根目录下的“WinRAR 备份”压缩文件解压到桌面。

【实验步骤】

1. WinRAR 的安装。

（1）先在 WinRAR 中文网站 http：//www.winrar.com.cn 下载 WinRAR 的安装程序到 C 盘 download 文件夹中。

（2）打开软件所在的文件夹（C：\download），找到安装文件 wrar351sc.exe。

（3）双击 wrar351sc.exe 文件图标，打开安装界面。

（4）单击“安装”按钮，根据提示进行安装。

安装完成后，显示“设置”窗口，在这里可以进行关联文件、界面和外壳整合等设置，设置完成后，单击“确定”按钮，再单击“完成”按钮，完成 WinRAR 的安装。

2. 压缩文件（夹）。

（1）打开“我的电脑”，进入 C：\Program Files 文件夹。

（2）右击 WinRAR 文件夹，在弹出的快捷菜单中选择“添加到压缩文件”命令，显示“压缩文件名和参数”对话框。

（3）单击“浏览”按钮，在“查找范围”下拉列表框中选择“本地磁盘（D:）”，在“文件名”文本框中输入“WinRAR 备份”，单击“打开”按钮。

（4）单击【确定】按钮，显示压缩进程，完成压缩后，自动退出。

3. 解压缩文件（夹）。

（1）打开“我的电脑”，在地址栏中选择“本地磁盘（D:）”。

（2）右键单击“WinRAR 备份”压缩文件，在打开的快捷菜单中选择“解压文件”。

（3）在打开的“解压路径和选项”对话框中，选择目标路径为“桌面”。单击“确定”按钮，即可完成解压。

【实验思考】

1. 使用菜单完成文件夹的压缩。

2. 为压缩文件添加密码。

二、测试练习

一、选择题

1. Windows XP 对显示器的要求是（　　）。

A. GGA　　B. EGA　　C. VGA 或 SVGA　　D. MDA

2. 下面哪一项不属于“关闭 Windows XP 系统”对话框中的内容（　　）。

A. 关闭计算机　　B. 重新启动计算机　　C. 注销　　D. 关闭硬盘

3. 在桌面上一些常用的图标中，可以浏览计算机中的内容的是（　　）。

A. 我的电脑　　B. 文件夹　　C. 回收站　　D. 网上邻居

4. 在 Windows XP 中，若要删除全拼输入法，应通过（　　）。

A. 面板的显示选项　　B. 控制面板中的“区域和语言”的图标

C. 面板的应用程序图标　　D. 我的电脑的属性

5. 以下四种汉字输入法中，（　　）不是中文 Windows XP 预装的输入法。

A. 智能 ABC 输入法　　B. 区位输入法

C. 郑码输入法　　D. 五笔字型输入法

6. Windows XP 中长文件名可有（　　）个字符。

A. 83　　B. 254　　C. 255　　D. 512

7. 在 Windows XP 中，移动窗口时，鼠标指针要停留在（　　）处拖动。

A. 菜单栏　　B. 标题栏　　C. 边框　　D. 状态栏

8. 在 Windows XP 下，下列（　　）不属于窗口的组成部分。

A. 标题栏　　B. 状态栏　　C. 菜单栏　　D. 对话框

9. 在 Windows XP 中，用户可以同时启动多个应用程序，在启动了多个应用程序后，用户可以按组合键（　　）在各应用程序之间进行切换。

A. Alt+Tab　　B. Alt+Shift　　C. Ctrl+Alt　　D. Ctrl+Esc

10. 在中文 Windows XP 中，用（　　）快捷键切换中英文输入法。

A. Ctrl+空格　　B. Alt+Shift　　C. Shift+空格　　D. Ctrl+Shift

11. 有关桌面正确的说法是（　　）。

A. 桌面的图标都不能移动　　B. 在桌面上不能打开文档和执行文件

C. 桌面上的图标不能排列　　D. 桌面上的图标能自动排列

12. 在 Windows XP 中，下列不能对任务栏进行的操作是（　　）。

A. 改变尺寸大小　　B. 移动位置　　C. 删除　　D. 隐藏

13. 单击 Windows XP 的“开始”按钮，在弹出的“开始”菜单中的（　　）将含有最新建立和使用过的文件。

A. 程序　　B. 运行　　C. 搜索　　D. 我最近的文档

14. 关于 Windows XP 回收站的描述中，（　　）是不正确的。

A. 回收站可以暂时保存从软盘或硬盘中删除的文件。

B. 可以通过设置回收站的属性，使用户在执行删除文件操作时，会立即清除文件，而不是将被删除的文件暂时存放在回收站中。

C. 用户可以在不打开回收站的情况下，清空回收站。

D. 在回收站窗口中，用户即可以将被删除的文件恢复到原来的文件夹中，也可以将其恢复到另外一个文件夹中。

15. 要更改显示属性，可用鼠标右键单击桌面空白处，在弹出的快捷菜单中选择“属性”命令，或者在（　　）中双击显示器图标。

A. 活动桌面　B. 控制面板　C. 任务栏　D. 打印机

16. Windows XP 部分附件工具没有安装，应执行（　　）。

A. 重装 Windows XP　B.“控制面板”中的“添加 Windows 组件”

C. 设置显示器　D.“控制面板”中的“添加或删除程序”

17. 资源管理器中文件夹图标前有“+”表示此文件夹（　　）。

A. 含有子文件夹　B. 不含有文件夹

C. 含有桌面上的应用程序图标　D. 含有文件

18. 在 Windows XP 中，一般来说浏览系统资源可通过“我的电脑”和（　　）来完成。

A. 公文包　B. 文件管理器　C. 资源管理器　D. 文件夹管理器

19. 在 Windows XP 中，资源管理器左侧窗格中不能显示（　　）。

A. 桌面　B. 文件　C. 网上邻居　D. 回收站

20. 如果使用拖动鼠标在同一个磁盘的文件夹中复制文件，拖动鼠标时可以按住（　　）键。

A. Shift　B. Ctrl　C. Ctrl+Shift　D. Ctrl+Alt

21. 在 Windows XP 资源管理器中，要查看文件的大小，属性以及包括多少文件等文件夹的信息，通常可选择（　　）菜单下的“属性”命令。

A. 文件　B. 编辑　C. 查看　D. 工具

22. Windows XP 中的剪贴板是（　　）。

A.“画图”的辅助工具　B. 存储图形或数据的物理空间

C.“写字板”的重要工具　D. 各种应用程序之间数据共享和交换的工具

23. 在 Windows XP 下，将整个屏幕的全部信息送至剪贴板的快捷键是（　　）。

A. Alt+Ins　B. Ctrl+Ins　C. Print Screen　D. Alt+Esc

24. 当屏幕的指针为沙漏加箭头时，表示 Windows XP 为（　　）。

A. 正在执行一项任务，不可执行其他任务

B. 正在执行打印任务

C. 正在执行一项任务，仍可执行其他任务

D. 没有执行任务

25. 在“资源管理器”中进行文件操作时，为了选择多个不连续的文件，必须首先按住（　　）键。

A. Alt　B. Ctrl　C. Shift　D. 空格

26. 一般情况下，Windows XP 中的“画图”应用程序以（　　）格式存储生成文件。

A. JPEG B. BMP C. GIF D. TIFE

27. 下面关于对话框叙述不正确的是（ ）。

A. 对话框可以移动 B. 对话框的大小可以改变

C. 对话框大小不能改变 D. 对话框不能最小化

28. Windows XP 中的窗口主要分为 3 类，下面（ ）不是 Windows XP 的窗口类型。

A. 应用程序窗口 B. 对话框 C. 文档窗口 D. 快捷菜单框

29. 在 Windows XP 的命令菜单中，菜单颜色为灰色的表示（ ）。

A. 该菜单命令当前停止使用 B. 该命令正在起作用

C. 选择该命令会弹出快捷菜单 D. 将弹出对话框

30. 下列关于屏幕保护程序正确的描述是（ ）。

A. 设置屏幕保护程序后就不能设置关闭监视器

B. 可以使用自设内容的游动字幕

C. 屏幕保护程序一旦启动，计算机为了节能就会同时关闭硬盘

D. 屏幕保护程序一旦启动，计算机为了节能就会同时关闭 CPU

31. 在 Windows XP 的菜单中，命令右边的括号里有带下划线的字母表示（ ）。

A. 该命令的快捷操作 B. 该命令正在起作用

C. 该命令当前不可选择 D. 打开菜单后选择该命令的快捷键

32. 在 Windows XP 中，操作具有（ ）的特点。

A. 先选择操作命令，再选择对象 B. 先选对象，再选择操作命令

C. 需同时选择操作命令和对象 D. 允许用户任意选择

33. 左下角有一个小箭头的图标表示的是（ ）。

A. 文档文件 B. 程序文件 C. 快捷方式 D. 文件夹

34. 当屏幕上显示多个窗口时，可以通过窗口（ ）栏的颜色来判断谁是当前窗口。

A. 菜单 B. 状态 C. 标题 D. 符号

35.“我的电脑”窗口中不可以隐藏的是（ ）。

A. 状态栏 B. 菜单栏 C. 工具栏 D. 地址栏

36. 在“画图”窗口中绘制正方形时，需先按住（ ）键。

A. Ctrl B. Ctrl+Shift C. Shift D. Alt+Shift

37. 在 Windows XP 资源管理器中，当打开一个文件夹时，右边的内容窗口会显示该文件夹中包含的内容，其显示方式有（ ）种。

A. 3 B. 5 C. 4 D. 6

38. 在 Windows XP 中，要将当前窗口的全部内容复制到剪贴板，应使用（ ）。

A. PrintScree B. Alt+PrintScreen C. Ctrl+PrintScreen D. Ctrl+P

39. 在 Windows XP 中，不能在桌面上创建应用程序的快捷方式的方法是（ ）。

A. 按住 Shift 键的同时，按住鼠标左键将应用程序拖放到桌面上

B. 按住鼠标右键将应用程序拖放到桌面上，释放右键后选择“在当前位置创建快捷方式”

C. 在应用程序上单击右键，选择“发送到桌面快捷方式”

D. 在桌面上单击右键，选择“新建”→“快捷方式”

40. 下列关于记事本程序说法错误的是（ ）。

A. 在记事本中录入文字时，不能自动换行

B. 记事本中可以进行页面设置

C. 记事本中可以设置字体格式

D. 记事本中可以进行“替换”操作

41. 下列关于画图工具不正确的描述是（　　）。

A. 可以对图像按垂直或水平方向翻转。

B. 可以对图像按任意角度旋转。

C. 可以对图像按自定义比例缩放。

D. 可以对图像按任意角度进行垂直或水平扭曲。

42. 在 Windows XP 中，有关创建文件夹的正确说法是（　　）。

A. 不能在桌面创建文件夹

B. 无法在软盘中创建文件夹

C. 无法在“资源管理器”窗口中新建文件夹

D. 在文档的“另存为”对话框中也可创建文件夹

43. 在 Windows XP 中，当选择好文件夹后，下面（　　）操作不能删除文件。

A. 在“文件”菜单中选择“删除”命令

B. 在键盘上按 Del 键

C. 用鼠标右键双击该文件夹

D. 用鼠标右键单击该文件夹，从打开的快捷菜单中选择“删除”命令

44. （　　）快捷键可以把剪贴板上的信息粘贴到画图程序窗口中。

A. Ctrl+Z　　B. Ctrl+X　　C. Ctrl+V　　D. Ctrl+C

45. 在下列操作中，（　　）快捷键能直接删除文件而不会把删除文件送入回收站。

A. Del　　B. Shift+Del　　C. Alt+Del　　D. Ctrl+Del

46. 在 Windows 的资源管理器窗口的左部，单击文件夹图标左侧的加号（+）后，屏幕上显示结果的变化是（　　）。

A. 窗口左部显示的该文件夹的下级文件夹消失

B. 窗口右部显示的该文件夹的下级文件夹消失

C. 该文件夹的下级文件夹显示在窗口右部

D. 该文件夹的下级文件夹显示在窗口左部

47. 在 Windows 环境中，屏幕上可以同时打开若干个窗口，它们的排列方式是（　　）。

A. 既可以平铺也可以层叠，由用户选择　　B. 只能平铺

C. 只能由系统决定，用户无法改变　　D. 只能层叠

48. 在 Windows XP 中使用“计算器”程序进行数制的转换运算时，应选择“查看”菜单中的（　　）命令。

A.“标准型”　　B.“统计型”　　C.“科学型”　　D.“高级型”

49. 在 Windows 中，在“写字板”中保存的文件，系统默认的文本扩展名是（　　）。

A. DOC　　B. TXT　　C. WPS　　D. RTF

50. 在“显示属性”对话框中，不可以（　　）。

A. 设置显示器屏幕的大小　　B. 设置菜单的字体

C. 设置桌面的背景　　　　　　　　D. 更改“我的电脑”图标

二、填空题

1. 操作系统的主要功能一般分为 5 大模块，分别是：________、________、________、________和________。

2. 关闭计算机时，必须关闭 Windows XP，应先单击________按钮再单击________，最后单击________按钮。

3. 每当打开一个程序、文档或窗口时，在________上都将出现一个与之对应的按钮，用户可以使用该按钮在已经打开的窗口间________。要关闭一个窗口可单击窗口右上角的________按钮或________单击任务栏上该窗口的按钮，在弹出的快捷菜单中单击________命令。

4. 要迅速地找到文件（夹），可以用________菜单中的________命令。

5. 在 Windows XP 中支持长文件名，文件名中最多可达________个字符。

6. 启动中文输入法，可同时按下________键和________键，要切换中文输入法可同时按下________键和________键。

7. 在“我的电脑”中，要复制文件，先找到该文件并单击选中它，然后单击“编辑”菜单中的________命令，再打开要放置文件的目标文件夹，单击________菜单中的________命令。

8. 要在桌面上创建文件（夹）的快捷方式，可用“我的电脑”或“资源管理器”找到该对象，按住鼠标________键将该对象拖到桌面上，释放鼠标，在弹出的快捷菜单中选择________命令即可。

9. 在 Windows XP 系统中，如果遇到不能解决的问题，可以查阅“帮助与支持中心”，最快捷的操作是直接按________键。

10. 将某程序的图标拖动到________程序组中，这样每次启动 Windows XP 时，该程序将自动启动。

11. 在 Windows XP 中，从硬盘上删除的文件暂时存放在________中，文件并没有真正从硬盘上删除；如果文件是从软盘里被删除的，则删除的文件________送入回收站。

12. 启动 Windows XP 后，出现在屏幕上的整个区域称为________。

13. 在 Windows XP 中要设置屏幕属性，可在________中双击________图标，也可用鼠标右键单击________，然后单击快捷菜单中的________命令。

14. Windows XP 的菜单选项若以灰色字符显示，则表明此菜单项在当前运行环境下________用；单选菜单每次能并且只能选一项，旁边带有________的表明此菜单选项已选定，此时正在________。

15. 在“我的电脑”或“资源管理器”中，要打开文档或程序，可________该文档或程序的图标。

16. 要设置“我的电脑”或“资源管理器”中文件和文件夹的显示顺序，可用________菜单中的________命令。

17. 在 Windows XP 的“资源管理器”中，要将磁盘中的某文件复制到另一文件夹中，可直接按住键盘的________键和鼠标________键将该文件拖动到目标文件夹。

18. 在 Windows XP 中，文件或文件夹的管理使用________结构。

19. Windows 桌面墙纸排列方式有________、平铺和拉伸。

20. 在 Windows XP 中，“剪贴板”是________上的一块区域。

21. Windows XP 是美国微软公司为个人计算机开发的基于________用户界面的操作系统。

22. 鼠标操作的常用方法有单击________、________、指向、和拖动。

23. 用 Windows XP 的“记事本”所创建文件的缺省扩展名是________。

24. 当某个程序不再响应用户的操作时，可以按________组合键，弹出“关闭程序”对话框，然后选择所要关闭的应用程序，单击“结束任务”按钮退出该应用程序。

25. 用鼠标拖动方式在不同驱动器实现移动功能时，可以按住________键实现。

26. 在 Windows XP 中，要将整个屏幕内容拷入剪贴板，应使用________键。

27. 桌面图标排列类型设置为________时，无法将图标拖到桌面任意位置。

28. 在 Windows XP 中，“磁盘碎片整理程序”属于________程序组。

29. 在 Windows XP 中，“开始”菜单上默认显示________个经常使用的程序。

30. 如果要查找所有扩展名为 ppt 的文件，需在“搜索”框中输入________。

三、简答题

1. 什么是操作系统？它在计算机中起什么作用？

2. 扼要说明操作系统有哪几项功能？

3. Windows XP 的主要功能和特点是什么？

4. Windows XP 基本运行环境是什么？安装过程是有几种安装类型可供用户选择？

5. 如何启动和退出 Windows XP？

6. Windows XP 桌面由哪几个部分组成？其功能是什么？

7. Windows XP 的窗口和对话框由哪几个部分组成？

8. 在 Windows XP 中运行应用程序有哪几种方式？常用的是什么方式？

9. 在 Windows XP 中有哪几种方法能够获得帮助信息？

10. Windows XP 的文件命名规则是什么？

11. Windows XP 中怎样打开“资源管理器”窗口？“资源管理器”窗口由哪几个部分组成？

12. 如何选择多个连续及不连续的文件？

13. 在 Windows XP 资源管理器中如何建立、删除、复制和移动文件（夹）？

14. Windows XP 中，“区域设置”可以对哪些内容进行设置？

15. 回收站有哪些功能？

四、操作题

1. 在 D：根目录下，建立一个名为 Test 的子文件夹，并将该文件夹设置为只读和隐藏属性。

2. 将系统中 calc.exe 文件重命名为“计算器.exe”，并复制到 D：\Test 文件夹下。

3. 在桌面为“附件”创建一个快捷方式，以便能迅速打开“附件”程序组。

4. 在“开始”菜单下新建程序组“我的工具箱”。

5. 为应用程序 C：\Program Files\Microsoft office\office\winword.exe 和 C：\Program Files\Microsoft office\office\excel.exe 各新建一个快捷方式“文字处理程序”和“电子表格处理程序”，放置在“开始”菜单下新建的程序组“我的工具箱”中。

6. 在 Windows XP 中，常用文件显示的文件名一般是不带扩展名的，请进行适当的操作，使得文件名在显示时带有扩展名，并显示出所有的隐藏文件。

7. 将 D：\素材\Windows\2–1.jpg 设置为桌面背景。

8. 将 Windows XP 的桌面主题更改为“浅蓝色水晶”。

9. 在计算机中安装一台 EPSON1600 K 打印机，安装过程采用默认选项。

10. 在地址栏中显示全路径。

11. 将任务栏设置为自动隐藏。

12. 设置系统时间的显示方式为：上午 HH：MM：SS。

13. 设置屏幕保护程序：三维文字，内容为系统时间。

14. 设置系统外观：将菜单中的文字字体设置为楷体、深蓝色。

15. 打开“控制面板”窗口，复制整个窗口，以“窗口复制.bmp”为文件名保存在 D：\Test 文件夹下。

三、参考答案

一、选择题

1. C	2. D	3. A	4. B	5. D	6. C	7. B	8. D	9. A	10. A
11. D	12. C	13. D	14. A	15. B	16. D	17. A	18. C	19. B	20. B
21. A	22. D	23. C	24. C	25. B	26. B	27. B	28. D	29. A	30. B
31. D	32. B	33. C	34. C	35. B	36. C	37. B	38. B	39. A	40. A
41. B	42. D	43. C	44. C	45. B	46. D	47. A	48. C	49. D	50. A

二、填空题

1. 处理器管理　存储器管理　设备管理　文件管理　作业管理
2. 开始　关闭计算机　关闭
3. 任务栏　切换　关闭　右　关闭
4. 开始　搜索
5. 255
6. Ctrl　空格　Ctrl　Shift
7. 复制　编辑　粘贴
8. 右键　在当前位置创建快捷方式
9. F1
10. 启动
11. 回收站 不
12. 桌面
13. 控制面板　显示　桌面空白处　属性
14. 不能　·　起作用
15. 双击
16. 查看　排列图标

17. Ctrl　左
18. 树形
19. 居中
20. 内存
21. 图形
22. 双击　右击
23. txt
24. Ctrl+Alt+Delete
25. Shift
26. PrintScreen
27. 自动排列
28. 系统工具
29. 6
30. *.ppt

三、简答题（略）

四、操作题（略）

第三章　文字处理软件 Word 2003

一、实验环节

实验 1　文档的编辑及格式设置

【实验目的】

1. 掌握文档的建立、保存与打开。
2. 掌握文本内容的选定与编辑。
3. 掌握文本的查找和替换。
4. 掌握文档的排版。

【实验内容】

新建文档。新建一个空白文档，输入以下内容。

【文档开始】

鱼类需要喝水吗?

由于淡水鱼类血液和体液的浓度高于周围的淡水，水分就从外界经过鱼鳃半渗透性薄膜的表皮，不断地渗透到鱼体内，因此，淡水鱼类不管体内是否需要水分，水总是不间断地渗透进去。所以淡水鱼类不仅不需要喝水，而且还经常不断地将体内多余的水分排除出去，否则，鱼体还有被胀裂的危险。

海洋里的鱼类品种繁多，不能一概而论。虽然，海水浓度高，但极大部分软骨鱼体内血液里，含有比海水浓度更高的尿素，因此，和淡水鱼一样，也不需要喝水。而生活在海洋里的硬骨鱼，则由于周围海水浓度高于体内的浓度，体内失水情况相当严重，需要及时补充水分，因此，海中的硬骨鱼是需要大口大口地喝水的。

【文档结尾】

1. 保存文档。以“素材.DOC”为文件名保存在 D 盘上，然后关闭文档。

2. 字符格式化。打开刚建立的文档，将标题字体设置为：华文彩云、四号字、红色，字符间距设置为加宽 6 磅、文字提升 6 磅、加着重号；将正文的字体设置为宋体、五号。

3. 查找与替换。将文档中的“淡水鱼”全部设置成蓝色、加粗、楷体。

4. 段落格式化。将标题设置为居中对齐；正文两端对齐并且每段首行缩进 2 个字符。将全文各段（包含标题），段前间距设置为 0.3 行，段后间距设置为 0.2 行；行间距设置为固定值 20 磅。

【实验步骤】

1. 新建文档。

（1）选择“文件”菜单中的“新建”命令，显示“新建”任务窗格，如图 3–1 所示。

（2）单击任务窗格上的“空白文档”选项，新建一个空白文档。

（3）输入文件内容。

2. 保存文档。

（1）选择“文件”菜单中的“保存”命令，打开“另存为”对话框，如图 3–2 所示。在“保存位置”下拉列表框中选择本地磁盘（D：）。在“文件名”下拉列表框中输入“素材”。在“保存类型”下拉列表框中选择文档要保存的格式，默认为 Word 文档类型，文件的扩展名为.DOC。

（2）单击“保存”按钮，保存该文档。

（3）选择“文件”菜单中的“关闭”命令关闭此文档。

图 3–1 “新建文档”任务窗格

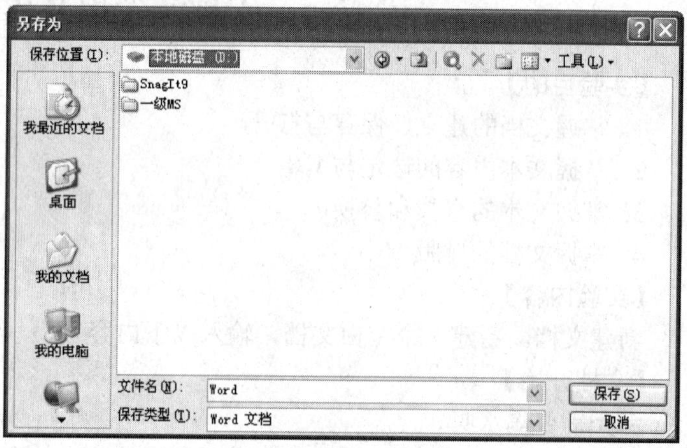

图 3–2 “另存为”对话框

3. 字符格式化。

（1）选择“文件”菜单中的“打开”命令。打开如图 3–3 所示的“打开”对话框。打开 D 盘的“素材.Doc”Word 文档。

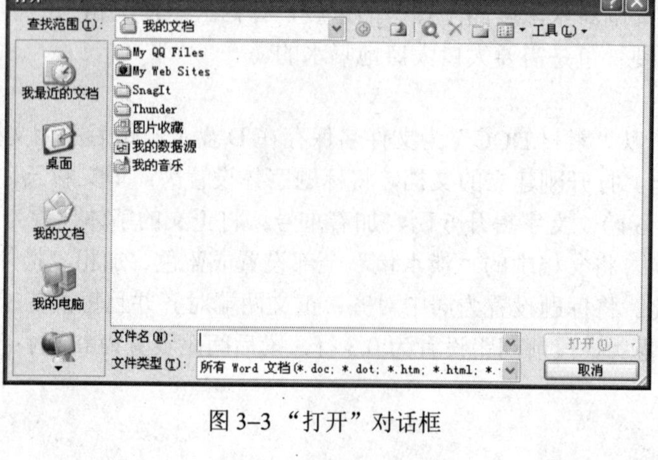

图 3–3 “打开”对话框

（2）选定标题行，选择“格式”菜单中的“字体”命令，打开“字体”对话框。打开“字体”选项卡，如图 3–4 所示。

在“中文字体”下拉列表框中选择“华文彩云”。在“字号”下拉列表框中选择“四号”。在“所有文字”区域的“字体颜色”下拉列表框中选择“红色”，在“着重号”下拉列表框中选择“着重号”。

（3）在此对话框中打开“字符间距”选项卡，如图 3–5 所示。

在“间距”下拉列表框中选择“加宽”，在“磅值”数值框中输入 6。在“位置”下拉列表框中选择“提升”，在“磅值”数值框中输入 6。

（4）选定除标题以外的正文，利用“格式”工具栏进行格式设置，如图 3–6 所示。

在“格式”工具栏的“字体”下拉列表框中选择“宋体”。在“格式”工具栏的“字号”下拉列表框中选择“五号”。

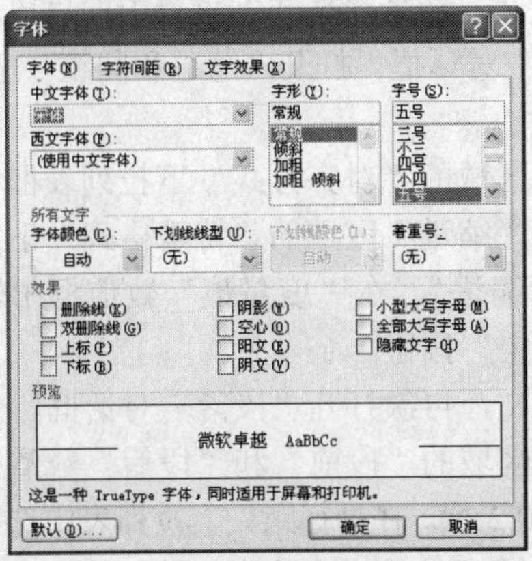

图 3–4 “字体”选项卡

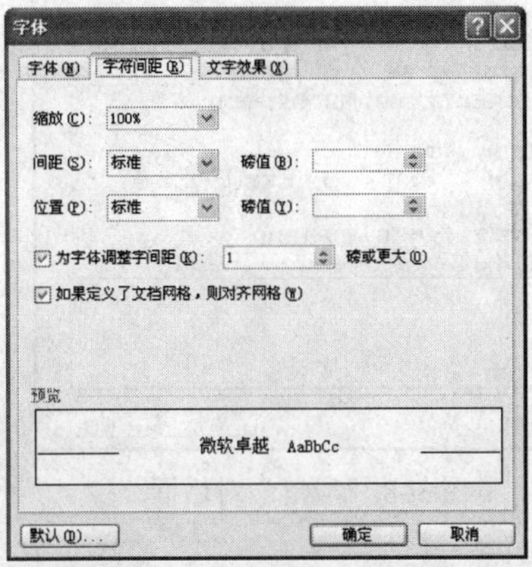

图 3–5 “字间距”选项卡

图 3–6 “格式”工具栏

4. 查找与替换。

（1）选择“编辑”菜单中的“替换”命令，打开“查找和替换”对话框。单击“高级”按钮，将此对话框展开，如图 3–7 所示。

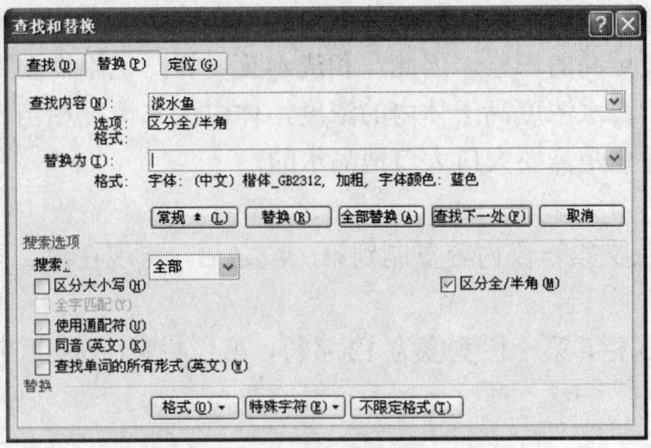

图 3–7 “查找和替换”对话框

在“查找内容”下拉列表框中，输入“淡水鱼”。在“替换为”下拉列表框中单击鼠标，定位插入点。单击“格式”按钮，选择“字体”命令，在打开的对话框中选择“字体”选项卡。在“中文字体”下拉列表框中选择“楷体”。在“字形”列表框中选择“加粗”。在“所有文字”区域的“字体颜色”下拉列表框中选择“蓝色”。单击“确定”按钮，返回到“查找和替换”对话框。

（2）单击“全部替换”按钮即可完成替换。

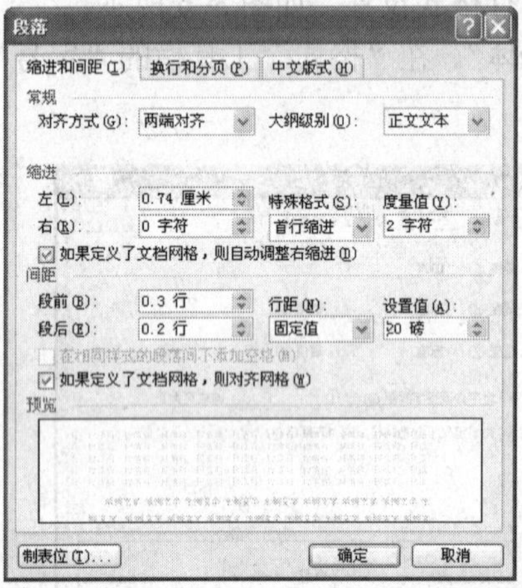

图 3–8 “段落”对话框

5. 段落格式化。

（1）选定标题，单击“格式”工具栏的“居中”按钮。

（2）选定正文，选择“格式”菜单中的“段落”命令，打开“段落”对话框。打开“缩进和间距”选项卡，如图 3–8 所示。

在“常规”区域的“对齐方式”下拉列表框中选择“两端对齐”。在“缩进”区域的“特殊格式”下拉列表框中选择“首行缩进”，在“度量值”数值框中输入 2 字符。单击“确定”按钮。

（3）选定全文，再次打开“段落”对话框。

在“间距”区域的“段前”和“段后”数值框中分别输入 0.3 行和 0.2 行。在“行距”下拉列表中选择“固定值”，在“设置值”微调框中输入“20 磅”。设置完成后，单击“确定”按钮。

6. 上述操作完成，文档效果如下。保存文档，完成本次实验。

【实验结果与结论】

鱼 类 需 要 喝 水 吗 ？

由于**淡水鱼**类血液和体液的浓度高于周围的淡水，水分就从外界经过鱼鳃半渗透性薄膜的表皮，不断地渗透到鱼体内，因此，**淡水鱼**类不管体内是否需要水分，水总是不间断地渗透进去。所以**淡水鱼**类不仅不需要喝水，而且还经常不断地将体内多余的水分排除出去，否则，鱼体还有被胀裂的危险。

海洋里的鱼类品种繁多，不能一概而论。虽然，海水浓度高，但极大部分软骨鱼体内血液里，含有比海水浓度更高的尿素，因此，和**淡水鱼**一样，也不需要喝水。而生活在海洋里的硬骨鱼，则由于周围海水浓度高于体内的浓度，体内失水情况相当严重，需要及时补充水分，因此，海中的硬骨鱼是需要大口大口地喝水的。

【实验思考】

1. 将原始输入的正文第一段内容复制到第二段之后，将现在第二段设置成首字下沉，下沉行数为 2 行。

2. 将第二段分成 3 栏，第一栏宽度为 12 字符，第二栏宽度为 11 字符，第三栏宽度为 13 字符。

实验 2 表格的创建及编辑

【实验目的】

1. 掌握表格的创建。
2. 掌握表格的编辑。
3. 掌握表格的格式化。
4. 掌握表格中的数据处理。

【实验内容】

1. 新建一个空白文档。

2. 输入表格标题并格式化。在第一行输入“期末成绩统计表”，将其字体设置为楷体、四号、加粗、居中。

3. 绘制表格。

（1）在文档第二行插入一个 8 行 6 列的表格。在表格中输入具体的科目名称、学生姓名和成绩。

（2）在表格左上角单元格内，绘制斜线表头。要求表头样式为“样式二”；字体设置为小五号；“行标题”为“学科”，“数据标题”为“成绩”，“列标题”为“姓名”。

（3）在表格最后一列的右侧添加一新列，第一行输入“总成绩”。

4. 用公式计算每个同学的总成绩，将结果填入相应的单元格内。

5. 将表格的所有框线设置成蓝色、单线、1 磅；表格内所有文字（斜线表头除外）设置成小四号、宋体。

6. 将除斜线表头以外的单元格对齐方式设置为“中部居中”。最后形成的期末成绩统计表如下所示。

期末成绩统计表

成绩 学科 姓名	高等数学	大学语文	计算机基础	VB 程序设计	英语	总成绩
王丽萍	87	60	87	63	77	374
张刚	88	78	85	66	67	384
徐静静	69	92	78	94	87	420
丁亚婷	76	65	77	68	70	356
孟浩传	90	67	69	72	60	358
杨阳	82	78	65	73	67	365
欧阳轩	75	97	97	90	89	448

【实验步骤】

1. 新建文档。

（1）选择“文件”菜单中的“新建”命令，显示“新建”任务窗格。

（2）单击任务窗格上的“空白文档”选项，新建一个空文档。

2. 输入表格标题并格式化。

（1）在文档第一行输入“期末成绩统计表”。

（2）选定“期末成绩统计表”文字。

① 单击“格式”工具栏中的“字体”下拉列表框右侧的下三角按钮，选择“楷体”。

② 单击“格式”工具栏中的“字号”下拉列表框右侧的下三角按钮，选择“四号”。

③ 单击“格式”工具栏中的“加粗”按钮。

④ 单击“格式”工具栏中的“居中”按钮。

3. 绘制表格。

（1）选择“表格”菜单中的“插入”级联菜单中的“表格”命令，打开“插入表格”对话框。如图 3–9 所示。

（2）在“表格尺寸”区域中的行数数值框中输入 8，列数数值框中输入 6。

（3）单击“确定”按钮。

（4）在表格中输入具体的科目名称、学生姓名和成绩。

（5）单击斜线表头位置（第一行第一列）的单元格。

（6）选择“表格”菜单中的“绘制斜线表头”命令，打开“插入斜线表头”对话框。如图 3–10 所示。

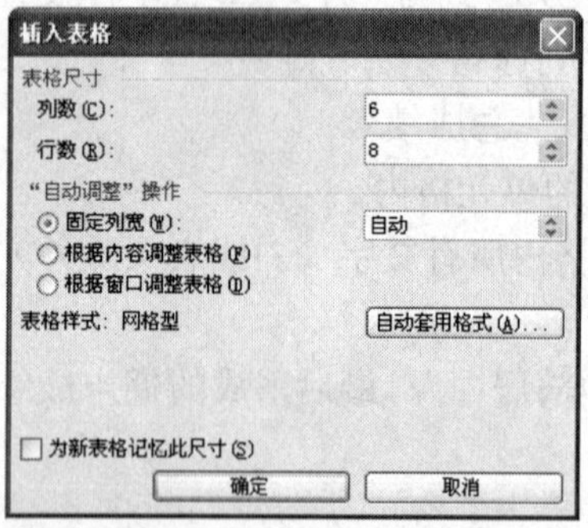

图 3–9 “插入表格”对话框

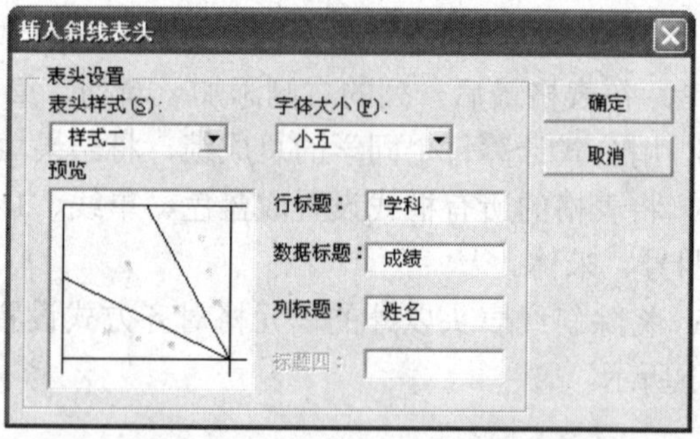

图 3–10 “插入斜线表头”对话框

- 在“表头样式”下拉列表框中选择“样式二”。
- 在“字体大小”下拉列表框中选择“小五”。
- 在“行标题”文本框中输入“学科”，“数据标题”文本框中输入“成绩”，“列标题”文本框中输入“姓名”。

（7）单击“确定”按钮。

（8）选定表格最后一列的某个单元格。

（9）选择“表格”菜单中的“插入”级联菜单的“列（在右侧）”命令。

（10）在最后一列第一行输入“总成绩”。

4. 用公式计算。

（1）将光标定位在“王丽萍”的“总成绩”单元格内。

（2）选择“表格”菜单中的“公式”命令，打开“公式”对话框，如图 3–11 所示。

（3）在“公式”文本框中输入“=SUM（left）”。

（4）单击“确定”按钮。

（5）按照同样的方法计算其他同学的总成绩。

5. 设置表格格式。

（1）选定整个表格。

（2）选择“格式”菜单中的“边框和底纹”命令，打开“边框和底纹”对话框。打开“边框”选项卡，如图 3–12 所示。

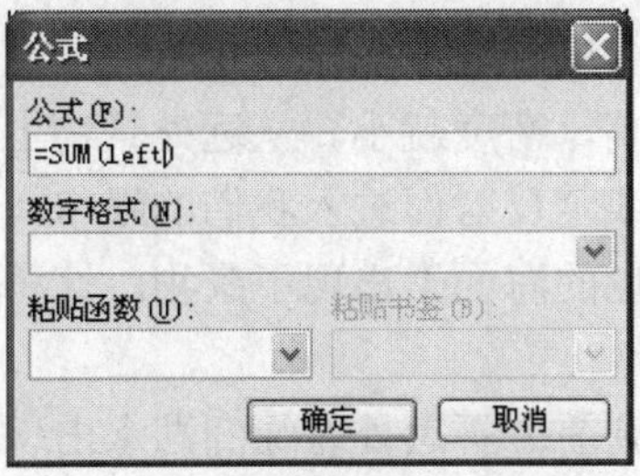

图 3–11 “公式”对话框

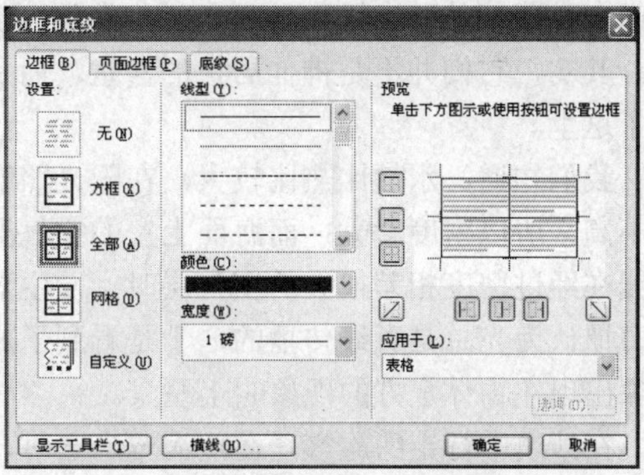

图 3–12 “边框和底纹”对话框

在“设置”组中选择“全部”。在“线型”列表框中选择“单线”。在“颜色”下拉列表框中选择“蓝色”。在“宽度”下拉列表框中选择“1 磅”。

单击“确定”按钮。

（3）选定表格中所有文字（斜线表头除外）。

- 单击“格式”工具栏中的“字体”下拉列表框右侧的下三角按钮，选择“宋体”。
- 单击“格式”工具栏中的“字号”下拉列表框右侧的下三角按钮，选择“小四号”。

6. 设置表格中文字的对齐方式。

（1）选定所有的单元格（斜线表头除外）。

（2）右击，弹出快捷菜单，如图 3–13 所示。单击“单元格对齐方式”级联菜单下的“中部居中”按钮。

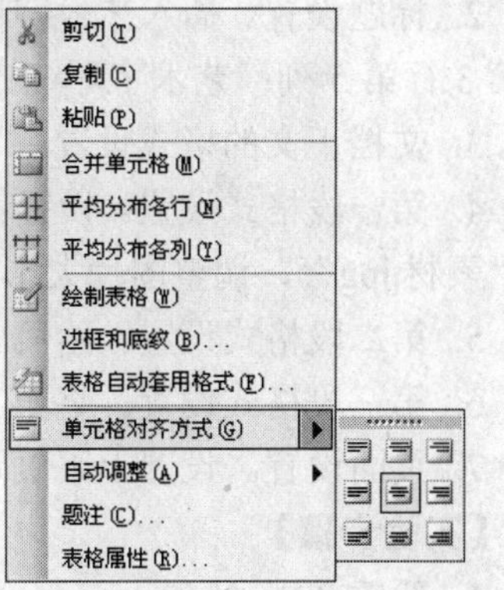

图 3–13 “单元格对齐方式”快捷菜单

7. 上述操作完成，保存文档，完成本次实验。

【实验思考】

1. 在表格最后一行的下方添加一新行，该行第一个单元格中输入“平均成绩”。

2. 用公式计算各门课程的平均成绩。

实验 3　文档的高级排版

【实验目的】

1. 掌握特殊格式的排版，如分栏，首字下沉等。

2. 掌握图片和剪贴画的插入和编辑方法。

3. 掌握艺术字的插入和编辑方法。

4. 掌握图片和文本混合排版的方法。

【实验内容】

1. 新建文档。新建一个空白文档，输入以下内容。

【文档开始】

海市蜃楼又叫“蜃景”。是地球大气层中由于光的折射或全反射而出现的奇异幻景。在我国山东省蓬莱县，当风和日丽之时，常常可以看见海面上有亭台楼阁出现，人们称为蓬莱仙境。其实，它们并不是神仙居住的宫室，而是地球大气层所变的光学魔术，把远处的景象搬到了这里。

我们知道，水的比热比较大，在阳光照射下，海水温度升高很少，接近海面的空气温度也不高，所以密度就大；而海面上空的空气温度容易升高，密度就小。从远处景物上射来的光线在经过密度相差很大的空气层时，发生显著的折射或全反射而进入我们的眼帘，由于我们习惯认为光总是直线传播的，于是看到了原先空空如也的海面上出现了景物。这种景物的形象出现在物体上方的现象叫上蜃景。

在沙漠中行走的旅客，在焦渴难当之时，常常会看到前方不远处有绿洲湖水出现，但当他们驱赶骆驼向绿洲奔去时，湖水又莫名其妙地消失了，这也是大气层所开的残忍的玩笑。在烈日曝晒的情况下，沙漠温度猛升，接近地面的空气温度升高、密度变小，而上空的空气相对讲温度低，密度大，尽管存在密度大的空气向下、密度小的空气向上的对流运动，但是来不及改变上下密度不均的状况，远处绿洲射来的光线经过密度显著不同的空气层时将发生明显的折射，使我们看到的绿洲出现在较近处的地面上。因为这种幻景在物体的下方，又叫下蜃景。

【文档结尾】

2. 标题设置。插入艺术字标题“海市蜃楼”，字体设置为华文行楷，28 磅，艺术字式样为第 3 行第 5 列；艺术字环绕方式为“四周型”，水平对齐方式为“居中”。

3. 文档正文的格式设置。字体为华文楷体，四号。各段落首行缩进 2 个字符。

4. 第一段格式设置。设置第一段的段前间距为 2 行，在第一段中间位置插入一幅所给图片“素材.jpg”，调整图片大小为原图的 40%，采用“四周型环绕”方式。

5. 第二段格式设置。给第二段添加边框，边框样式为阴影，双线，蓝色，1/2 磅。

6. 第三段格式设置。将第三段文本分成等宽的两栏，并添加分隔线。

7. 页面设置。设置上下页边距为 2 厘米，左右页边距为 3 厘米。

【实验步骤】

1. 新建文档（略）。

2. 设置标题。

（1）单击“绘图”工具栏上的“插入艺术字”按钮，或者选择“插入”菜单中“图片”级联菜单中的“艺术字”命令，弹出“艺术字库”对话框，如图 3–14 所示。选择第 3 行第 5 列的样式，单击“确定”按钮，打开“编辑艺术字文字”对话框。在“文字”的文本框中输入“海市蜃楼”，在“字体”的下拉列表框中选择“华文行楷”，在“字号”的下拉列表框中选择 28。

（2）选中刚插入的艺术字，右击，在弹出的快捷菜单中选择“设置艺术字格式”命令。弹出“设置艺术字格式”对话框，打开“版式”选项卡，如图 3–15 所示。在“环绕方式”区域选择“四周型”，“水平对齐方式”区域选择“居中”。

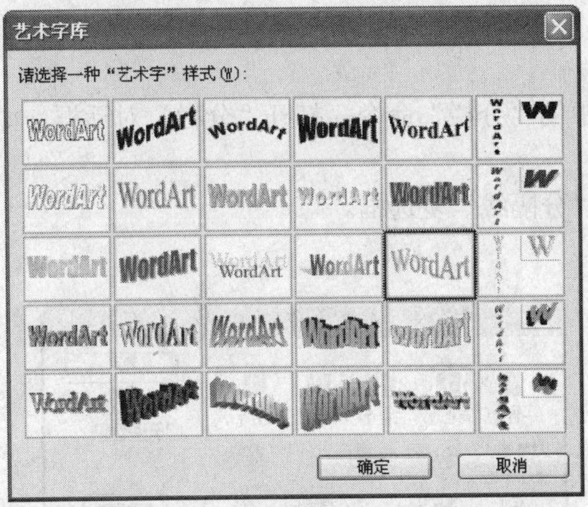

图 3–14 “艺术字库”对话框

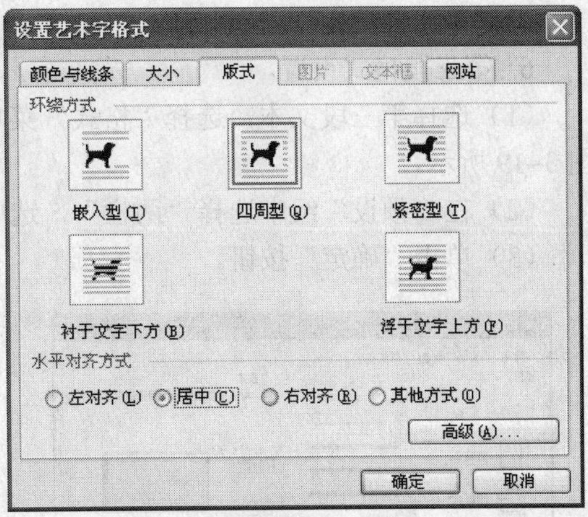

图 3–15 “设置艺术字格式”对话框

3. 正文格式设置（略）。

4. 第一段格式设置。

（1）将光标定位在要插入图片的位置，选择“插入”菜单中“图片”级联菜单中的“来自文件”命令，弹出“插入图片”对话框，如图 3–16 所示。选择要插入的图片，单击“插入”按钮。

（2）右击图片，在弹出的快捷菜单中选择“设置图片格式”命令，打开“设置图片格式”对话框，如图 3–17 所示。

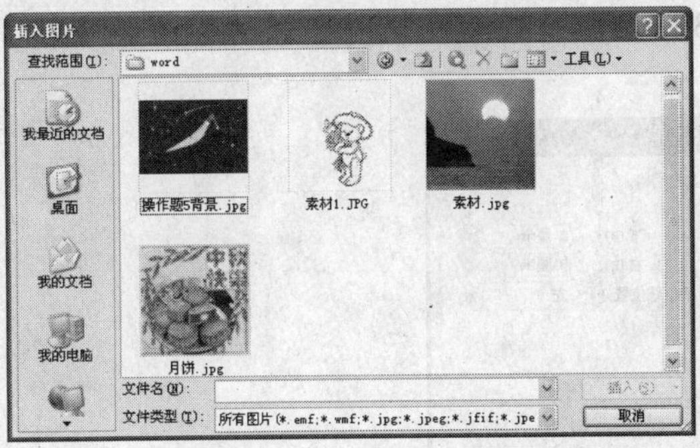

图 3–16 “插入图片”对话框

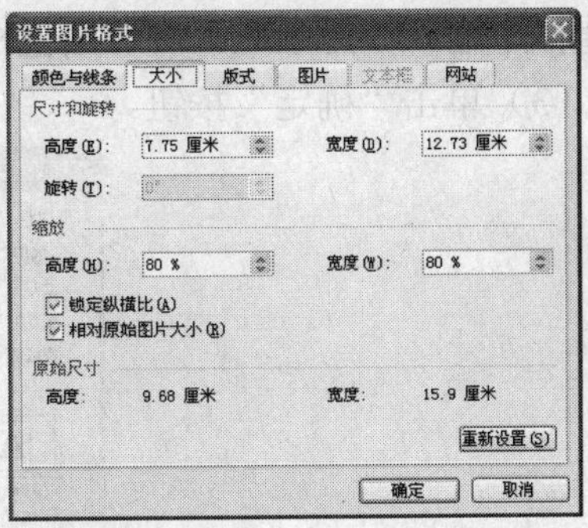

图 3–17 “设置图片格式”对话框

① 打开“大小”选项卡，在“缩放”区域的“高度”和“宽度”的文本框中输入 40%。

② 打开“版式”选项卡，在“环绕方式”区域中选择“四周型”。

③ 单击“确定”按钮。

5. 第二段格式设置。

（1）选择第二段文本，选择“格式”菜单中的“边框和底纹”命令，打开“边框和底纹”对话框。打开“边框”选项卡，如图 3–18 所示。

（2）在“设置”组中选择“阴影”样式，在“线型”下拉列表框中选择“双线”，在“颜色”下拉列表框中选择“蓝色”，在“宽度”下拉列表框中选择“1/2 磅”，在“应用于”下拉列表框中选择“段落”。

（3）单击“确定”按钮。

6. 第三段格式设置。

（1）选择第三段文本，选择“格式”菜单中的“分栏”命令，打开“分栏”对话框，如图 3–19 所示。

（2）在“预设”组中选择“两栏”，选中“分隔线”复选框。

（3）单击“确定”按钮。

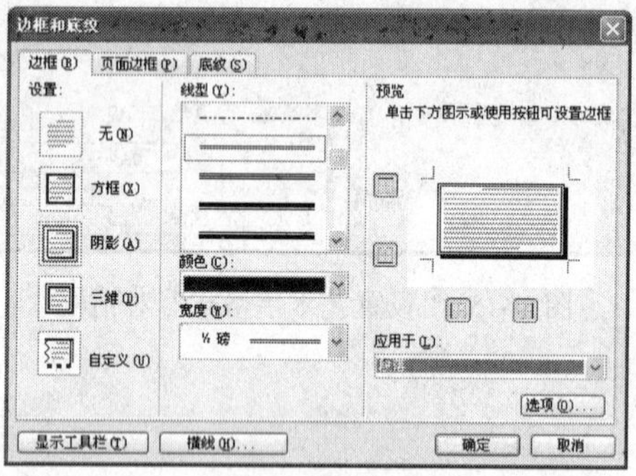

图 3–18　“边框和底纹”对话框

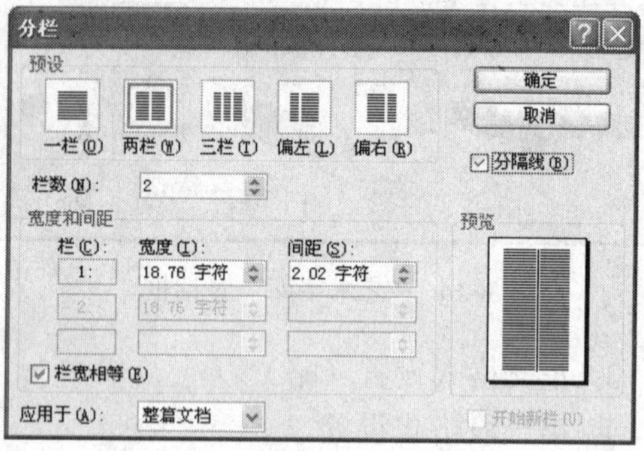

图 3–19　“分栏”对话框

7. 页面设置。

（1）选择“文件”菜单中的“页面设置”命令，打开“页面设置”对话框，打开“页边距”选项卡，如图 3–20 所示。

（2）在“页边距”组中，“上”数值框中输入 2 厘米，“下”数值框中输入 2 厘米，“左”数值框中输入 3 厘米，“右”数值框中输入 3 厘米。

（3）单击“确定”按钮。

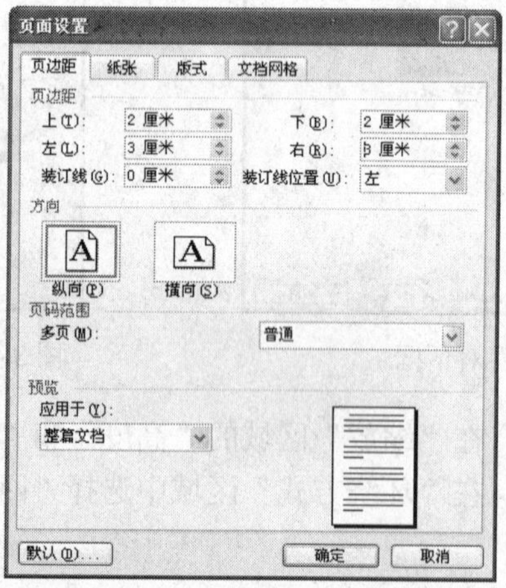

图 3–20　“页面设置”对话框

8. 上述操作完成，文档效果如下。保存文档，完成本次实验。

【实验思考】

1. 插入一幅剪贴画代替本实验中的图片，并且设置其环绕方式为“穿越型环绕”。

2. 利用“页眉页脚”功能插入一幅图片，并设置成水印背景。

海市蜃楼

海市蜃楼又叫“蜃景”。是地球大气层中由于光的折射或全反射而出现的奇异幻景。在我国山东省蓬莱县，当风和日丽之时，常常可以看见海面上有亭台楼阁出现，人们称为蓬莱仙境。其实，它们并不是神仙居住的宫室，而是地球大气层所变的光学魔术，把远处的景象搬到了这里。

我们知道，水的比热比较大，在阳光照射下，海水温度升高很少，接近海面的空气温度也不高，所以密度就大；而海面上空的空气温度容易升高，密度就小。从远处景物上射来的光线在经过密度相差很大的空气层时，发生显著的折射或全反射而进入我们的眼帘，由于我们习惯认为光总是直线传播的，于是看到了原先空空如也的海面上出现了景物。这种景物的形象出现在物体上方的现象叫上蜃景。

在沙漠中行走的旅客，在焦渴难当之时，常常会看到前方不远处有绿洲湖水出现，但当他们驱赶骆驼向绿洲奔去时，湖水又莫名其妙地消失了，这也是大气层所开的残忍的玩笑。在烈日曝晒的情况下，沙漠温度猛升，接近地面的空气温度升高、密度变小，而上空的空气相对讲温度低，密度大，尽管存在密度大的空气向下、密度小的空气向上的对流运动，但是来不及改变上下密度不均的状况，远处绿洲射来的光线经过密度显著不同的空气层时将发生明显的折射，使我们看到的绿洲出现在较近处的地面上。因为这种幻景在物体的下方，又叫下蜃景。

二、测试练习

一、选择题

1. Word 2003 具有分栏功能，下列关于分栏的说法正确的是（　　）。

A. 最多可以分 4 栏　　B. 各栏的宽度必须相同

C. 各栏的宽度可以不同　　D. 各栏间距是固定的

2. 在 Word 中欲选择一个完整的段落，可将鼠标光标移到段落左侧的选定区，此时鼠标光标将变成斜向右边的箭头，若（　　），则选中该段落。

A. 单击鼠标的左键　　B. 单击鼠标的右键

C. 双击鼠标的左键　　D. 双击鼠标的右键

3. 在 Word 2003 中，设置打印纸张大小时，应当使用的命令是（　　）。

A.“文件”菜单中的“打印预览”命令　　B.“文件”菜单中的“页面设置”命令

C.“视图”菜单中的“工具栏”命令　　D.“视图”菜单中“页面”命令

4. 在 Word 2003 中，要把文档中所有“计算机”一词都找出来，可以选择（　　）命令。

A.“文件”→“打开”　　B.“编辑”→“查找”

C.“插入”→“查找”　　D.“视图”→“粘贴”

5. 在 Word 2003 中已打开多个文档，要将当前活动文档切换成其他文档，只需要用鼠标单击（　　）菜单中所要切换的文档名即可。

A.“文件”　　B.“编辑”　　C.“视图”　　D.“窗口”

6. 在使用 Word 2003 中，如果想把一篇文章以另一个名字保存，则可以通过选择“文件”菜单中（　　）命令。

A.“保存”　　B.“新建”　　C.“打开”　　D.“另存为”

7. 在 Word 2003 中，利用（　　）可以很直观地改变段落的缩进方式，调整左右边界和改变表格的列宽。

A. 菜单　　B. 常用工具栏　　C. 格式工具栏　　D. 标尺

8. 在 Word 2003 中，段落对齐方式有左对齐、右对齐、居中对齐、（　　）和分散对齐。

A. 上下对齐　　B. 左右对齐　　C. 两端对齐　　D. 内外对齐

9. 在 Word 2003 中，对于插入到文档中的图片不能进行的操作是（　　）。

A. 放大或缩小　　B. 移动

C. 修改图片中的图形　　D. 剪裁

10. 在 Word 2003 中，打开文档是指（　　）。

A. 把文档的内容从外存调入内存并显示出来

B. 为指定的文档开设一个新的空白文档窗口

C. 显示并打印指定文档的内容

D. 把文档的内容从内存读出并显示出来

11. 在 Word 2003 中，为了改变字符颜色，可以先选择文字，然后（　　）。

A. 选择“工具”菜单中的“字体”命令　　B. 选择“工具”菜单中的“颜色”命令

C. 选择“格式”菜单中的“字体”命令　　D. 选择“格式”菜单中的“颜色”命令

12. 在 Word 2003 中，“文件”菜单底部列出的文件名表示（ ）。

A. 该文件正在使用　　B. 该文件正在打印

C. 扩展名为.DOC 的文件　　D. 最近处理过的文件

13. 在 Word 的编辑状态，执行“编辑”菜单中的“粘贴”命令，则（ ）。

A. 被选择的内容移到插入点处　　B. 被选择的内容移到剪贴板

C. 剪贴板中的内容移到插入点　　D. 剪贴板中的内容复制到插入点

14. 在 Word 2003 中，当输入文本满一页时，会自动插入一个分页符，这称为（ ），除了这种方法外，也可以由用户根据需要在适当的位置插入分页符，这称为（ ）。

A. 软回车、硬回车　　B. 自动回车、人工回车

C. 自动分页、人工分页　　D. 以上都对

15. 在 Word 文档窗口中，若选定的文本块中包含有几种字号的汉字，则格式工具栏的字号框中显示（ ）。

A. 空白　　B. 首字符的字号

C. 文本块中的最小字号　　D. 文本块中的最大字号

16. 在 Word 2003 中设置了标尺，可以同时显示水平标尺和垂直标尺的视图方式是（ ）。

A. 普通方式　　B. 页面方式　　C. 大纲方式　　D. 全屏幕方式

17. 在 Word 2003 中，单击格式工具栏的“编号”按钮后，可在每个新增段落前（ ）。

A. 自动加上间断的编号　　B. 自动加上连续的编号

C. 手动加上间断的编号　　D. 手动加上连续的编号

18. 在 Word 2003 中要在文档中添加项目符号★，应当使用（ ）中的命令。

A.“文件”菜单　　B.“编辑”菜单　　C.“格式”菜单　　D.“插入”菜单

19. 在 Word 2003 的编辑状态下，选择了整个表格，执行了“表格”菜单中的“删除行”命令，则（ ）。

A. 整个表格被删除　　B. 表格中的一行被删除

C. 表格中的一列被删除　　D. 表格中没有被删除的内容

20. 在 Word 2003 中，选定表格的一行，再执行“编辑”菜单中的“剪切”命令，则（ ）。

A. 将该行各单元格中的内容删除，变成空白

B. 将该行的边框线删除，保留文字内容

C. 在该列的右边拆分表格

D. 删除该列，表格减少一列

21. 下面关于在 Word 2003 中插入图形文件的叙述，正确的是（ ）。

A. 插入的图形文件只能在 Word 中绘制

B. 插入的图形文件只能是.Bmp 文件

C. 插入的图形文件只能是统计图表

D. 插入的图形文件可以是 Windows 能够支持的各种格式的图形文件

22. 在 Word 2003 中，要打印文档中的某几页，下列操作正确的是（ ）。

A. 单击常用工具栏上的“打印”按钮，然后选择页面范围

B. 单击常用工具栏上的“打印预览”按钮，然后选择页面范围

C. 单击“文件”菜单中的“打印”命令，然后选择页面范围
D. 单击“文件”菜单中的“打印预览”命令，然后选择页面范围
23. 在 Word 2003 中，一个段落的首行向右缩进其余行不变，称为（　）。
A. 首行悬挂　B. 首行缩进　C. 首行左悬挂　D. 首行左缩进
24. 在 Word 2003 中，下面关于“页眉和页脚”的几种说法，错误的是（　）。
A. 页眉和页脚是打印在文档每页顶部和底部的描述性内容
B. 页眉和页脚的内容是专门设置的
C. 页眉和页脚可以是页码、日期、简单的文字、文档的总题目等
D. 页眉和页脚不能是图片
25. Word 文档使用的缺省扩展名是（　）。
A. RTF　B. DOC　C. TXT　D. HTM
26. 在 Word 2003 中，有关“样式”命令，以下说法中正确的是（　）。
A.“样式”只适用于文字，不适用于段落
B.“样式”命令在“工具”菜单中
C.“样式”命令在“格式”菜单中
D.“样式”命令只适用于纯英文文档
27. 在 Word 2003 中，设定打印纸张的打印方向，应当使用的命令是（　）。
A.“文件”菜单中的“打印预览”命令　B.“文件”菜单中的“页面设置”命令
C.“视图”菜单中的“工具栏”命令　D.“视图”菜单中的“页面”命令
28. 在 Word 2003 中，要对表格中的数据进行计算，应选择的菜单是（　）菜单。
A.“插入”　B.“格式”　C.“工具”　D.“表格”
29. Word 2003 中，如果用户错误地删除了文本，可用常用工具栏中的（　）按钮将被删除的文本恢复到屏幕上。
A. 复制　B. 粘贴　C. 撤销　D. 恢复
30. 要在 Word 2003 文档中插入一个图形文件，应该使用（　）菜单中的命令。
A. 编辑　B. 插入　C. 文件　D. 工具
31. 在 Word 2003 中，表格拆分指的是（　）。
A. 从某两列之间把原来的表格分为左右两个表格
B. 从某两行之间把原来的表格分为上下两个表格
C. 从表格的正中间把原来的表格分为左右两个表格
D. 从表格的正中间把原来的表格分为上下两个表格
32. 在 Word 2003 中，图像可以以多种环绕方式与文本混排，以下（　）不是系统提供的环绕方式。
A. 四周型　B. 穿越型　C. 上下型　D. 左右型

二、填空题

1. 启动 Word 2003 一般常用以下两种方法：（1）利用快捷方式图标，（2）利用菜单，单击________按钮，选择“所有程序”级联菜单中的 Microsoft Office Word 2003 命令。

2. 退出 Word 2003 一般用选择“文件”菜单的________命令来完成。

3. 每次重新启动 Word 时，系统会自动新建一个名为________的空文档，此时，用户就

可在文档编辑区输入内容，然后存盘，这样就建立了一个新文档。

4. 如输入时有错，可按________键删除插入点右边的一个字符，按________键删除插入点左边的一个字符，按________键进行插入状态和改写状态切换。

5. 为了保存文档，需要对输入的文档按给定文件名保存。方法是选择“文件”菜单的________命令或________命令，也可单击“常用”工具栏上的“保存”按钮。

6. 关闭文档常用的方法有以下两种：单击文档窗口右侧的________按钮；选择________菜单下的“关闭”命令。

7. Word 2003 提供了几种不同的文档显示方式，称之为“视图”。包括“普通视图”、________、“大纲视图”、“阅读版式”、________。

8. 当用户想对文档中的文本进行编辑和格式排版时，通常需要先将相应的文本选定，被选定的文本呈反相显示。选定文本有鼠标选定、________选定和扩展选定，要取消选定的文本，只需将光标移动到________，单击鼠标或按箭头即可。

9. 选中文本后，拖动鼠标到需要处即可实现文本块的移动；按住________键拖动鼠标到需要处即可实现文本块的复制。

10. 删除文本时，首先选定欲删除的文本，然后单击“常用”工具栏上的________按钮或按________键，即可删除选定的文本。

11. 当用户在对文档进行编辑操作过程中，如果对先前所做的工作不满意，想恢复到操作前状态，可利用“常用”工具栏的________按钮。

12. 字符格式的设置可以通过使用“格式”和“其他格式”工具栏或“格式”菜单中的________命令。

13. 在 Word 2003 中，可以很方便地为某段文字添加特殊的________或编号，使文档更有层次感，易于阅读和理解。

14. 所谓________就是将一段或多段文本分成几栏，只有当前一栏填满后才移到下一栏，这种排版广泛应用于报纸、杂志等内容的编辑，使版面更生动、更具有可读性。

15. 表格是由一个个小方框纵横排列而成的，这些小方框通常被称为________，可以填入文字、数字乃至图形。

16. 在 Word 2003 中，要对表格中的某一列进行排序，可以单击________菜单，选择________命令。

17. 在 Word 2003 中，要对表格设置边框线通常有两种方法。① 是利用________工具栏，② 通过________菜单中的________命令。

18. 要想自动生成目录，一般在文档中应包含________样式。

19. 在打印预览方式下，可以通过单击________按钮，返回编辑状态。

20. Word 2003 中可以在“文件”菜单中选择________命令，或单击“常用”工具栏的“打印”按钮打印文件。

三、简答题

1. 简述 Word 2003 的功能。

2. 如何启动和退出 Word 2003？

3. 简述 Word 2003 的窗口组成。

4. 文档的显示方式有几种？其各自的特点是什么？

5. 如何插入艺术字？

6. 在 Word 文档中如何插入剪贴画？如何插入硬盘中的图片？

7. 在 Word 2003 中如何进行分栏？

8. 如何插入“页眉和页脚”？如何利用页眉页脚为文档设置水印背景？

9. Word 2003 中，要替换特殊符号该如何操作？

10. 简述如何复制字符的格式。

11. 简述设置首字下沉的步骤。

12. 简述文本框的作用与建立文本框链接的步骤。

13. 如何添加项目符号和编号？

14. 简述创建表格的过程。

15. 简述 Word 2003 中如何根据表格生成图表。

16. Word 2003 中，表格和文字如何相互转换？

17. 如何为表格设置边框和底纹？

18. 如何进行表格的合并和拆分？

19. 如何对表格中的数据进行排序？

20. 简述邮件合并的操作步骤。

四、操作题

以下题目中所有素材均在文件夹“D：\素材\word”文件夹下。

1. 新建一个 Word 文档，录入下列寓言故事。操作要求。

（1）给此文档加上标题“邯郸学步”。

（2）在正文最后一段的“学习一定要扎扎实实……”前插入文字：“虽然这是个寓言，但是它说明了一个深刻的道理：”（不包括引号）。

（3）将标题文字设置成华文新魏，二号字，居中对齐。

（4）将正文文字设置成宋体，小四号字；每段首行缩进 2 个字符，行间距设置为 1.5 倍。

（5）将全文中所有的“燕国”两个字（不包括引号）设置为粗体、蓝色。

（6）将此文档以自己的名字保存在 D 盘上，并设置打开权限密码为 888888。

【文档开始】

这句成语出自《庄子·秋水》讲的一个寓言故事。

邯郸是春秋时期赵国的首都。那里的人非常注意礼仪，无论是走路、行礼，都很注重姿势和仪表。因此，当地人走路的姿势便远近闻名。

在燕国的寿陵地方，有个少年人很羡慕邯郸人走路的姿势，他不顾路途遥远，来到邯郸。在街上，他看到当地人走路的姿势稳健而优美，手脚的摆动很别致，比起燕国走路好看多了，心中非常羡慕。于是他就天天模仿着当地人的姿势学习走路，准备学成后传授给燕国人。

但是，这个少年原来的步法就不熟练，如今又学上新的步法姿势，结果不但没学会，反而连自己以前的步法也搞乱了。最后他竟然弄到不知怎样走路才是，只好垂头丧气地爬回燕国去了。

学习一定要扎扎实实，打好基础，循序渐进，万万不可贪多求快，好高骛远。否则，就只能像这个燕国的少年一样，不但学不到新的本领，反而连原来的本领也丢掉了。

【文档结束】

2. 打开素材文件夹中的 3–1.Doc，完成下列操作。

（1）将标题设置成楷体，蓝色，二号字，加粗；正文字体设置成楷体，四号字。

（2）将第一段的段后间距设置为 2 行。

（3）将 Internet Information Server 5.0 的字体设置为红色，加粗，斜体，加单下划线，并具有“礼花绽放”的动态效果。

（4）为文档的第 2 段到第 9 段添加编号“(1)、(2) …”。

（5）将第一段的 W 设置成首字下沉，位置为“下沉”，字体为 Times New Roman，下沉行数为“2 行”。

（6）给此文档添加一个艺术型边框（样式 ），宽度为 16 磅。

3. 打开素材文件夹中的 3–2.Doc，完成下列操作。

（1）为文档添加艺术型标题“寻找大素数”；艺术字样式为第 3 行，第 3 列；字体为华文彩云，28 磅。

（2）将此艺术字环绕方式设置为“浮于文字上方”，并放置到正文上方合适的位置处，设置正文第一段的段前间距为 3.5 行。

（3）设置正文文字为小四号，各段首行缩进 2 个字符，行间距设置为 2 倍。

（4）为“2 的 3021377 次幂减 1”加脚注，脚注内容为：$2^{3021377}-1$。

（5）为第 3 段添加黄色文字底纹。

（6）在最后一段中间插入剪贴画“显微镜”，环绕方式为“四周型环绕”。

（7）设置上下页边距为 2 厘米，左右页边距为 3 厘米。

（8）设置文档背景为预设渐变“麦浪滚滚”。

4. 新建一个 Word 文档，完成下列操作。

（1）设置纸张大小为宽度 20 厘米，高度 13 厘米。

（2）利用 Word 中的绘图工具栏绘制如下图形。

（3）添加页眉“绘制扇面”，居中对齐；页脚为当前日期及自己的姓名，右对齐。

（4）完成后对此文档进行保存。

5. 新建一个 Word 文档，输入下面的数学公式，完成后保存此文档。

（1）$\int\frac{\mathrm{d}u}{a^2+u^2}=\frac{1}{a}\arctan\frac{u}{a}+c$

（2） $(\arcsin v)' = \dfrac{v'}{\sqrt{1-v^2}}$

6. 利用 Word 中邮件合并的功能，制作录取通知书，操作要求如下。

（1）建立如下所示的主文档。文档大小为 16 开，纸张横向，上下页边距为 2 cm。标题设置为黑体，二号字，字间距为加宽 8 磅；正文设置为宋体，三号字。并添加如下所示的艺术型页面边框，宽度为 30 磅。

西 安 欧 亚 学 院 录 取 通 知 书

同学：

你已被我校　　　　学院　　　　专业录取，请于 9 月 6 日持本通知书及有关资料来我校报到。

西安欧亚学院

2009 年 8 月

（2）建立如下所示数据源。

姓名	系别	专业
王莉梅	金融	会计
周喆	外国语	英语
刘浩然	信息	网络
李丽琴	人文	艺术
杨思远	工商管理	物流

（3）在主文档中插入合并域，然后将数据与主文档合并到一个新文档中。

（4）完成后保存此新文档。

7. 打开素材文件夹中的 3–3.Doc，完成下列操作。

（1）新建一个段落样式。要求：样式名为“段落格式”，格式为宋体，小四号；1.5 倍行间距，首行缩进 2 个字符，段前及段后间距为 0.5 行。

（2）新建一个字符样式。要求：样式名为“字符格式”，格式为楷体，红色，加粗并倾斜。

（3）将建好的段落样式应用到正文所有的段落。

（4）将建好的字符样式应用到所有双引号内的文字（不包括双引号）。

8. 打开素材文件夹中的 3–4.Doc，完成下列操作。

（1）将标题设置为楷体_GB2312，加粗，二号字，字符间距加宽 6 磅。

（2）设置正文段落首行缩进 2 字符，1.3 倍行间距。

（3）为第一段添加只有上边线的自定义边框，线型为双线，红色，1.5 磅。

（4）将第二段分为等宽的两栏，栏间距为 1.5 厘米，并添加分隔线。

（5）在文中第四段中插入图片“月饼.jpg”，设置为紧密型环绕。

（6）将正文中的“中秋”一词设置为蓝色、加粗倾斜。

（7）利用自选图形工具在最后一段中绘制月亮图形，填充为黄色，线条无色；环绕方式设置为“衬于文字下方”。

（8）将所给图片“3–4 背景.jpg”设置成图片水印，并且将此图片布满整个页面。

9. 新建一个 Word 文档，完成下列操作。

（1）在新建的文档中制作如下表格。

<table>
<tr><th colspan="2">时期 / 项目</th><th>1993</th><th>1994</th><th>1995</th><th>1996</th><th>1997</th></tr>
<tr><td rowspan="3">计算机</td><td>硬件</td><td>72.4</td><td>76.3</td><td>81.6</td><td>86.4</td><td>90.0</td></tr>
<tr><td>服务</td><td>31.3</td><td>33.8</td><td>36.8</td><td>40.0</td><td>50.0</td></tr>
<tr><td>软件</td><td>60.2</td><td>63.9</td><td>68.7</td><td>73.6</td><td>80.0</td></tr>
<tr><td colspan="2">通信</td><td>190.0</td><td>202.7</td><td>217.5</td><td>235.1</td><td>220.0</td></tr>
</table>

（2）在表格上方加标题“服务网络”，要求水平居中，黑体，三号。

（3）将表格中的所有文字（斜线表头除外）设置成中部居中对齐。

（4）为表格的第一行及第一列添加浅绿色底纹，其余行列添加灰色–25%的底纹；设置表格外框线为蓝色，双线，1.5 磅。

（5）完成后对此文档进行保存。

10. 打开素材文件夹中的 3–5.Doc，完成下列操作。

（1）将所给文字转换成一个 7 行 6 列的表格。

（2）给表格添加标题“某商场上半年各品牌电脑销量表（台）”，字体设置为华文新魏，三号，蓝色，居中显示。

（3）在最后一行的下方添加“总销售量”和“平均销售量”两行。

（4）利用公式计算每种品牌电脑上半年的总销售量和平均销售量。

（5）设置表格的行高为 0.8 厘米，第一列列宽为 2.5 厘米，其余各列为 2 厘米；表格居中对齐。

（6）设置表格中的文字为小四号，采用中部居中对齐。

（7）将表格外框线设置为 1.5 磅，紫色，双线；内框线为 0.5 磅，蓝色，虚线。

三、参考答案

一、选择题

1. C	2. C	3. B	4. B	5. D	6. D	7. D	8. C
9. C	10. A	11. C	12. D	13. D	14. C	15. A	16. B
17. B	18. C	19. A	20. A	21. D	22. C	23. B	24. D
25. B	26. C	27. B	28. D	29. C	30. B	31. B	32. D

二、填空题

1. 开始
2. 退出
3. 文档 n
4. Delete　Backspace　Insert
5. 保存　另存为
6. 关闭　文件
7. 页面视图　Web 版式视图
8. 键盘　选定区以外任意处
9. Ctrl
10. 剪切　Delete
11. 撤销
12. 字体
13. 项目符号
14. 分栏
15. 单元格
16. 表格　排序
17. 表格和边框　格式　边框和底纹
18. 标题
19. 关闭
20. 打印

三、简答题（略）

四、操作题

1. 样张如下：

邯郸学步

这句成语出自《庄子·秋水》讲的一个寓言故事。

邯郸是春秋时期赵国的首都。那里的人非常注意礼仪，无论是走路、行礼，都很注重姿势和仪表。因此，当地人走路的姿势便远近闻名。

在燕国的寿陵地方，有个少年人很羡慕邯郸人走路的姿势，他不顾路途遥远，来到邯郸。在街上，他看到当地人走路的姿势稳健而优美，手脚的摆动很别致，比起燕国走路好看多了，心中非常羡慕。于是他就天天模仿着当地人的姿势学习走路，准备学成后传授给燕国人。

但是，这个少年原来的步法就不熟练，如今又学上新的步法姿势，结果不但没学会，反而连自己以前的步法也搞乱了。最后他竟然弄到不知怎样走路才是，只好垂头丧气地爬回燕国去了。

虽然这是个寓言，但是它说明了一个深刻的道理：学习一定要扎扎实实，打好基础，循序渐进，万万不可贪多求快，好高骛远。否则，就只能像这个燕国的少年一样，不但学不到新的本领，反而连原来的本领也丢掉了。

2. 样张如下：

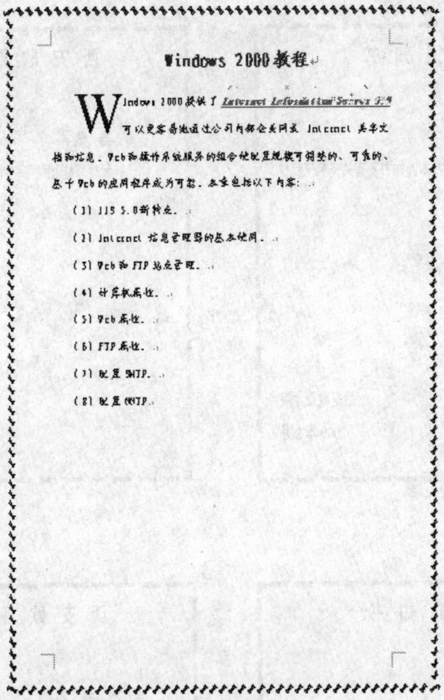

Windows 2000教程

Windows 2000提供了Internet Information Server 5.0，可以更容易地通过公司内部企业网或 Internet 共享文档和信息。Web和操作系统服务的组合使配置规模可调整的、可靠的、基于Web的应用程序成为可能。本章包括以下内容：

(1) IIS 5.0新特点。

(2) Internet 信息管理器的基本使用。

(3) Web和FTP站点管理。

(4) 计算机属性。

(5) Web属性。

(6) FTP属性。

(7) 配置SMTP。

(8) 配置NNTP。

3. 样张如下：

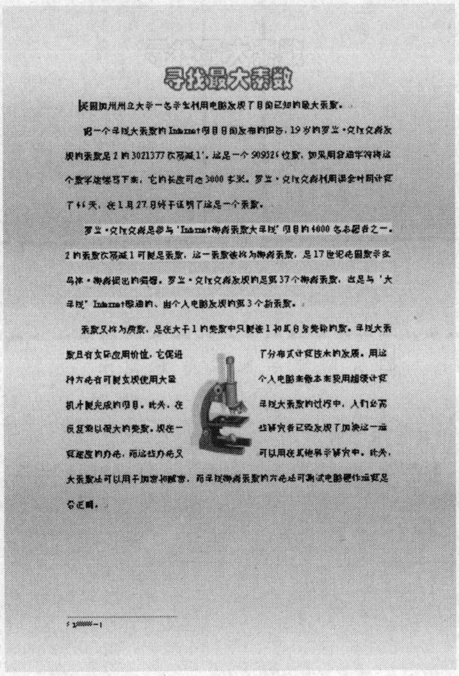

寻找最大素数

美国加州州立大学一名学生利用电脑发现了目前已知的最大素数。

据一个寻找大素数的Internet项目日前发布的报告，19岁的罗兰·克拉克森发现的素数是2的3021377次幂减1[1]。这是一个909526位数，如果用普通字符将这个数字连续写下来，它的长度可达3000多米。罗兰·克拉克森利用课余时间计算了46天，在1月27日终于证明了这是一个素数。

罗兰·克拉克森是参与"Internet梅森素数大寻找"项目的4000名志愿者之一。2的素数次幂减1可能是素数，这一素数被称为梅森素数，是17世纪法国数学家马林·梅森提出的猜想。罗兰·克拉克森发现的是第37个梅森素数，也是与"大寻找"Internet联通的、由个人电脑发现的第3个新素数。

素数又称为质数，是在大于1的整数中只能被1和其自身整除的数。寻找大素数具有实际应用价值，它促进了分布式计算技术的发展。用这种方法有可能发现使用大型计算机才能完成的项目。此外，在寻找大素数的过程中，人们必须反复乘以很大的整数。现在一些研究者已经发现了加快这一运算速度的办法，而这些办法又可以用在其他科学研究中。此外，大素数还可以用于加密和解密，而寻找梅森素数的方法还可测试电脑硬件运算是否正确。

[1] $2^{3021377}-1$

4.（略）
5.（略）

6. 样张如下：

西 安 欧 亚 学 院 录 取 通 知 书

王 莉 梅 同学：

你已被我校 金融学院会计专业录取，请于 9 月 6 日持本通知书及有关资料来我校报到。

西安欧亚学院

2009 年 8 月

西 安 欧 亚 学 院 录 取 通 知 书

周 喆 同学：

你已被我校 外国语学院英语专业录取，请于 9 月 6 日持本通知书及有关资料来我校报到。

西安欧亚学院

2009 年 8 月

西 安 欧 亚 学 院 录 取 通 知 书

刘 浩 然 同学：

你已被我校 信息学院网络专业录取，请于 9 月 6 日持本通知书及有关资料来我校报到。

西安欧亚学院

2009 年 8 月

西 安 欧 亚 学 院 录 取 通 知 书

李 丽 琴 同学：

你已被我校 人文学院艺术专业录取，请于 9 月 6 日持本通知书及有关资料来我校报到。

西安欧亚学院

2009 年 8 月

西 安 欧 亚 学 院 录 取 通 知 书

杨 思 远 同学：

你已被我校 工商管理学院物流专业录取，请于 9 月 6 日持本通知书及有关资料来我校报到。

西安欧亚学院

2009 年 8 月

7. 样张如下：

聪明的驴子

清晨，牧场上的青草沾满露珠，又鲜又嫩，驴子吃得多开心呀！等他快吃饱了，这才抬起头来向远处看看。哎呀，不好，一只恶狼来了！这里是一马平川，跑也跑不掉，藏也没处藏，看样子，得想个主意才行呀！

驴子装成跛脚，一瘸一拐地迎着恶狼走去。狼见了很奇怪，问道：“*你不知道我要吃你吗？为什么不逃呢？*”

驴子回答说：“*狼先生，命里注定的事，是改变不了的。我注定该给你吃，为什么要逃呢？应当自己送到你面前来呀！可刚才走过篱笆时，我的后蹄戳进了一根大木刺，脚都戳啦！我想请你把木刺拔了再吃我，不然，吃驴肉时，让木刺卡了喉咙，也不好受呀！*”

狼想了想，觉得驴子讲得有道理。于是，他让驴子把后腿抬起来，睁大眼睛，在驴蹄上寻找那根可恶的大木刺。

驴子暗暗好笑，他用尽力气，一蹄子踢过去。“*哎呀！*”恶狼痛得大叫一声，满脸鲜血淋淋，牙齿也掉了好几颗。

恶狼忍着痛，撒腿逃走了，他越想越后悔：“*我本来是屠夫，干嘛要学做医生呢？*”

那头聪明的驴子还在草地上悠闲地吃草。不过，吸取刚才的教训，他常抬起头来四下张望，以便及时发现敌人。

8. 样张如下：

中 秋 前 夜

中秋，当大家都在谈论如何过*中秋*节的时候，我在脑子里挖掘我所有有关*中秋*的记忆……确定了，很少。结论：我是一个不太注重节日的人。有一点有关*中秋*的是我在初中的那时候或者更加早，具体我已经忘记了。

我们那里的风俗中是秋节都要在门口摆个小桌子，放上几个月饼，苹果，茶水等。用来供给天上的神仙。我记得智林哥哥那晚也在勇家玩，我也在。勇妈妈才摆好东西。还没有上香，智林哥哥就拿了个月饼和一杯茶在吃。勇妈妈说：你个快敲儿（方言，大人骂小孩的）那是供菩萨的，要吃家里有呢。。。智林哥哥说：我就是菩萨，我还是活菩萨呢。我就觉得很好笑，智林各个从小就是个搞笑的人，而且也懂很多东西。因为那时候我们也小，所以总觉得智林哥哥是个很了不起的人。一直到现在我还是这样认为。

多少年过去了，智林哥哥的女儿都好大了，每次遇到我她都会很亲切的叫我姑姑。而勇的女儿小康也在今年暑假我回家的前几天出生了，在家的那些天我每天都会去看她，为她身上的湿疹担忧。我是很喜欢她的，因为我很喜欢勇和他老婆爱萍。我想有一天我会有个女儿的，到时候她会有很多很多的姐姐陪她玩，就象我小时候一样。

03 年*中秋*节，我还在家里，叔叔婶婶妹妹都回来了，是为我送行的。一家人在吃团圆饭。少了我爸爸和奶奶。爸爸去远出工作了，奶奶在 02 年已经去世了。吃饭完，叔叔给了我一个很大很大的月饼，那是他向供应商定做送给我的，说是给我路上吃，因为第二天我就要来现在这个我已经呆了两年多的地方。但没有说出来，两三年后，《常回家看看》红了，我初三了。奶奶才对我说，你好点考个好高中，再考个好大学，我点歌给你，就点那首《常回家看看》。其实那时候奶奶的身体已经不行了，只是我们都不知道而已。后来后来……我记得我 20 生日岁那天拿到通知书的时候也想过。奶奶，你欠我的了。

今年，也就是明天。又是一个*中秋*节，混蛋问我要怎么过，我说还不知道呢……混蛋的爸爸，妈妈都不在了，我想要是我能陪他就好。我昨天还告诉他我不爱他，可我是真的关心他，我也想象书上的小孩子一样说：我把我的爸爸妈妈分一半给你吧。可是那不可能啊。我知道谁也代替不了谁啊。更何况是亲生父母呢。寝室里的姐妹说，明天去湘江边玩，我说好。我不想离开这个群体，否则我会寂寞，我会想起很多很多我不愿意想起的事情。只有喧闹才能让我暂时忘记，即使是片刻也好啊……走一步算一步，我一直这样想的。

9.（略）

10. 样张如下：

某商场上半年各品牌电脑销量表（台）

月份	惠普	华硕	明基	三星	联想
1	63	96	86	79	89
2	89	81	67	60	56
3	35	64	72	87	83
4	78	72	56	61	66
5	81	43	88	77	55
6	78	49	68	87	90
总销售量	424	405	437	451	439
平均销售量	70.67	67.5	72.83	75.17	73.17

第四章 电子表格软件 Excel 2003

一、实验环节

实验 1 工作表的基本操作和格式化

【实验目的】

1. 掌握工作薄、工作表的基本操作。
2. 掌握数据的输入、编辑。
3. 掌握公式和函数的使用。
4. 掌握工作表数据的格式化。

【实验内容】

1. 工作薄的创建。

新建一个空白工作簿，在 Sheet1 工作表中建立一个如图 4–1 所示的学生成绩表。

学生表 学号	姓名	语文	数学	外语	政治	计算机	总分
08001	王海	76	89	78	69	78	
08002	张燕	87	85	67	89	86	
08003	孙俪	90	84	85	86	94	
08004	张军	78	76	91	84	86	
08005	郭彩娟	54	80	74	93	75	
08006	李群	79	82	89	88	95	
08007	王一梅	90	83	75	65	88	
08008	钱保平	84	77	86	76	69	

图 4–1 数据表

2. 公式和函数的使用。

用 SUM 函数并结合填充柄的复制公式的功能，计算出每一位同学的“总分”。在“总分”后添加一列，输入标题“总评”，利用 IF 函数按总分进行总评（总分在 430 分以上的为“优秀”，其他为“一般”）。

3. 工作表数据的格式化。

将工作表标题设为华文彩云、20 磅，在 A1:I1 区域中中部居中；列标题设为宋体、16 磅，在单元格中水平且垂直居中；其余数据设置为楷体、16 磅，靠右对齐；并将表格中的所有数值型数据保留一位小数；设置表格外部边框为粉红色双线，内部边框为青绿色单实线。

4. 工作薄的保存。

将工作薄保存为“学生成绩表.xls”，保存位置为 D 盘根目录。

5. 工作表的基本操作。

打开“学生成绩表.xls”工作簿，在 Sheet2 工作表之前插入一个新的工作表，将其命名为“总成绩”，将 Sheet1 工作表中的“学号”、“姓名”、“总分”三列数据复制到新工作表中。

【实验步骤】

1. 工作薄的创建。

启动 Excel，系统会自动创建一个空白工作簿。如图 4–1 所示，在 Sheet1 中创建工作表。

（1）单击 A1 单元格，输入“学生表”。

（2）分别单击 A2，B2，C2，D2，E2，F2，G2，H2 单元格，依次输入“学号”、“姓名”、“语文”、“数学”、“外语”、“政治”、“计算机”、“总分”（注意：“学号”列数据为字符型数据，输入方法为：先输单引号，再输数值型数据。如：'08001）。

（3）在 A3～G10 单元格中输入学生的学号、姓名及单科成绩，具体数据如图 4–1 所示。

2. 公式和函数的使用。

（1）选择 H3 单元格，输入=SUM（C3:G3），单击编辑栏的输入按钮，确定输入，拖动填充柄至 H10 单元格。

（2）单击 I2 单元格，输入“总评”。

（3）选择 I3 单元格，选择“插入”菜单中的“函数”命令，选择 IF 函数。

（4）在弹出的“函数参数”对话框中的 Logical_test 文本框中输入条件 H3＞430，在 Value_if_ture 文本框中输入“优秀”，在 Value_if_false 文本框中输入“一般”，如图 4–2 所示。

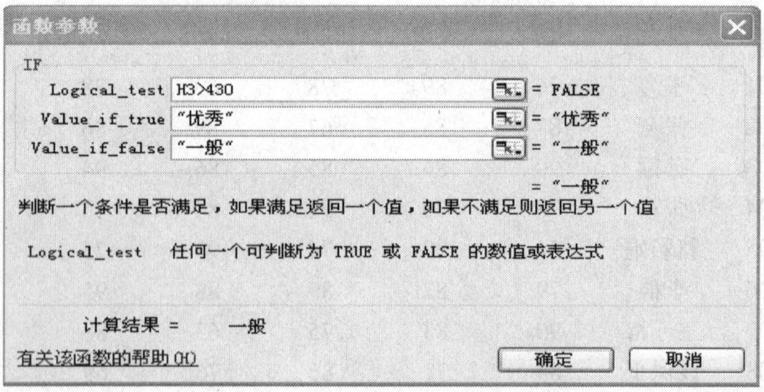

图 4–2 IF“函数参数”对话框

（5）单击“确定”按钮。

（6）拖动 I3 单元格的填充柄至 I10 单元格。

3. 工作表数据的格式化。

参照如图 4–3 所示的样张格式化表格。

（1）设置表格标题格式：在 A1:I1 区域中部居中，字体为“华文彩云”，字号为 20 磅。

① 选择 A1:I1 单元格区域。

② 单击“格式”工具栏上的“合并及居中”按钮，或者选择“格式”菜单中的“单元格”命令，弹出“单元格格式”对话框，打开对话框中的“对齐”选项卡，如图 4–4 所示。在“水平对齐”的下拉列表框中选择“跨列居中”选项。

学生表								
学号	姓名	语文	数学	外语	政治	计算机	总分	总评
08001	王海	76.0	89.0	78.0	69.0	78.0	390.0	一般
08002	张燕	87.0	85.0	67.0	89.0	86.0	414.0	一般
08003	孙俪	90.0	84.0	85.0	86.0	94.0	439.0	优秀
08004	张军	78.0	76.0	91.0	84.0	86.0	415.0	一般
08005	郭彩娟	54.0	80.0	74.0	93.0	75.0	376.0	一般
08006	李群	79.0	82.0	89.0	88.0	95.0	433.0	优秀
08007	王一梅	90.0	83.0	75.0	65.0	88.0	401.0	一般
08008	钱保平	84.0	77.0	86.0	76.0	69.0	392.0	一般

图 4–3　样张

③ 在“垂直对齐”下拉列表框中选择“居中”选项。

④ 打开“单元格格式”话框中的“字体”选项卡，在“字体”下拉列表框中选择“华文彩云”，在“字号”下拉列表框中选择 20，如图 4–5 所示。

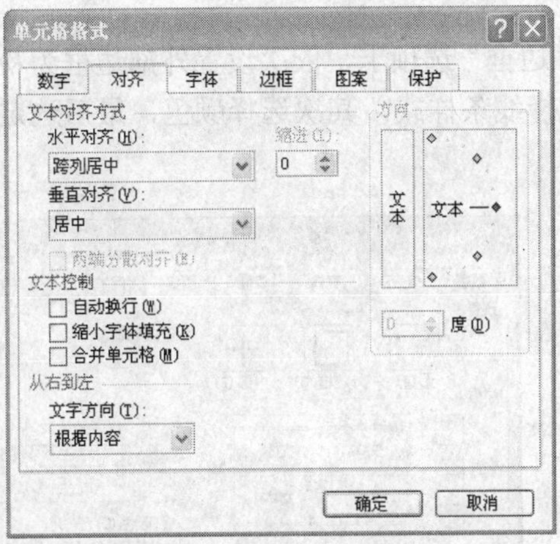

图 4–4 “对齐”选项卡

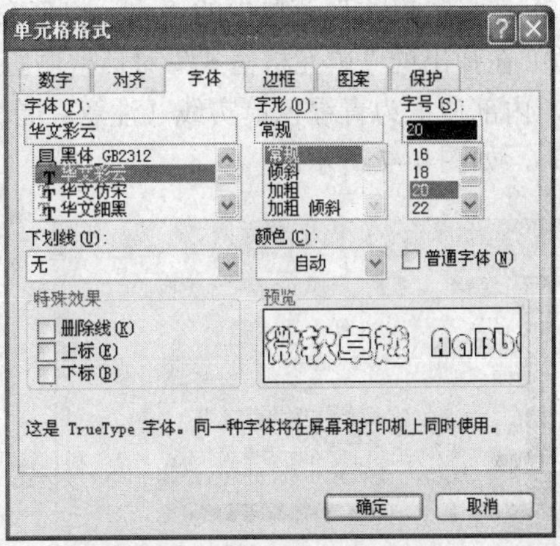

图 4–5 “字体”选项卡

⑤ 单击“确定”按钮。

（2）设置列标题格式：字体为“宋体”，字号为 16 磅，对齐方式为“水平居中”、“垂直居中”。

① 选择列标题所在的单元格区域 A2:I2。

② 选择“格式”菜单中的“单元格”命令。

③ 在弹出的“单元格格式”对话框中打开“对齐”选项卡，分别在“水平对齐”下拉列表框和“垂直对齐”下拉列表框中选择“居中”选项。

④ 打开“单元格格式”对话框中的“字体”选项卡，在“字体”下拉列表框中选择“宋体”，在“字号”下拉列表框中选择 16。

⑤ 单击“确定”按钮。

（3）设置表格中其余数据的格式：字体为“楷体”，字号为 16 磅，水平方向上右对齐。

① 选定其余数据所在的单元格区域 A3:I10。

② 选择“格式”菜单中的“单元格”命令。

③ 在弹出的“单元格格式”对话框中打开“对齐”选项卡。

④ 在“水平对齐”下拉列表框中选择“靠右”选项。

⑤ 打开“单元格格式”对话框中的“字体”选项卡，在“字体”下拉列表框中选择“楷体”，在“字号”下拉列表框中选择 16。

⑥ 单击“确定”按钮。

（4）设置数字格式：将表格中所有数值型数据设置为保留一位小数。

① 选定各单科成绩及总分所在列的数据区域 C3:H10。

② 选择“格式”菜单中的“单元格”命令。

③ 在弹出的“单元格格式”对话框中打开“数字”选项卡，在左侧的“分类”列表框中选择“数值”选项，在右侧的“小数位数”微调框中输入“1”，如图 4–6 所示。

④ 单击“确定”按钮。

（5）设置表格边框线的格式：外边框为粉红色双线，内边框为青绿色单实线。

① 选定 A1:I10 单元格区域。

② 选择“格式”菜单中的“单元格”命令。

③ 在弹出的“单元格格式”对话框中打开“边框”选项卡，依次设置外部边框为粉红色双线，内部边框为青绿色单实线（注意：首先选择线条样式，其次选择颜色，最后选定预置选项），如图 4–7 所示。

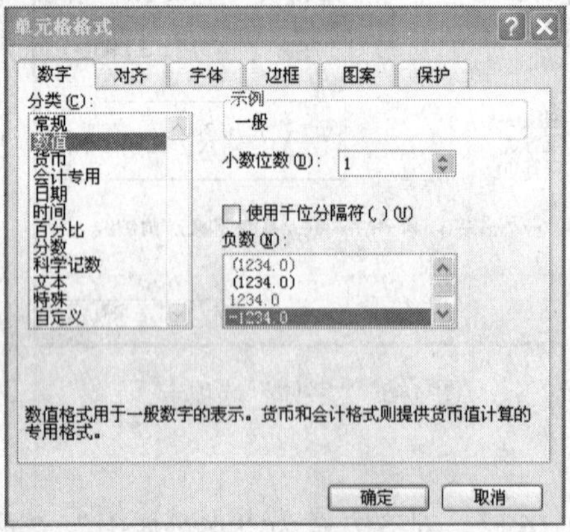

图 4–6 “数字”选项卡

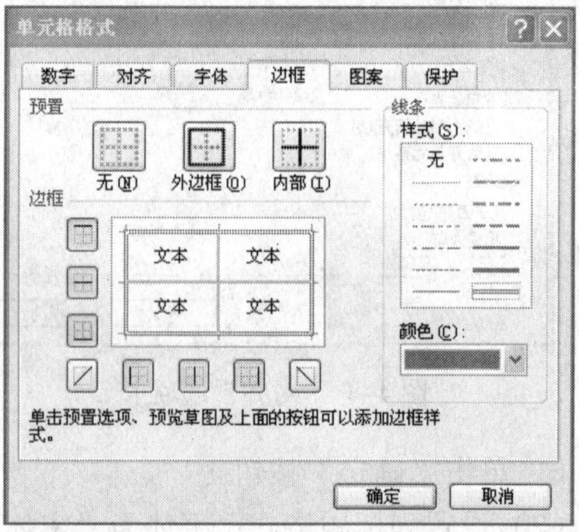

图 4–7 “边框”选项卡

④ 单击“确定”按钮。

4. 工作簿的保存。

选择“文件”菜单中的“保存”命令，在弹出的“另存为”对话框中设置保存位置为 D 盘，文件名为“学生成绩表”，保存类型为默认的 Excel 工作簿，单击“保存”按钮。

5. 工作表的基本操作。

（1）打开已有的工作簿文件。

选择“文件”菜单中的“打开”命令，弹出“打开”对话框，在“查找范围”下拉列表框中选择“本地磁盘（D:）”，在下方的文件区中选择“学生成绩表”。

单击“打开”按钮。

（2）插入工作表。

选择 Sheet2 工作表，选择“插入”菜单下的“工作表”命令（注意：插入的工作表位于当前工作表之前）。

（3）工作表的命名。

双击新工作表标签，或者在新工作表标签上右击，在弹出的快捷菜单中选择“重命名”命令，当工作表标签上的名称呈反色显示时，输入“总成绩”，再按 Enter 键；用同样方法将 Sheet1 工作表命名为“学生成绩表”。

（4）工作表中数据的复制。

单击“学生成绩表”工作表标签。按下 Ctrl 键分别选择“学号”、“姓名”及“总分”三列数据。单击“常用”工具栏中的“复制”按钮。单击“总成绩”工作表标签。在 A1 单元格上右击，在弹出的快捷菜单中选择“选择性粘贴”命令。在随后打开的“选择性粘贴”对话框中选中“数值”单选按钮，如图 4–8 所示，单击“确定”按钮。

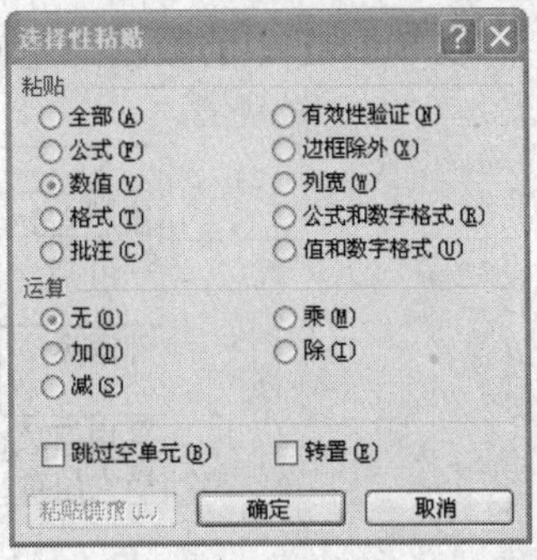

图 4–8 “选择性粘贴”对话框

【实验思考】

1. 将新工作簿内的工作表数目设置为 5 个。
2. 利用其他方法完成总分和总评的计算。

实验 2　数据管理

【实验目的】

1. 掌握数据列表的排序，筛选。
2. 掌握数据的分类汇总。
3. 掌握数据透视表的创建。

【实验内容】

1. 数据列表的基本操作。

启动 Excel 2003，在 Sheet1 中建立如图 4–9 所示的工作表数据。在 A3:A12 区域中输入学号，并在 H3:H12 区域中计算总分；用自动套用格式中的“彩色 2”对工作表进行格式化。

2. 数据列表的排序。

将 Sheet1 中的数据表复制到 Sheet2 中；在 Sheet2 工作表中，先按性别排序，性别相同再按总分的降序进行排序。

	A	B	C	D	E	F	G	H
1	学生成绩表							
2	学号	姓名	系别	性别	英语	数学	政治	总分
3		李辉	经济系	男	70	67	66	
4		高山	经济系	男	92	97	69	
5		林耀	经济系	女	65	77	69	
6		刘星	经济系	男	46	65	65	
7		张飞	外语系	男	79	87	89	
8		蔡霞	外语系	女	97	88	90	
9		李柯	外语系	女	56	67	80	
10		张梅	经济系	女	68	54	66	
11		王平	外语系	男	80	86	88	
12		李琳	外语系	女	90	89	85	

图 4–9　数据表

3. 数据列表的筛选。

在 Sheet2 工作表中，筛选出总分大于 250 分的所有学生记录。

4. 数据的分类汇总。

将 Sheet1 中的所有数据复制到 Sheet3 中，然后对 Sheet3 中的数据进行分类汇总操作。要求统计出男女生人数及男女生的总分最高分。

5. 数据透视表。

以 Sheet1 中的数据为基础，建立如图 4–10 所示的数据透视表。

		性别		
系别	数据	男	女	总计
经济系	平均值项:英语	69.33333333	66.5	68.2
	最大值项:总分	258	211	258
外语系	平均值项:英语	79.5	81	80.4
	最大值项:总分	255	275	275
平均值项:英语汇总		73.4	75.2	74.3
最大值项:总分汇总		258	275	275

图 4–10 数据透视表

【实验步骤】

1. 数据列表的基本操作。

（1）运行 Excel 2003 应用程序。

（2）单击 Sheet1 工作表标签，从 Sheet1 工作表的 A1 单元格开始输入图 4–9 所示的数据。

（3）在“学号”列输入 08001—08010。

（4）用函数计算出各学生的总分。

（5）选定数据表区域 A1:H12，选择“格式”菜单中的“自动套用格式”命令，在弹出的“自动套用格式”对话框中选择“彩色 2”，单击“确定”按钮。Sheet1 工作表如图 4–11 所示。

	A	B	C	D	E	F	G	H
1	学生成绩表							
2	学号	姓名	系别	性别	英语	数学	政治	总分
3	08001	李辉	经济系	男	70	67	66	203
4	08002	高山	经济系	男	92	97	69	258
5	08003	林耀	经济系	女	65	77	69	211
6	08004	刘星	经济系	男	46	65	65	176
7	08005	张飞	外语系	男	79	87	89	255
8	08006	蔡霞	外语系	女	97	88	90	275
9	08007	李柯	外语系	女	56	67	80	203
10	08008	张梅	经济系	女	68	54	66	188
11	08009	王平	外语系	男	80	86	88	254
12	08010	李琳	外语系	女	90	89	85	264

图 4–11 Sheet1 工作表

2. 数据列表的排序。

（1）选定 Sheet1 工作表中的数据表区域 A1:H12，单击“常用”工具栏上的“复制”按钮。

（2）单击 Sheet2 工作表标签，选择 A1 单元格，单击“常用”工具栏上的“粘贴”按钮。

（3）选择数据列表中的任意单元格。

（4）选择“数据”菜单中的“排序”命令，打开“排序”对话框。

（5）在“主要关键字”下拉列表框中选择“性别”，在“次要关键字”下拉列表框中选择“总分”，选择右边的“降序”单选按钮，如图 4–12 所示。

（6）单击“确定”按钮。

3. 数据列表的筛选。

（1）在 Sheet2 工作表中，选择数据列表中的任意单元格，打开“数据”菜单，选择“筛选”级联菜单中的“自动筛选”命令。

（2）单击“总分”右侧的下三角按钮，选择“自定义”选项。

（3）在弹出的“自定义自动筛选方式”对话框中，在左侧的下拉列表框中选择“大于”，在右侧的下拉列表框中输入“250”，如图 4–13 所示。

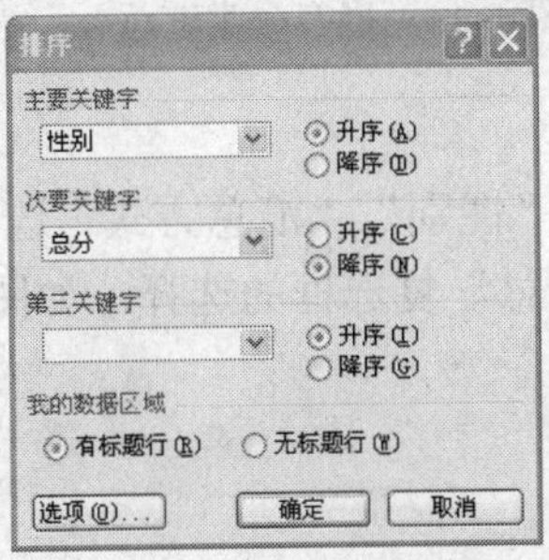

图 4–12　“排序”对话框

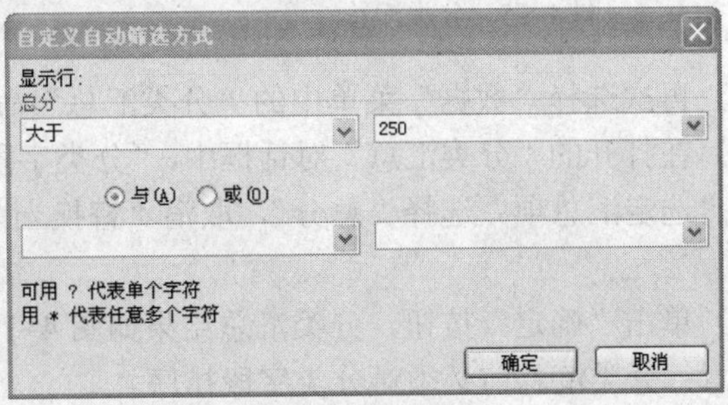

图 4–13　“自定义自动筛选方式”对话框

（4）单击“确定”按钮。Sheet2 工作表如图 4–14 所示。

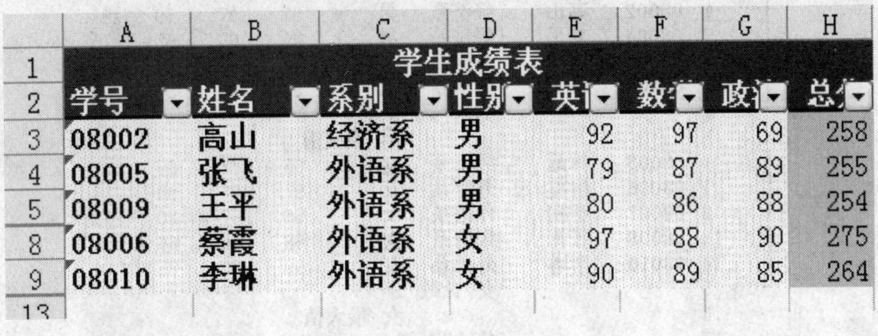

	A	B	C	D	E	F	G	H
1	学生成绩表							
2	学号	姓名	系别	性别	英语	数学	政治	总分
3	08002	高山	经济系	男	92	97	69	258
4	08005	张飞	外语系	男	79	87	89	255
5	08009	王平	外语系	男	80	86	88	254
8	08006	蔡霞	外语系	女	97	88	90	275
9	08010	李琳	外语系	女	90	89	85	264
13								

图 4–14　Sheet2 工作表

4. 数据的分类汇总。

（1）单击 Sheet1 工作表标签，选定 A1:H12 数据区域，单击“常用”工具栏上的“复制”按钮。

（2）单击 Sheet3 工作表标签，选择 A1 单元格，单击“常用”工具栏上的“粘贴”按钮。

（3）选择“性别”字段名，单击“常用”工具栏上的“升序排序”按钮。

（4）选择“数据”菜单中的“分类汇总”命令。

（5）在打开的“分类汇总”对话框中，“分类字段”选择“性别”，“汇总方式”选择“计数”，“选定汇总项”选择“性别”，如图 4–15 所示，单击“确定”按钮。

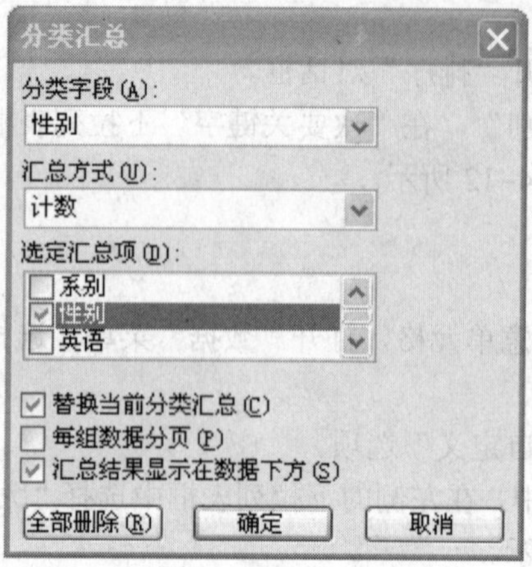

图 4–15　分类汇总

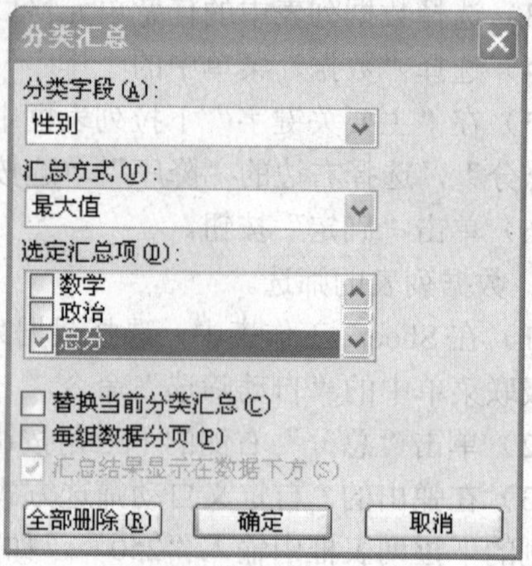

图 4–16　嵌套分类汇总

（6）再次选择“数据”菜单中的“分类汇总”命令。

（7）在打开的“分类汇总”对话框中，“分类字段”选择“性别”，“汇总方式”选择“最大值”，“选定汇总项”选择“总分”，取消“替换当前分类汇总”复选框的选择，如图 4–16 所示。

（8）单击“确定”按钮，分类汇总结果如图 4–17 所示。

注意：分类汇总前必须对分类字段排序。

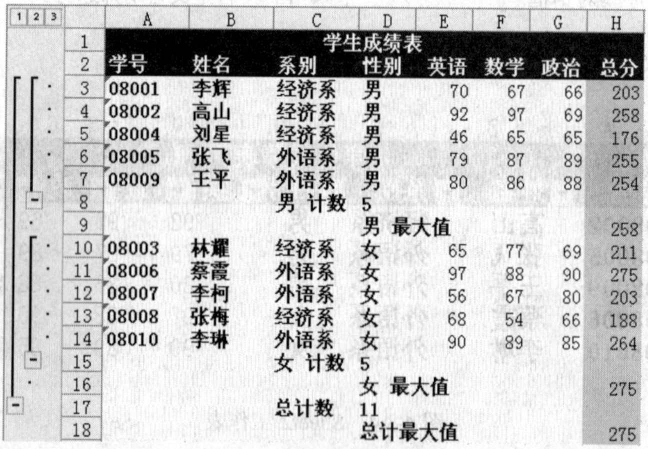

	A	B	C	D	E	F	G	H
1	学生成绩表							
2	学号	姓名	系别	性别	英语	数学	政治	总分
3	08001	李辉	经济系	男	70	67	66	203
4	08002	高山	经济系	男	92	97	69	258
5	08004	刘星	经济系	男	46	65	65	176
6	08005	张飞	外语系	男	79	87	89	255
7	08009	王平	外语系	男	80	86	88	254
8			男 计数	5				
9				男 最大值				258
10	08003	林耀	经济系	女	65	77	69	211
11	08006	蔡霞	外语系	女	97	88	90	275
12	08007	李柯	外语系	女	56	67	80	203
13	08008	张梅	经济系	女	68	54	66	188
14	08010	李琳	外语系	女	90	89	85	264
15			女 计数	5				
16				女 最大值				275
17			总计数	11				
18				总计最大值				275

图 4–17　Sheet3 工作表

5. 数据透视表

（1）单击 Sheet1 工作表标签，选择数据列表中的任意单元格。选择“数据”菜单中的“数据透视表和数据透视图”命令，打开“数据透视表和数据透视图向导”对话框。

（2）步骤 1：在“请指定待分析数据的数据源类型”中选择“Microsoft Office Excel 数据列表或数据库”，在“所需创建的报表类型”中选择“数据透视表”，如图 4–18 所示，单击“下一步”按钮。

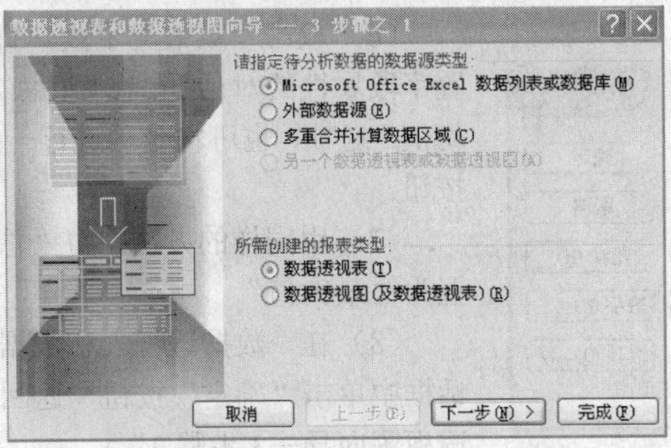

图 4–18　“数据透视表和数据透视图向导—3 步骤之 1”对话框

（3）步骤 2：选定用来创建透视表的数据区域，单击“下一步”按钮，如图 4–19 所示。

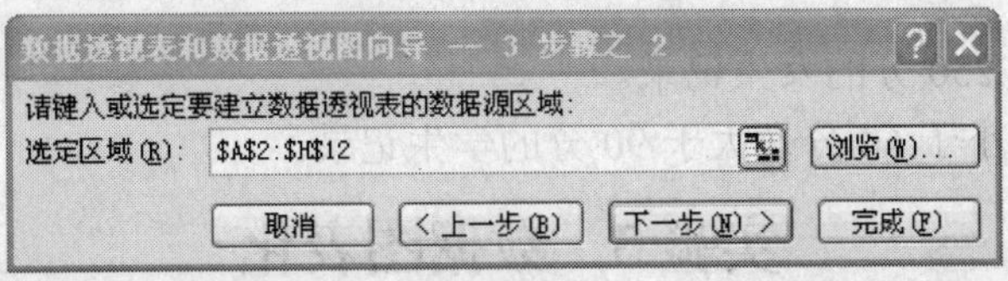

图 4–19　“数据透视表和数据透视图向导—3 步骤之 2”对话框

（4）步骤 3：选定“数据透视表显示位置”，设置数据透视表显示在 Sheet1 工作表中以 A14 单元格为起始单元格的区域中，如图 4–20 所示。

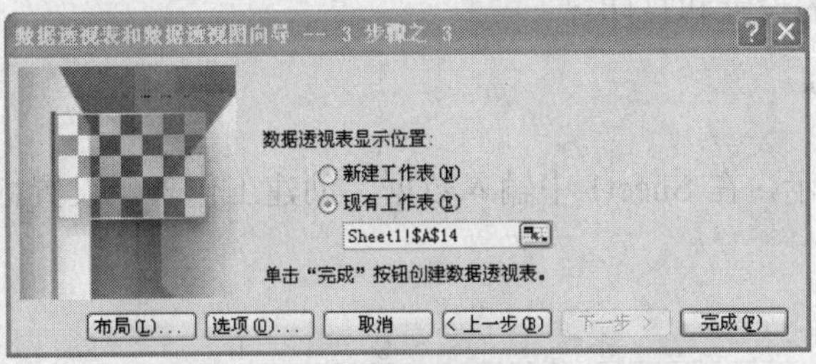

图 4–20　“数据透视表和数据透视图向导—3 步骤之 3”对话框

（5）单击“布局”按钮，打开“布局”对话框。如图 4–21 所示。将“性别”拖曳到列区域，将“系别”拖曳到行区域，分别将“英语”、“总分”拖曳到数据区域。

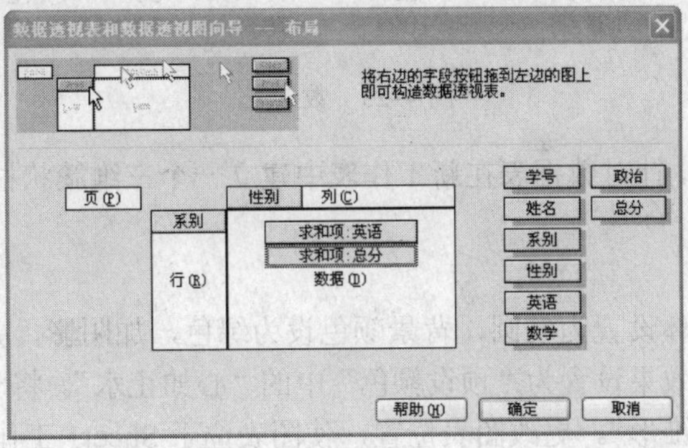

图 4–21　“数据透视表和数据透视图向导—布局”对话框

（6）双击“英语”字段，打开如图 4–22 所示的设置字段属性的对话框，在“汇总方式”列表框中选择“平均值”选项，也可将名称进行一定的修改。单击“确定”按钮。

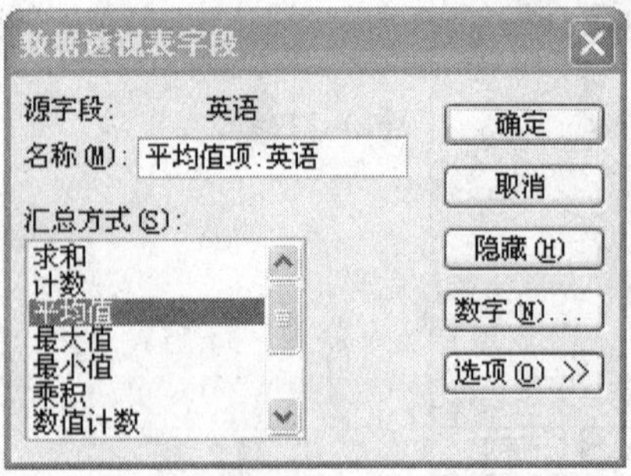

图 4–22 “数据透视表字段”对话框

（7）用同样的方法，将“总分”字段的汇总方式设置为“最大值”。

（8）在“数据透视表和数据透视图向导—布局”对话框中单击“确定”按钮，返回到“数据透视表和数据透视图向导—3 步骤 3”。

（9）单击“完成”按钮，即可在 Sheet1 工作表中创建数据透视表。

【实验思考】

1. 筛选成绩大于 250 分的女生记录。

2. 筛选英语成绩小于 60 分及大于 90 分的学生记录。

实验 3　数据图表化

【实验目的】

1. 掌握图表的创建。

2. 掌握编辑图表的方法，能根据不同的要求做出不同的图表。

3. 掌握打印区域的设置和打印。

【实验内容】

1. 图表的创建。

（1）如图 4–23 所示，在 Sheet1 中输入数据，创建工作表。设置标题在 A1:E1 区域中合并及居中。

	A	B	C	D	E
1	图书分类销售表				
2		一季度	二季度	三季度	四季度
3	文艺类	87	91	88	90
4	经济类	85	94	81	89
5	外语类	76	79	77	81
6	教材类	65	69	50	72
7	儿童类	109	75	90	85

图 4–23　数据表

（2）利用图表向导，针对数据表在新工作表中建立一个三维簇状柱形图。图标标题为“图书分类销售情况”。

2. 图表的格式化。

将图表中的图例字体设置为幼圆，背景颜色设为绿色，加阴影，并将其放在图表上部。图表背景墙区域的填充效果设置为“预设颜色”中的“心如止水”。将一季度的数据系列的形状由“柱形”改为“圆锥形”。更改图表位置，使图表位于 Sheet1 工作表的 A9:H24 区域中。

3. 图表的编辑。

在工作表中删除“文艺类”的数据，观察图表的相应变化。修改“教材类”的数据，观察图表的相应变化。将图表类型改为三维折线图。

4. 页面设置。

将工作表的页边距设置为上、下各 2 cm，左、右各 1.5 cm，工作表在纸张中水平方向、垂直方向均居中。将此表进行页眉/页脚设置，页眉设为“学生成绩管理表”，字体为黑体、10 磅、居中。选择打印纸的大小为 A4，打印范围为当前工作表，打印 3 份，打印预览满意后，进行打印输出。

【实验步骤】

1. 图表的创建。

（1）运行 Excel 2003，在 Sheet1 工作表中输入图 4–23 所示数据。选中 A1：E1 区域，单击“格式”工具栏中的“合并及居中”按钮。

（2）选择 A2：E7 区域，选择“插入”菜单中的“图表”命令，打开“图表向导”对话框。

（3）步骤 1：打开“标准类型”选项卡。在“图表类型”列表框中选择“柱形图”，在“子图表类型”区域中选择“三维簇状柱形图”，如图 4–24 所示。单击“下一步”按钮。

图 4–24　图表向导—4 步骤之 1—图表类型

（4）步骤 2：打开“数据区域”选项卡，设置用来创建图表的数据区域，选择系列产生在“列”，如图 4–25（a）所示。

（5）打开“系列”选项卡，在“名称”区设置每个系列的名称，在“分类（X）轴标志（T)”中设置分类轴名称，如图 4–25（b）所示，单击“下一步”按钮。

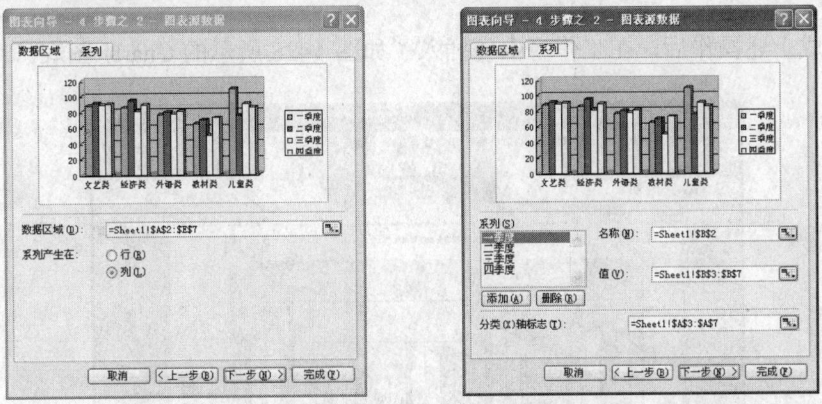

图 4–25　图表向导—4 步骤之 2—图表源数据

（a）“数据区域”选项卡；（b）“系列”选项卡

（6）步骤 3：打开“标题”选项卡，在“图表标题”文本框中输入“图书分类销售情况”，如图 4–26 所示，单击“下一步”按钮。

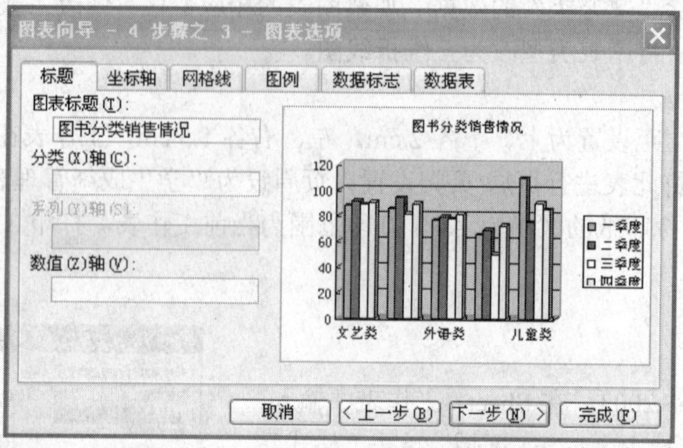

图 4–26　图表向导—4 步骤之 3—图表选项

（7）步骤 4：选择“作为新工作表插入”单选项，确定图表插入的位置，如图 4–27 所示，单击“完成”按钮。

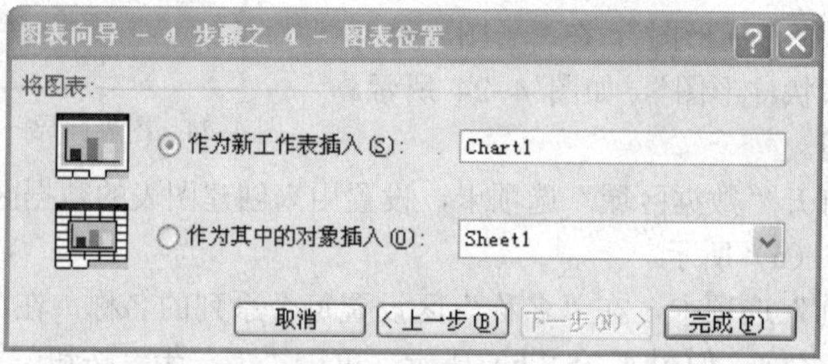

图 4–27　图表向导—4 步骤之 4—图表位置

（8）完成上述操作后，在工作簿中便插入了如图 4–28 所示的 Chart1 图表。

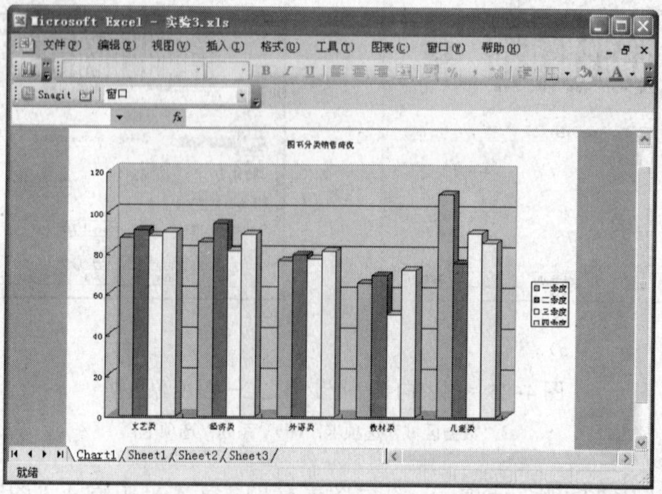

图 4–28　建好的图表

2. 图表的格式化。

（1）双击“图例”区域，打开“图例格式”对话框，如图 4–29 所示。打开“图案”选项卡，背景颜色设为绿色，加阴影；打开“字体”选项卡，将字体设置为幼圆；打开“位置”选项卡，设置图表中的图例位置为“靠上”。

（2）双击“背景墙”区域，打开“背景墙格式”对话框，如图 4–30 所示。单击“填充效果”按钮，弹出“填充效果”对话框，如图 4–31 所示。

（3）在“填充效果”对话框中，打开“渐变”选项卡，在“颜色”区域中，单击“预设”单选按钮，在“预设颜色”的下拉列表中选择“心如止水”，单击“确定”按钮。返回“背景墙格式”对话框，再单击“确定”按钮。

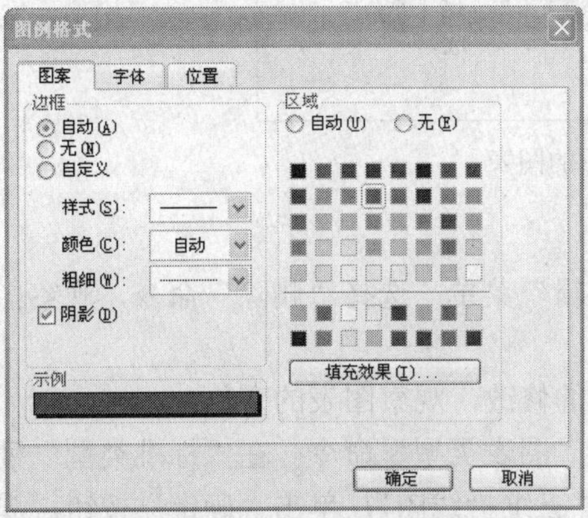

图 4–29 “图例格式”对话框

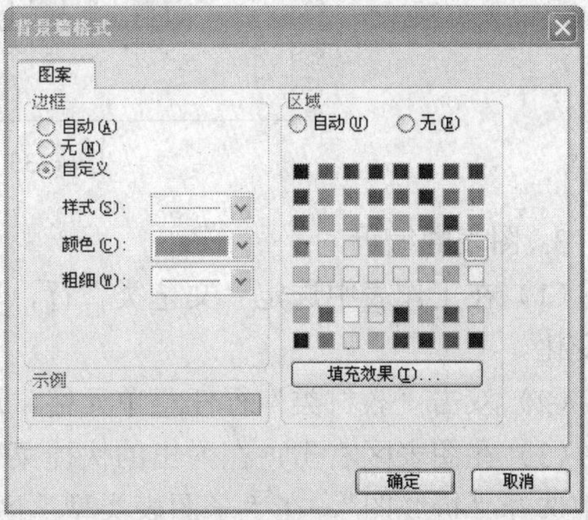

图 4–30 “背景墙格式”对话框

（4）双击一季度的柱形区域，打开“数据系列格式”对话框，如图 4–32 所示。打开“形状”选项卡，选择“圆锥形”，单击“确定”按钮。

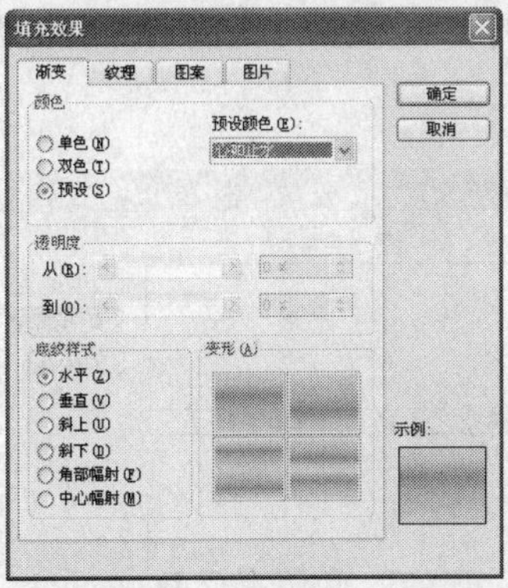

图 4–31 “填充效果”对话框

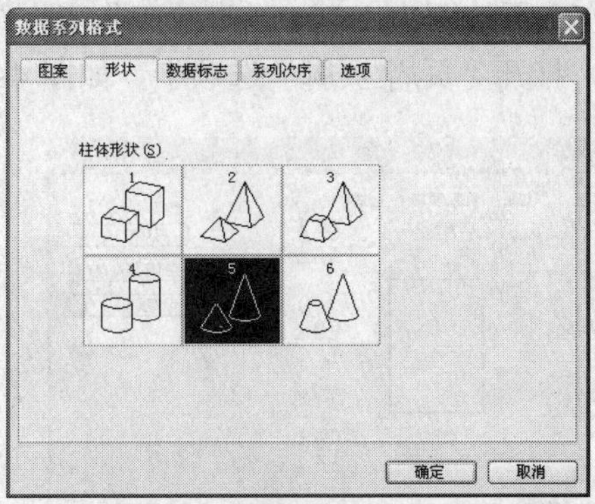

图 4–32 “数据系列格式”对话框

（5）在图表区域中右击，弹出的快捷菜单中选择“位置”命令。在“图表位置”对话框中，选择“作为其中的对象插入”单选项，并将对象设置为 Sheet1 工作表。在 Sheet1 工作表中，移动图表的位置，改变图表的大小，使其位于 A9:H24 区域中。

（6）格式化之后的图表如图 4–33 所示。

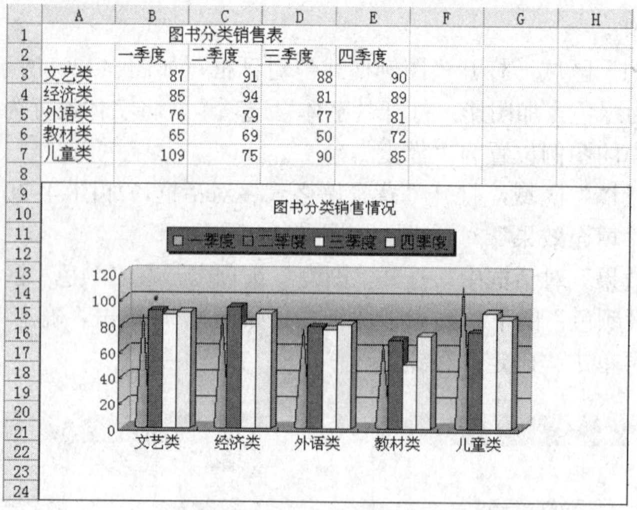

图 4–33 格式化后的图表

3. 图表的编辑。

（1）在工作表中选定“文艺类”行，单击“编辑”菜单，选择“删除”命令，观察图表的变化。

（2）双击“教材类”行任意单元格，进行数据的修改，观察图表的变化。

（3）在图表区右击，在弹出的快捷菜单中选择“图表类型”命令。在“标准类型”列表框中选择“折线图”，在“子图表类型”区域选择“三维折线图”，单击“确定”按钮。观察图表的变化。

4. 页面设置。

（1）选择“文件”菜单中的“页面设置”命令。

（2）在打开的“页面设置”对话框中，打开“页边距”选项卡，分别调整上下页边距为 2 cm，左右页边距为 1.5 cm；设置工作表在纸张中水平居中，垂直居中。如图 4–34 所示。

（3）打开“页眉/页脚”选项卡，如图 4–35 所示。

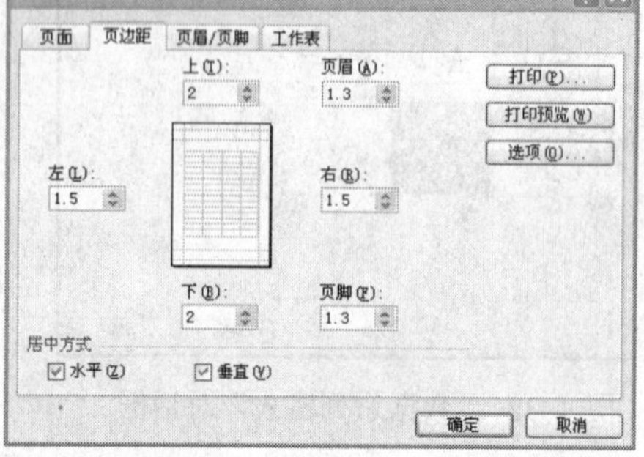

图 4–34 “页边距”选项卡

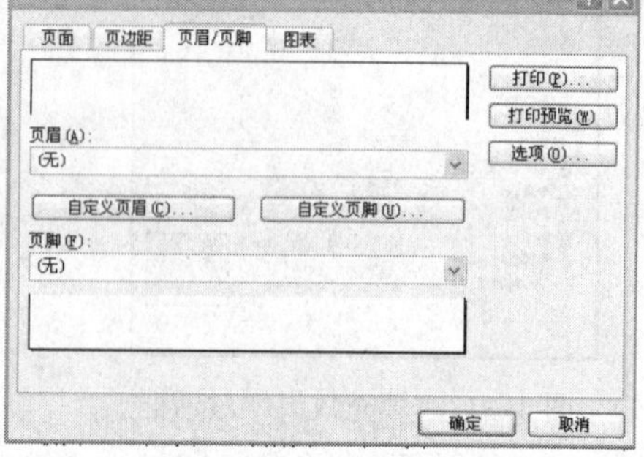

图 4–35 “页眉/页脚”选项卡

（4）单击“自定义页眉”按钮，打开如图 4–36 所示的对话框。

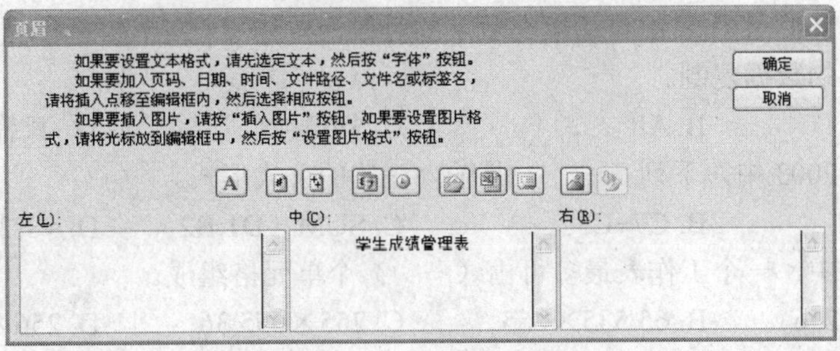

图 4–36 “自定义页眉”对话框

（5）在中间区域输入“学生成绩管理表”，单击“字体”按钮，设置字体为黑体，字号为 10 磅，单击“确定”按钮，返回到“页面设置”对话框中。

（6）打开“页面”选项卡，如图 4–37 所示，在“纸张大小”下拉列表框中选择 A4。

（7）单击“打印预览”按钮，进入打印预览视图，预览效果满意后，关闭预览窗口。

（8）单击“确定”按钮，关闭“页面设置”对话框。选择“文件”菜单中的“打印”命令，打开“打印内容”对话框，如图 4–38 所示。

（9）在“打印内容”区域，单击“选定工作表”单选按钮，在“份数”区域中的“打印份数”微调框中输入“3”，单击“确定”按钮。

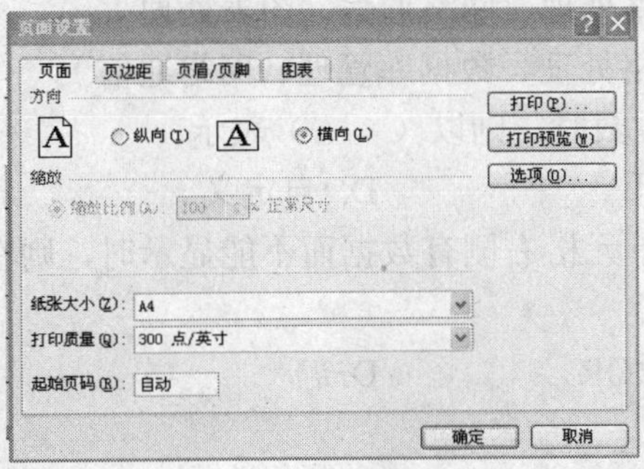

图 4–37 “页面设置”对话框

图 4–38 “打印内容”对话框

二、测试练习

一、选择题

1. 打开一个 Excel 2003 工作簿的时候，一般默认时有（　　）张工作表。

A. 1　　B. 2　　C. 3　　D. 5

2. 在 Excel 2003 中，最小的工作单位是（　　）。

A. 工作簿　　B. 单元格　　C. 工作表　　D. 行或列

3. 在 Excel 2003 工作簿中的系统默认扩展名为（　　）。

A. xls　　B. lsx　　C. dbf　　D. doc

4. Excel 2003 中，下列输入数据属于字符型的是（　　）。

A. =A1+3　　B. =SUM（A1:A2）　　C. 03001　　D. SUM（A1，A2）

5. 向 Excel 2003 工作表中自动填充数字的时候，按住（　　）键，填充的数字会依次递增，而不是简单的数据复制。

A. Ctrl　　B. Alt　　C. Shift　　D. 只拖动填充句柄

6. 在 Excel 2003 中，下列（　　）是输入正确的公式形式。

A. B2*D6+1　　B. C7+C3　　C. SUM（D1:B2）　　D. =8^3

7. 在 Excel 中，一个工作表最多可由（　　）个单元格组成。

A. 65 536×256　　B. 65 535×255　　C. 255×655 36　　D. 256×655 35

8. 在 Excel 中，对某列数据作升序排列的时候，在该列上具有相同数值的行将会（　　）。

A. 重新排序　　B. 保持原顺序　　C. 逆序排列　　D. 排在最后

9. 在 Excel 2003 中选取自动筛选后，会在（　　）出现下拉式按钮图标。

A. 空白单元格　　B. 所有单格内　　C. 字段名旁　　D. 底部

10. （　　）是 Excel 2003 中极具特色的一种输入方法，是 Excel 2003 的核心。

A. 公式　　B. 数据输入　　C. 数据　　D. 图表

11. 在工作表中，选取不连续的区域时，首先按下（　　）键，然后单击需要的单元格区域。

A. Ctrl　　B. Alt　　C. Shift　　D. BackSpace

12. Excel 2003 的主要功能是（　　）。

A. 表格处理、文字处理、文件处理　　B. 表格处理、网络通信、图表处理

C. 表格处理、数据库管理、图表管理　　D. 表格处理、数据库管理、网络通信

13. 在单元格内，输入数字超过单元格能显示的位数时，则以（　　）表示。

A. 科学计数　　B. 百分比　　C. 货币　　D. 自定义

14. 如果单元格中的日期或时间型数据太长，该单元格右侧有数据而不能显示时，则在单元格内显示一组（　　）。

A. ?　　B. *　　C. ERROR　　D. #

15. 下列（　　）表示法是正确的区域表示法。

A. E1#H4　　B. E1..H4　　C. E1:H4　　D. E1>H4

16. 单元格中的数据可以是（　　）。

A. 字符串　　B. 一组数字　　C. 一个图形　　D. A，B，C 都可

17. 对于建立自定义序列，可以使用下列哪一组菜单命令来建立（　　）。

A.“工具”→“选项”　　B.“编辑”→“选项”

C.“插入”→“选项”　　D.“格式”→“选项”

18. 绝对地址前面应使用下列（　　）符号。

A. *　　B. $　　C. #　　D. ^

19. 求 A1—A5 五个单元格数据的平均值，则应使用函数（　　）。

A. INT（A1:A5）　　B. SUM（A1:A5）

C. AVERAGE（A1:A5）　　D. COUNT（A1:A5）

20. 要复制某个单元格的数值而不复制该单元格公式时，应选择“编辑”菜单的（　　）命令。

A. 选择性粘贴　　B. 粘贴　　C. 剪切　　D. 以上命令都行

21. 绝对引用工作表中第 3 行第 5 列单元格内容，引用格式为（　）。

A. F3　　B. $F3　　C. F$3　　D. F3

22. 在单元格中输入当前日期可以使用（　）。

A. Ctrl+分号（;）　　B. Ctrl+Shift+分号（;）

C. Ctrl+冒号　　D. Ctrl+Shift+冒号

23. 单元格中文本数据的默认对齐方式为（　）。

A. 左对齐　　B. 右对齐　　C. 居中对齐　　D. 两端对齐

24. Excel 工作表中可以选择一个或一组单元格，其中活动单元格的数目是（　）。

A. 一个单元格　　B. 一行单元格

C. 一列单元格　　D. 等于被选中单元格的数目

25. Excel 中，（　）键可以快速地创建一个独立的簇状柱型图表。

A. F5　　B. F3　　C. F11　　D. F1

26. 合并单元格时，如果多个单元格中有数据，则（　）。

A. 保留所有数据　　B. 保留最右上角的数据

C. 保留最左上角的数据　　D. 保留最左下角的数据

27. 选中一个单元格，插入列时会（　）。

A. 在单元格右边插入一列　　B. 在单元格的左边插入一列

C. 可选择性的插入一列　　D. 随机插入一列

28. 删除单元格与清除单元格操作（　）。

A. 不一样　　B. 一样　　C. 不确定　　D. 视单元格内容而定

29. 在 Excel 2003 中，修改当前工作表“标签”名称，下列操作中（　）操作不能实现。

A. 双击工作表“标签”

B. 选择“格式”菜单中的“工作表”命令，再选择“重命名”命令

C. 右击工作表“标签”，选择“重命名”

D. 选择“文件”菜单下的“重命名”

30. Excel 的筛选功能包括（　）和自动筛选。

A. 直接筛选　　B. 高级筛选　　C. 简单筛选　　D. 间接筛选

二、填空题

1. Excel 2003 的信息组织结构依次是________、________、________。

2. Excel 2003 的 3 个主要功能是________、图表和数据库。

3. ________引用的含义是将一个含有单元格地址引用的公式复制到一个新的位置时，公式中的单元格地址会根据情况而改变。

4. 工作簿窗口底部有一行工作表标签，________工作表标签可为工作表重新命名。

5. 在 Excel 中，如 B2:B10 区域中存储的是职工工资，求职工工资的总和，应使用函数________，求职工工资的平均值，应使用函数________。

6. 一个工作薄中最多允许创建________张工作表。

7. 启动 Excel 2003 时，通常打开标题为________的一个空白工作薄。

8. Excel 2003 允许在单位格中输入公式，结束输入后，单元格中将显示公式计算的结果，

输入公式的标志是输入一个________。

9. 图表向导由________、________、________和________四步构成。

10. 在同一工作薄中复制工作表，可以利用鼠标拖动的同时按________键实现；在不同工作簿中复制工作表，可以利用________菜单下的________命令。

11. 分类汇总就是对数据清单按某字段进行分类，将________的连续记录作为一类，进行求和、平均、计数等汇总运算；分类汇总前必须对汇总字段进行________。

12. 在 Excel 2003 中，可以在单元格输入的内容有________、________和________。

13. Excel 2003 工作簿默认的扩展名为________。

14. Excel 2003 中，单元格的名称是由工作表的________和________命名的。

15. 在 Excel 2003 中，当选定一个单元格后，其单元格名称显示在________中。

16. ________可以用醒目的格式设置选定单元格区域中满足要求的数据单元格格式。

17. 若要在工作表中只显示满足要求的数据，应选择________菜单中的________命令。

18. 如果想对同一批数据进行不同的汇总方式，应在“分类汇总”对话框中取消________复选框的选择。

19. 如果用预置小数位数的方法输入数据时，当设定小数位数是“2”时，输入 12345 后显示为________。

20. 在 Excel 2003 中，若要对图表标题和图例进行设置，在“图表”菜单中选择________命令。

三、简答题

1. 简述单元格、工作表和工作簿的含义。
2. 数据清除与数据删除有何区别？
3. 如何输入纯数字的文本型数据？
4. 单元格格式对话框包括哪几个选项卡？
5. 通过图表向导创建图表时，分哪几步完成？
6. 自动筛选包括几种类型？
7. 工作簿默认情况下有几张工作表？如何改变新工作簿中默认工作表的数目？
8. 在单元格数据的格式化中，跨列居中和合并居中有什么不同？
9. 简述将当前工作簿中的工作表复制到另一工作簿中的方法。
10. Excel 的单元格引用有相对引用和绝对引用，请简述两者的区别。
11. 向单元格中输入函数有几种方法？分别是什么？
12. 简述快速格式化工作表的方法。
13. 简述条件格式的作用是什么。
14. 如何在已经创建的图表中添加数据系列？
15. 在 Excel 2003 的排序操作中，排序关键字最多可有几个？

四、操作题

以下题目中所有素材均在文件夹“D:\素材\Excel”文件夹下。

1. 打开素材文件夹中的 4–1.xls 文件，完成如下操作。

（1）在 Sheet1 中输入如下数据。

	A	B	C	D	E	F	G	H	I
1	第一车间第五小组（5月份）工资表								
2	编号	姓　名	基本工资	岗位津贴	工龄津贴	奖励工资	应发工资	应扣工资	实发工资
3	001	张小东	540.00	210.00	68.00	244.00		25.00	
4	002	王晓杭	480.00	200.00	64.00	300.00		12.00	
5	003	李立扬	500.00	230.00	52.00	310.00		0.00	
6	004	钱明明	520.00	200.00	42.00	250.00		0.00	
7	005	程坚强	515.00	215.00	20.00	280.00		15.00	
8	006	叶明放	540.00	240.00	16.00	280.00		18.00	
9	007	周学军	550.00	220.00	42.00	180.00		20.00	
10	008	赵爱军	520.00	250.00	40.00	246.00		0.00	
11	009	黄永抗	540.00	200.00	34.00	380.00		10.00	
12	010	梁水冉	500.00	210.00	12.00	220.00		18.00	
13	合计								
14	平均								

（2）设置标题在 A1:I1 区域合并及居中。

（3）将 Sheet1 工作表中的内容复制到 Sheet2 工作表，并将 Sheet2 工作表更名为“工资表”。

（4）删除 Sheet3 工作表。

（5）求出“工资表”中的“应发工资”和“实发工资”，并填入相应的单元格中（应发工资=基本工资+岗位津贴+工龄津贴+奖励工资，实发工资=应发工资–应扣工资）。

（6）求出“工资表”中除“编号”和“姓名”外其余列的合计值和平均数（小数取 2 位）并填入相应的单元格中。

（7）利用自动套用格式中的“古典 3”对表格中的 A1:I14 区域进行格式设置。

（8）对 C3 单元格上方的行及左侧的列实施“冻结窗格”操作。

（9）将结果以“工资表.xls”为文件名进行保存。

2. 打开素材文件夹中的 4–2.xls 文件，完成如下操作。

（1）删除 Sheet2 和 Sheet3 两张工作表。

（2）设置表格标题在表格数据上方合并及居中。

（3）设置第一行的行高为 45，标题字号为 20 磅，字体为黑体、蓝色，垂直居中对齐。

（4）在 Sheet1 中的第 6 行下方增加一行：“计算机病毒，50，80，40，20，45”。

（5）将表格列标题设置为蓝色底纹，白色字体及黄色内框线，水平居中对齐。

（6）设置整个表格的外边框为青色，双线型。

（7）取消单元格中网格线的显示。

（8）将结果以原文件名保存。

3. 打开素材文件夹中的 4–3.xls 文件，完成如下操作。

（1）插入工作表 Sheet2 和 Sheet3，并将 Sheet1 工作表中的数据复制到 Sheet2 中。

（2）在 Sheet2 中的第 D 列左侧增加一列：“普通物理，50，68，69，86，85，76，78，80，75，90”。

（3）在 Sheet2 第 F 列右侧增加一列“平均成绩”，在第 11 行下方增加一行“各科平均”，并求出相应的平均值。

（4）对 Sheet2 中的 10 位学生按“平均成绩”降序排列（“各科平均”行位置不变）。

（5）对 Sheet2 第 G 列和第 12 行中的数据保留一位小数，设置表中所有数据水平方向、垂直方向“居中”对齐。

（6）在 Sheet2 工作表中，给 A1:G12 区域设置细田字边框。

4. 打开素材文件夹中的 4–4.xls 文件，完成如下操作。

（1）计算行业门类的单位总数，将结果放在 C19 单元格。

（2）计算各行业的“比重”（比重=单位个数/单位总计），将结果放在 D3 到 D19 单元格，并以百分比方式显示，保留 1 位小数。

（3）计算占总数最多的百分比（比重的最大值），将结果放在 D21 单元格。

（4）计算占总数最少的百分比（比重的最小值），将结果放在 D22 单元格。

（5）将比重小于等于 10%的单元格数据用红色，斜体表示。

（6）将结果以原文件名保存。

5. 打开素材文件夹中的 4–5.xls 文件，完成如下操作。

（1）完成表格中总分和平均分的计算，结果只保留整数。

（2）根据样张以姓名为分类轴，以平时成绩、笔试成绩、上机考试成绩为系列制作一个“簇状柱形图”。

（3）图表标题为“计算机应用成绩表”，图例显示在下方，并且显示数据表；图表位置为新工作表，新工作表的名称为“成绩图表”。

（4）设置图表的标题为楷体、20 磅、加粗；“图表区”用“预设颜色”中的“雨后初晴”进行填充，底纹式样为“斜上”；“绘图区”用“白色大理石”进行填充。

（5）将结果以原文件名保存。

6. 打开素材文件夹中的 4–6.xls 文件，完成如下操作。

（1）复制 Sheet1 工作表，并将复制所得的工作表更名为“流通表”。

（2）分别求出“流通表”中每个月各类图书借出的合计数和平均数（小数取 2 位）并填入相应的单元格中。

（3）求出“流通表”中每一类图书全年借出的类别平均数，并填入相应单元格中。

（4）将“流通表”中每月所有信息按“月平均”降序排列，并将最高 3 个月的数据以红色字体表示。

（5）根据“流通表”五类图书的类别平均值创建一个“饼图”，显示在 I3:L16 区域，要求以“类别”为图例项，图例位于图表“底部”。

（6）将结果以原文件名保存。

7. 打开素材文件夹中的 4–7.xls 文件，完成如下操作。

（1）利用一季度销售统计数据制作“一季度销售统计图表”。图表类型为“三维簇状柱形图”；系列产生在“列”；图表标题为“一季度销售统计图表”，不显示图例。

（2）利用姓名与合计列的数据制作“员工销售业绩图表”。图表类型为“三维饼图”；系列产生在“列”；图表标题为“员工销售业绩图表”，数据标志显示为“类别名称”。

（3）将结果以原文件名保存。

8. 打开素材文件夹中的 4–8.xls 文件，完成如下操作。

（1）对“流域面积”求和，结果放在 D2 单元格中。

（2）计算各流域占总流域的百分比（以百分比格式显示并保留两位小数）。

（3）复制工作表“河流”，生成“河流　(2)”、“河流　(3)”工作表。

（4）对工作表“河流”按“河流分类”为主关键字升序，“流域面积”为次关键字降序排序。

（5）对工作表“河流　(2)”使用自动筛选显示“内河流”中“流域面积”大于 400 000 km^2 的记录。

（6）对工作表“河流　(3)”分类汇总，分类字段为“河流分类”，对内河流、外河流的流域面积进行汇总。

（7）将结果以原文件名保存。

9. 打开素材文件夹中的 4–9.xls 文件，完成如下操作。

（1）计算表中两种商品的销售额。

（2）将工作表 Sheet1 重命名为“产品销售 1”，通过复制该工作表得到另一张工作表“产品销售 2”。

（3）对工作表“产品销售 1”以月份为主关键字，（月份的顺序为“一月、二月……”），地区为次关键字，按笔画升序对数据表进行排序。

（4）对工作表“产品销售 2”应用自动筛选，使工作表显示地区为北京和上海的销售信息。

（5）将结果以原文件名保存。

10. 打开素材文件夹中的 4–10.xls 文件，完成如下操作。

（1）将 Sheet1 中的“销售证”一列数据删除。

（2）将 Sheet1 中的数据表分别复制到 Sheet2 和 Sheet3 两张工作表中。

（3）在 Sheet1 的表格顶部插入 2 行，设置第一行的行高为 30。

（4）在第一行输入标题“新兴区房地产开发登记表”，字体设置为黑体，加粗，20 磅。并且在表格上方跨列居中，垂直居中。

（5）设置表格样式为自动套用格式“彩色 1”；将“售楼电话”一列的数据设置为文本格式。

（6）应用条件格式将物业类别属于“经济适用房”的单元格数据设置为黄色。

（7）将 Sheet2 和 Sheet3 中的数据列宽调整为“最适合的列宽”。

（8）在 Sheet2 中，按“物业价格”由低到高排序，筛选出“物业类别”为“普通住宅”的所有记录。

（9）在 Sheet3 中，使用分类汇总统计出各物业类别的平均物业价格。

（10）将结果以原文件名保存。

三、参考答案

一、选择题

1. C	2. B	3. A	4. D	5. A	6. D	7. A	8. B	9. C	10. A
11. A	12. C	13. A	14. D	15. C	16. D	17. A	18. B	19. C	20. A
21. D	22. A	23. A	24. A	25. C	26. C	27. B	28. A	29. D	30. B

二、填空题

1. 单元格　工作表　工作簿
2. 计算
3. 相对
4. 双击
5. =SUM（B2:B10）　=Average（B2:B10）
6. 255
7. Book1
8. 等号（=）
9. 图表类型　图表源数据　图表选项　位置
10. Ctrl　编辑　复制或移动工作表
11. 字段值相同　排序
12. 文本　数值　公式
13. xls
14. 列标　行号
15. 名称框
16. 条件格式
17. 数据　筛选
18. 替换当前分类汇总
19. 12 345.00
20. 图表选项

三、简答题（略）

四、操作题

1. 样张如下：

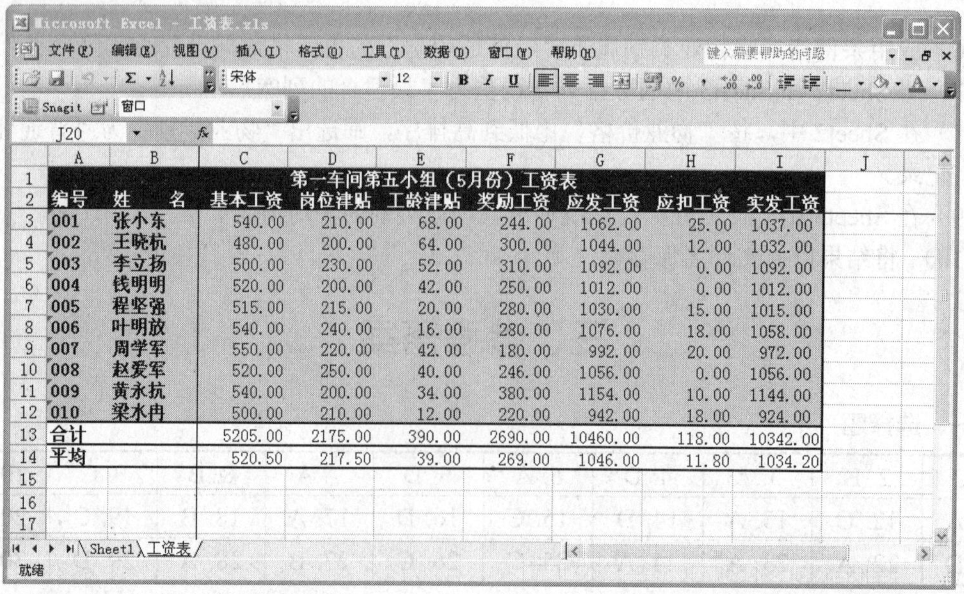

第一车间第五小组（5月份）工资表								
编号	姓　　名	基本工资	岗位津贴	工龄津贴	奖励工资	应发工资	应扣工资	实发工资
001	张小东	540.00	210.00	68.00	244.00	1062.00	25.00	1037.00
002	王晓杭	480.00	200.00	64.00	300.00	1044.00	12.00	1032.00
003	李立扬	500.00	230.00	52.00	310.00	1092.00	0.00	1092.00
004	钱明明	520.00	200.00	42.00	250.00	1012.00	0.00	1012.00
005	程坚强	515.00	215.00	20.00	280.00	1030.00	15.00	1015.00
006	叶明放	540.00	240.00	16.00	280.00	1076.00	18.00	1058.00
007	周学军	550.00	220.00	42.00	180.00	992.00	20.00	972.00
008	赵爱军	520.00	250.00	40.00	246.00	1056.00	0.00	1056.00
009	黄永抗	540.00	200.00	34.00	380.00	1154.00	10.00	1144.00
010	梁水冉	500.00	210.00	12.00	220.00	942.00	18.00	924.00
合计		5205.00	2175.00	390.00	2690.00	10460.00	118.00	10342.00
平均		520.50	217.50	39.00	269.00	1046.00	11.80	1034.20

2. 样张如下：

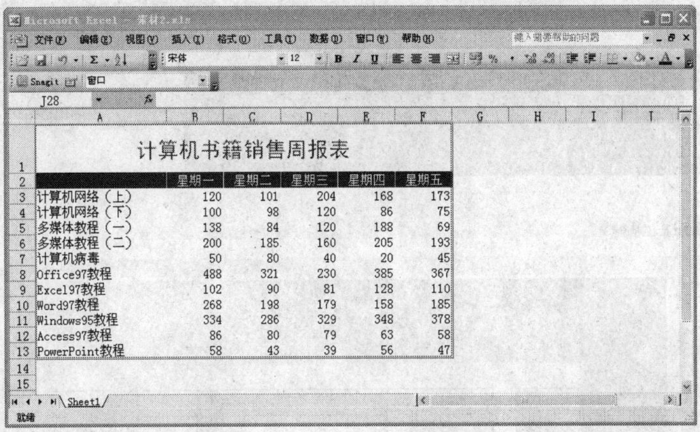

计算机书籍销售周报表

	星期一	星期二	星期三	星期四	星期五
计算机网络（上）	120	101	204	168	173
计算机网络（下）	100	98	120	86	75
多媒体教程（一）	138	84	120	188	69
多媒体教程（二）	200	185	160	205	193
计算机病毒	50	80	40	20	45
Office97教程	488	321	230	385	367
Excel97教程	102	90	81	128	110
Word97教程	268	198	179	158	185
Windows95教程	334	286	329	348	378
Access97教程	86	80	79	63	58
PowerPoint教程	58	43	39	56	47

3. 样张如下：

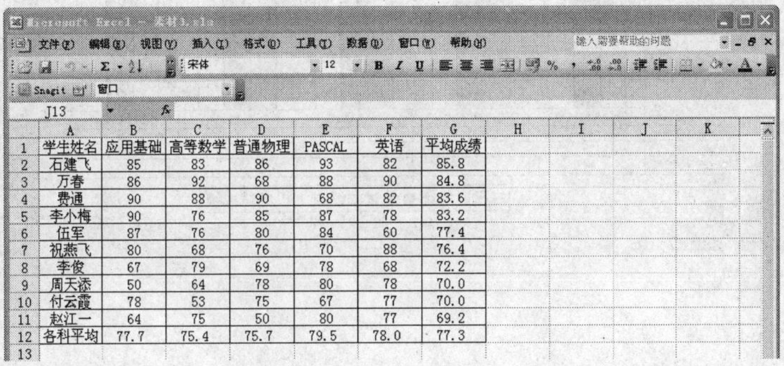

学生姓名	应用基础	高等数学	普通物理	PASCAL	英语	平均成绩
石建飞	85	83	86	93	82	85.8
万春	86	92	68	88	90	84.8
费通	90	88	90	68	82	83.6
李小梅	90	76	85	87	78	83.2
伍军	87	76	80	84	60	77.4
祝燕飞	80	68	76	70	88	76.4
李俊	67	79	69	78	68	72.2
周天添	50	64	78	80	78	70.0
付云霞	78	53	75	67	77	70.0
赵江一	64	75	50	80	77	69.2
各科平均	77.7	75.4	75.7	79.5	78.0	77.3

4. 样张如下：

法人单位的行业分布

行业门类	单位数（个）	比重
农林牧渔业	2941	1.2%
采掘业	678	0.3%
制造业	33352	13.5%
电煤水的生产和供应业	132	0.1%
建筑业	8694	3.5%
地质勘察水利管理业	337	0.1%
交通运输仓储邮电通信业	2603	1.1%
批发零售餐饮业	79610	32.3%
金融保险业	1641	0.7%
房地产业	6025	2.4%
社会服务业	63735	25.8%
卫生体育社会福利业	1934	0.8%
教育文化艺术广播电影电视业	7975	3.2%
科学研究综合技术服务业	20049	8.1%
国家机关政党机关社会团体	12590	5.1%
其他行业	4471	1.8%
总计	246767	100.0%
哪个行业的法人单位占比重最多？（显示%）		32.3%
哪个行业的法人单位占比重最少？（显示%）		0.1%

5. 样张如下：

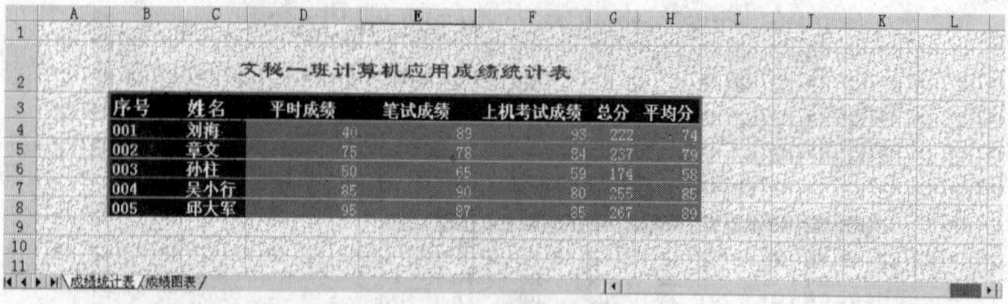

文秘一班计算机应用成绩统计表

序号	姓名	平时成绩	笔试成绩	上机考试成绩	总分	平均分
001	刘海	40	89	93	222	74
002	章文	75	78	84	237	79
003	孙柱	50	65	59	174	58
004	吴小行	85	90	80	255	85
005	邱大军	95	87	85	267	89

成绩统计表 / 成绩图表

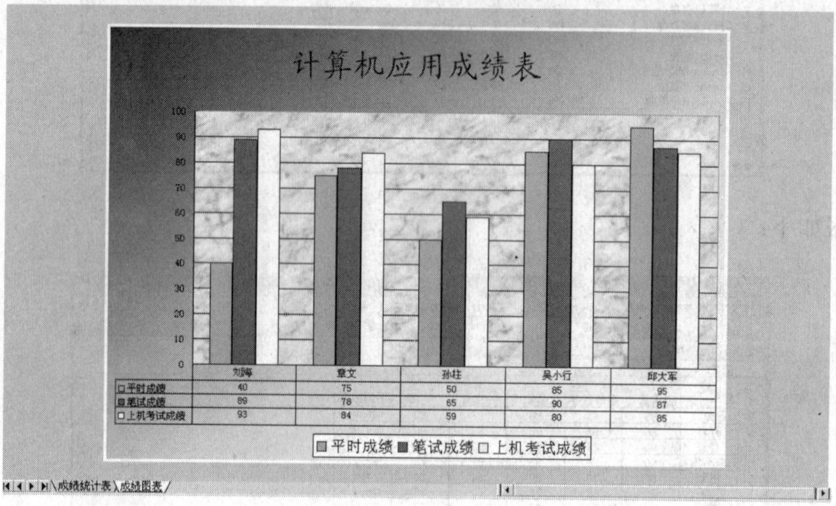

6. 样张如下：

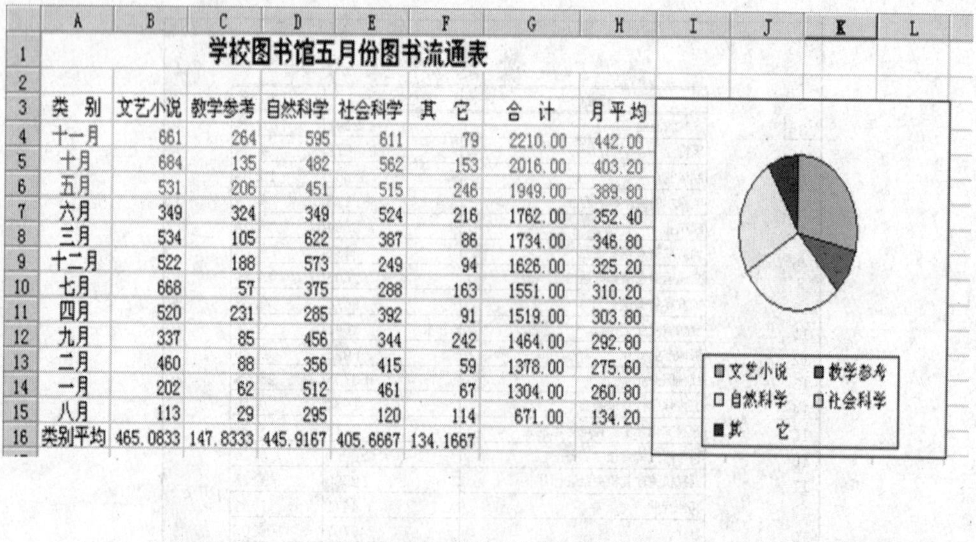

学校图书馆五月份图书流通表

类 别	文艺小说	教学参考	自然科学	社会科学	其 它	合 计	月平均
十一月	661	264	595	611	79	2210.00	442.00
十月	684	135	482	562	153	2016.00	403.20
五月	531	206	451	515	246	1949.00	389.80
六月	349	324	349	524	216	1762.00	352.40
三月	534	105	622	387	86	1734.00	346.80
十二月	522	188	573	249	94	1626.00	325.20
七月	668	57	375	288	163	1551.00	310.20
四月	520	231	285	392	91	1519.00	303.80
九月	337	85	456	344	242	1464.00	292.80
二月	460	88	356	415	59	1378.00	275.60
一月	202	62	512	461	67	1304.00	260.80
八月	113	29	295	120	114	671.00	134.20
类别平均	465.0833	147.8333	445.9167	405.6667	134.1667		

7. 样张如下：

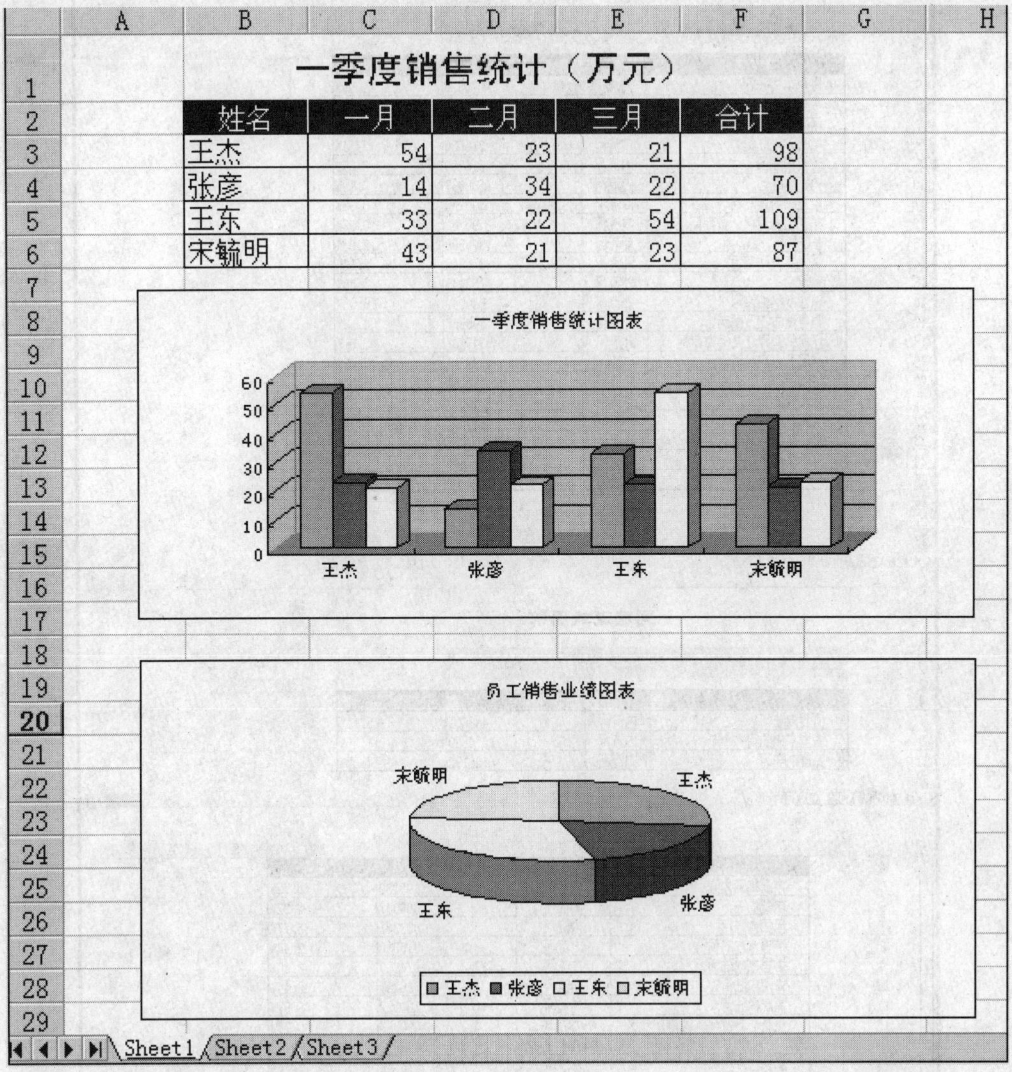

一季度销售统计（万元）

姓名	一月	二月	三月	合计
王杰	54	23	21	98
张彦	14	34	22	70
王东	33	22	54	109
宋毓明	43	21	23	87

8. 样张如下：

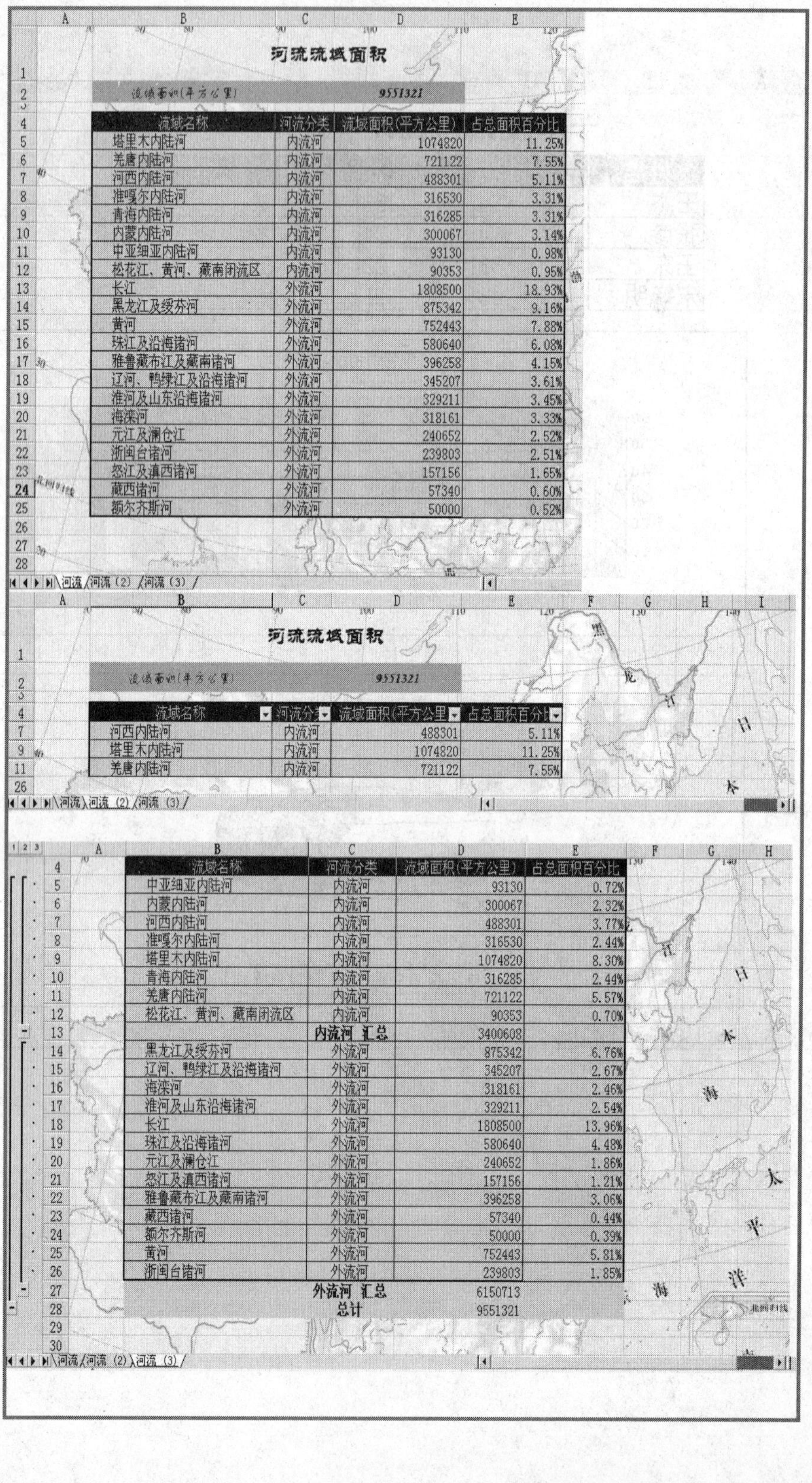

河流流域面积

流域面积(平方公里) 9551321

行	流域名称	河流分类	流域面积(平方公里)	占总面积百分比
5	塔里木内陆河	内流河	1074820	11.25%
6	羌唐内陆河	内流河	721122	7.55%
7	河西内陆河	内流河	488301	5.11%
8	准噶尔内陆河	内流河	316530	3.31%
9	青海内陆河	内流河	316285	3.31%
10	内蒙内陆河	内流河	300067	3.14%
11	中亚细亚内陆河	内流河	93130	0.98%
12	松花江、黄河、藏南闭流区	内流河	90353	0.95%
13	长江	外流河	1808500	18.93%
14	黑龙江及绥芬河	外流河	875342	9.16%
15	黄河	外流河	752443	7.88%
16	珠江及沿海诸河	外流河	580640	6.08%
17	雅鲁藏布江及藏南诸河	外流河	396258	4.15%
18	辽河、鸭绿江及沿海诸河	外流河	345207	3.61%
19	淮河及山东沿海诸河	外流河	329211	3.45%
20	海滦河	外流河	318161	3.33%
21	元江及澜仓江	外流河	240652	2.52%
22	浙闽台诸河	外流河	239803	2.51%
23	怒江及滇西诸河	外流河	157156	1.65%
24	藏西诸河	外流河	57340	0.60%
25	额尔齐斯河	外流河	50000	0.52%

河流 / 河流 (2) / 河流 (3)

河流流域面积

流域面积(平方公里) 9551321

行	流域名称	河流分类	流域面积(平方公里)	占总面积百分比
7	河西内陆河	内流河	488301	5.11%
9	塔里木内陆河	内流河	1074820	11.25%
11	羌唐内陆河	内流河	721122	7.55%

河流 / 河流 (2) / 河流 (3)

行	流域名称	河流分类	流域面积(平方公里)	占总面积百分比
5	中亚细亚内陆河	内流河	93130	0.72%
6	内蒙内陆河	内流河	300067	2.32%
7	河西内陆河	内流河	488301	3.77%
8	准噶尔内陆河	内流河	316530	2.44%
9	塔里木内陆河	内流河	1074820	8.30%
10	青海内陆河	内流河	316285	2.44%
11	羌唐内陆河	内流河	721122	5.57%
12	松花江、黄河、藏南闭流区	内流河	90353	0.70%
13		内流河 汇总	3400608	
14	黑龙江及绥芬河	外流河	875342	6.76%
15	辽河、鸭绿江及沿海诸河	外流河	345207	2.67%
16	海滦河	外流河	318161	2.46%
17	淮河及山东沿海诸河	外流河	329211	2.54%
18	长江	外流河	1808500	13.96%
19	珠江及沿海诸河	外流河	580640	4.48%
20	元江及澜仓江	外流河	240652	1.86%
21	怒江及滇西诸河	外流河	157156	1.21%
22	雅鲁藏布江及藏南诸河	外流河	396258	3.06%
23	藏西诸河	外流河	57340	0.44%
24	额尔齐斯河	外流河	50000	0.39%
25	黄河	外流河	752443	5.81%
26	浙闽台诸河	外流河	239803	1.85%
27		外流河 汇总	6150713	
28		总计	9551321	

河流 / 河流 (2) / 河流 (3)

9. 样张如下：

产品销售统计

月份	地区	麦克风 数量	麦克风 零售价	麦克风 销售额	耳机 数量	耳机 零售价	耳机 销售额
一月	上海	36	46.9	1688.4	213	54.1	11523.3
一月	北京	45	43.7	1966.5	153	53.6	8200.8
一月	南京	44	44.4	1953.6	212	56.2	11914.4
一月	重庆	40	40.2	1608	120	50.8	6096
二月	上海	27	47.9	1293.3	435	54.2	23577
二月	北京	23	43.5	1000.5	213	53.1	11310.3
二月	南京	35	44.8	1568	443	56.3	24940.9
二月	重庆	30	40.8	1224	152	50.7	7706.4
三月	上海	47	46	2162	541	54.9	29700.9
三月	北京	41	43.9	1799.9	400	53.2	21280
三月	南京	32	45.4	1452.8	334	56.1	18737.4
三月	重庆	25	40.1	1002.5	250	50.1	12525
四月	上海	52	46.1	2397.2	340	55.2	18768
四月	北京	79	43.6	3444.4	196	54.1	10603.6
四月	南京	63	44.1	2778.3	125	55.3	6912.5
四月	重庆	50	39.2	1960	112	51.7	5790.4
五月	上海	57	46.1	2627.7	365	54.8	20002
五月	北京	47	43.6	2049.2	62	53.4	3310.8
五月	南京	54	46.4	2505.6	234	56.9	13314.6
五月	重庆	46	40.1	1844.6	155	50.6	7843
六月	上海	43	43.9	1887.7	147	54.6	8026.2
六月	北京	15	43.9	658.5	56	53.4	2990.4
六月	南京	23	41.4	952.2	103	56.1	5778.3
六月	重庆	35	42.2	1477	187	50.8	9499.6

产品销售1 / 产品销售2 / Sheet2 / Sheet3

产品销售统计

月份	地区	麦克风 数量	麦克风 零售价	麦克风 销售额	耳机 数量	耳机 零售价	耳机 销售额
六月	上海	43	43.9	1887.7	147	54.6	8026.2
五月	上海	57	46.1	2627.7	365	54.8	20002
四月	上海	52	46.1	2397.2	340	55.2	18768
三月	上海	47	46	2162	541	54.9	29700.9
二月	上海	27	47.9	1293.3	435	54.2	23577
一月	上海	36	46.9	1688.4	213	54.1	11523.3
六月	北京	15	43.9	658.5	56	53.4	2990.4
五月	北京	47	43.6	2049.2	62	53.4	3310.8
四月	北京	79	43.6	3444.4	196	54.1	10603.6
三月	北京	41	43.9	1799.9	400	53.2	21280
二月	北京	23	43.5	1000.5	213	53.1	11310.3
一月	北京	45	43.7	1966.5	153	53.6	8200.8

产品销售1 / 产品销售2 / Sheet2 / Sheet3

10. 样张如下：

	A	B	C	D	E	F
1			新兴区房地产开发登记表			
2						
3	物业名称	物业地址	物业类别	物业价格	开发商	售楼电话
4	东方之子	京信大厦往东	公寓	3000美元/平方米 均	和乔集团	84501688
5	建东苑小区	管庄西里周家井	经济适用房	3100元/平方米 均	北京金隅嘉业房地产开发公司	65759176/60
6	翠城(翠城馨园)	京沈高速路四环外1公里	经济适用房	3180元/平方米 均	北京住总集团房地产	67368884/6 67369994/6
7	福怡苑社区	定福庄北街	普通住宅	3180元/平方米 均	北京市基础设施投资开发公司	
8	双惠小区	双桥甲1号	经济适用房	3210元/平方米 均	北京金隅嘉业房地产开发公司	65775500/65775566
9	富东花园	朝阳公园东4.5公里	普通住宅	3280元/平方米 均	北京海涛房地产开发公司	65761477/7483
10	朝阳新城	东坝	经济适用房	3310元/平方米 均	北京金隅嘉业房地产开发公司	65477770/1/2/3
11	世豪花园	十八里店乡	普通住宅	3380元/平方米 均	北京世豪房地产开发有限责任公司	经核实，电话已取消
12	怡景城花园（二期）	南豆各庄	公寓	3500元/平方米 均	北京怡景城经贸发展公司	85381812/10/55
13	双柳新居（三期）	双桥路口东南侧面	普通住宅	3500元/平方米 均	北京九洲房地产综合开发有限公司	65720973 65720974
14	管庄小区	管庄	普通住宅	3500元/平方米 均	北京市房顺房地产开发有限责任公司	
15	定福庄住宅小区	定福庄西街蒙古饭店后面	普通住宅	3500元/平方米 均	北京市城市建设工程开发公司	65719267
16	定福家园	平房乡黄渠村	经济适用房	3595元/平方米 均	北京城建房地产开发有限公司	
17	电子城小区	酒仙桥驼房营地区	经济适用房	3600元/平方米 均	北京城建房地产开发有限公司	84562026/2027/2028
18	世纪财富中心	嘉里中心的西侧	商住楼	3600美元/平方米 均	北京世源光华房地产开发有限公司	65611677 65611678
19	十里堡住宅小区	高碑店青年路路口	经济适用房	3800元/平方米 均	北京九洲房地产综合开发有限公司	85752025
20	京东丽景苑	管庄乡长营路周井站	普通住宅	3800元/平方米 均	北京城建房地产开发有限公司	65712886/8766
21	南太平庄小区	高井附近	普通住宅	3800元/平方米 均	北京天石恒房地产开发有限公司	85765126/24
22	福怡苑（二期）	定福庄北街	经济适用房	3800元/平方米 均	北京市基础设施投资开发公司	
23	双旭花园	京沈高速路旁	别墅	3850元/平方米 均	北京双旭房地产开发有限公司	
24						
25						

Microsoft Excel - 素材10.XLS

C23

	A	B	C	D	E	F
1	物业名称	物业地址	物业类别	物业价格(元/平方米 均)	开发商	售楼电话
5	福怡苑社区	定福庄北街	普通住宅	3180	北京市基础设施投资开发公司	
7	富东花园	朝阳公园东4.5公里	普通住宅	3210	北京海涛房地产开发公司	65761477/7483
9	世豪花园	十八里店乡	普通住宅	3380	北京世豪房地产开发有限责任公司	经核实，电话已取消
11	双柳新居（三期）	双桥路口东南侧面	普通住宅	3500	北京九洲房地产综合开发有限公司	65720973 65720974
12	管庄小区	管庄	普通住宅	3500	北京市房顺房地产开发有限责任公司	
13	定福庄住宅小区	定福庄西街蒙古饭店后面	普通住宅	3500	北京市城市建设工程开发公司	65719267
18	京东丽景苑	管庄乡长营路周井站	普通住宅	3820	北京城建房地产开发有限公司	65712886/8766
19	南太平庄小区	高井附近	普通住宅	3840	北京天石恒房地产开发有限公司	85765126/24
22						
23						

Sheet1 / Sheet2 / Sheet3

"筛选"模式

Microsoft Excel - 素材10.XLS

F32

	A	B	C	D	E	F
1	物业名称	物业地址	物业类别	物业价格(元/平方米 均)	开发商	售楼电话
2	双旭花园	京沈高速路旁	别墅	3850	北京双旭房地产开发有限公司	
3			**别墅 平均值**	3850		
4	东方之子	京信大厦往东	公寓	3000	和乔集团	8450
5	怡景城花园（二期）	南豆各庄	公寓	3500	北京怡景城经贸发展公司	85381812/10/55
6			**公寓 平均值**	3250		
7	建东苑小区	管庄西里周家井	经济适用房	3100	北京金隅嘉业房地产开发公司	65759176/60
8	翠城(翠城馨园)	京沈高速路四环外1公里	经济适用房	3180	北京住总集团房地产	67368884/6 67369994,
9	双惠小区	双桥甲1号	经济适用房	3210	北京金隅嘉业房地产开发公司	65775500/65775566
10	朝阳新城	东坝	经济适用房	3310	北京金隅嘉业房地产开发公司	65477770/1/2/3
11	定福家园	平房乡黄渠村	经济适用房	3595	北京城建房地产开发有限公司	
12	电子城小区	酒仙桥驼房营地区	经济适用房	3600	北京城建房地产开发有限公司	84562026/2027/2028
13	十里堡住宅小区	高碑店青年路路口	经济适用房	3800	北京九洲房地产综合开发有限公司	8575
14	福怡苑（二期）	定福庄北街	经济适用房	3840	北京市基础设施投资开发公司	
15			**经济适用房**	3454.375		
16	福怡苑社区	定福庄北街	普通住宅	3180	北京市基础设施投资开发公司	
17	富东花园	朝阳公园东4.5公里	普通住宅	3210	北京海涛房地产开发公司	65761477/7483
18	世豪花园	十八里店乡	普通住宅	3380	北京世豪房地产开发有限责任公司	经核实，电话已取消
19	双柳新居（三期）	双桥路口东南侧面	普通住宅	3500	北京九洲房地产综合开发有限公司	65720973 65720974
20	管庄小区	管庄	普通住宅	3500	北京市房顺房地产开发有限责任公司	
21	定福庄住宅小区	定福庄西街蒙古饭店后面	普通住宅	3500	北京市城市建设工程开发公司	6571
22	京东丽景苑	管庄乡长营路周井站	普通住宅	3820	北京城建房地产开发有限公司	65712886/8766
23	南太平庄小区	高井附近	普通住宅	3840	北京天石恒房地产开发有限公司	85765126/24
24			**普通住宅 平**	3491.25		
25	世纪财富中心	嘉里中心的西侧	商住楼	3780	北京世源光华房地产开发有限公司	65611677 65611678
26			**商住楼 平均**	3780		
27			**总计平均值**	3484.75		
28						

Sheet1 / Sheet2 / Sheet3

就绪

第五章　演示文稿制作软件 PowerPoint 2003

一、实验环节

实验 1　演示文稿的建立和编辑

【实验目的】

1. 掌握 PowerPoint 2003 的启动和退出。

2. 掌握演示文稿的新建、保存与打开等基本文件操作。

3. 掌握演示文稿的编辑和格式化。

【实验内容】

1. 演示文稿的创建。建立具有 3 张幻灯片的演示文稿，主题为介绍自己的家乡，结果以 P1.ppt 保存在 D 盘上。

2. 幻灯片的编辑。打开 P1.ppt 演示文稿。第一张幻灯片以文字的形式介绍家乡的总体情况；第二张幻灯片为家乡特色景观的介绍，并插入相应的图片；第三张幻灯片采用表格形式，介绍家乡旅游景点的概况，包括景点开放的时间、门票及乘车线路等。

3. 幻灯片的格式化。第一张和第二张幻灯片采用“标题和文本”版式，第三张幻灯片采用“标题和表格”版式。利用幻灯片母版将每张幻灯片的标题设置为隶书，40 磅，粗体，加阴影。将第一张幻灯片的文本设置为楷体，32 磅；为第二张幻灯片的文本添加项目符号。第二、三张幻灯片可根据自己的爱好设置文本格式，并设置幻灯片的背景。

【实验步骤】

1. 演示文稿的创建。

（1）选择“文件”菜单中的“新建”命令，打开“新建演示文稿”任务窗格，如图 5–1 所示。选择“空演示文稿”选项，然后在“幻灯片版式”任务窗格中，选择“标题和文本”版式，如图 5–2 所示。

（2）选择“文件”菜单中的“保存”命令，选择保存位置为 D 盘，输入文件名 P1.ppt。

2. 幻灯片的编辑。

（1）选择“文件”菜单中的“打开”命令，将 P1.ppt 演示文稿打开。

（2）在第一张幻灯片的编辑区输入相应的内容。

（3）选择“插入”菜单中的“新幻灯片”命令，插入第二、第三张幻灯片。选择好相应的版式，然后进行编辑。

（4）选定第二张幻灯片，选择“插入”菜单中的“图片”级联菜单中的“来自文件”命令。打开“插入图片”对话框，如图 5–3 所示，选择相应的图片，单击“插入”按钮，调整图片的大小与位置。

图 5–1 “新建演示文稿”任务窗格

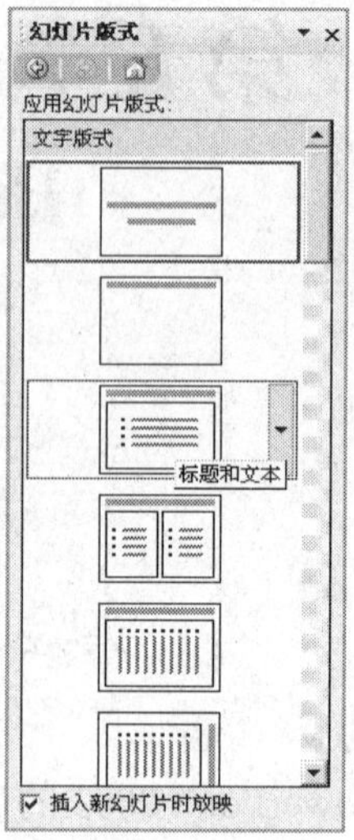

图 5–2 “幻灯片版式”任务窗格

图 5–3 “插入图片”对话框

3. 幻灯片的格式化。

（1）选择“视图”菜单中的“母版”级联菜单中的“幻灯片母版”命令。进入幻灯片母版编辑状态，如图 5–4（a）所示。

（2）选定标题文本框，选择“格式”菜单中的“字体”命令，进行相应设置。

（3）单击“幻灯片母板视图”工具栏上的“关闭母版视图”按钮。如图 5–4（b）所示。

（4）单击第一张幻灯片，选定正文文本区。

（5）选择“格式”菜单中的“字体”命令，进行相应设置。

（6）选择第二张幻灯片，选定正文文本区。打开“格式”菜单，选择“项目符号和编号”命令，选择相应的项目符号。

（7）选择“格式”菜单中的“背景”命令，打开“背景”对话框，如图 5–5 所示。

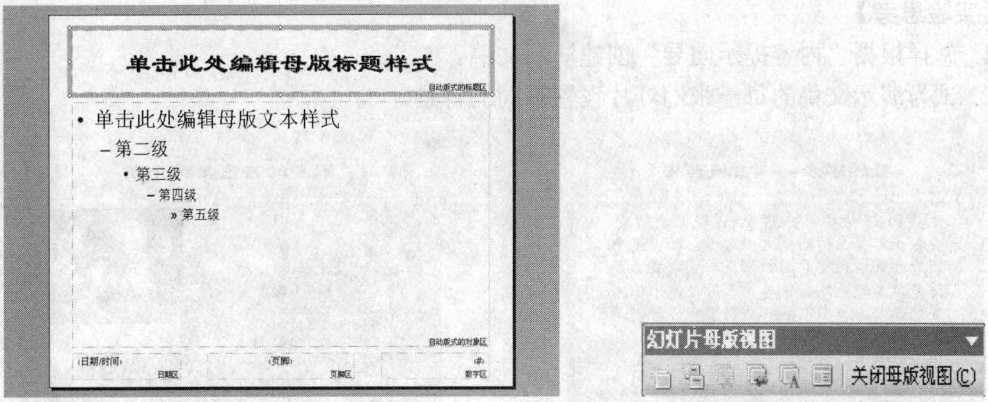

图 5–4　幻灯片的格式

（a）幻灯片母版；（b）“幻灯片母版视图”工具栏

（8）在“背景”对话框中单击“背景填充”区域的下拉列表按钮，在弹出的菜单中选择“填充效果”命令。打开“填充效果”对话框，如图 5–6 所示，进行相应的设置。设置完成后，单击“确定”按钮，返回到“背景”对话框，再单击“全部应用”按钮即可将整个演示文稿设置成统一的背景。

（9）用同样的方法对第二、三张幻灯片进行格式设置。

4. 上述操作完成，演示文稿效果如图 5–7 所示。保存文档，完成本次实验。

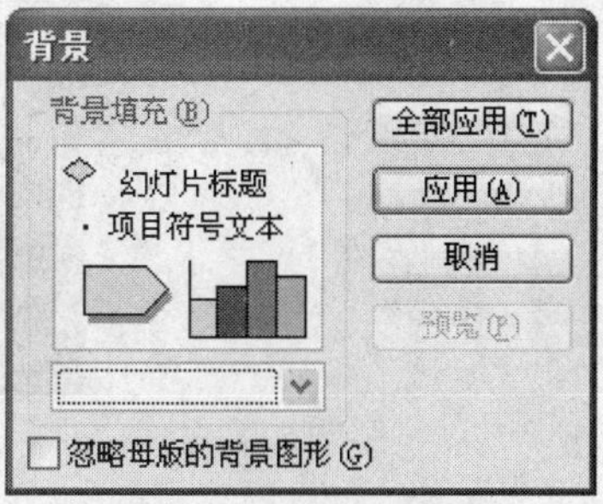

图 5–5　“背景”对话框

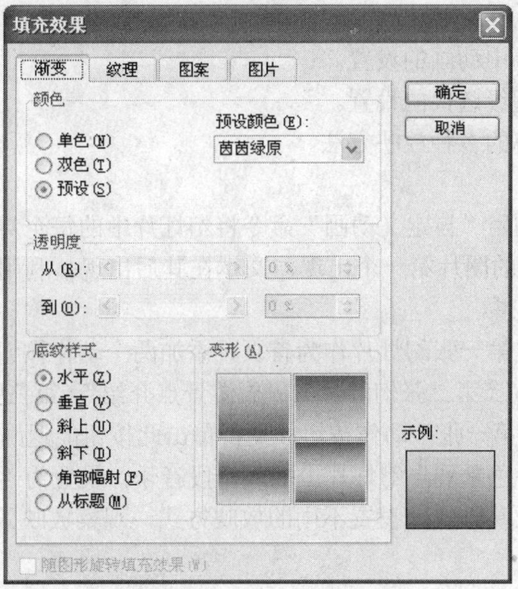

图 5–6　“填充效果”对话框

【实验思考】

1. 怎样根据“内容提示向导”创建演示文稿。

2. 试为演示文稿的每一张幻灯片设置不同的背景。

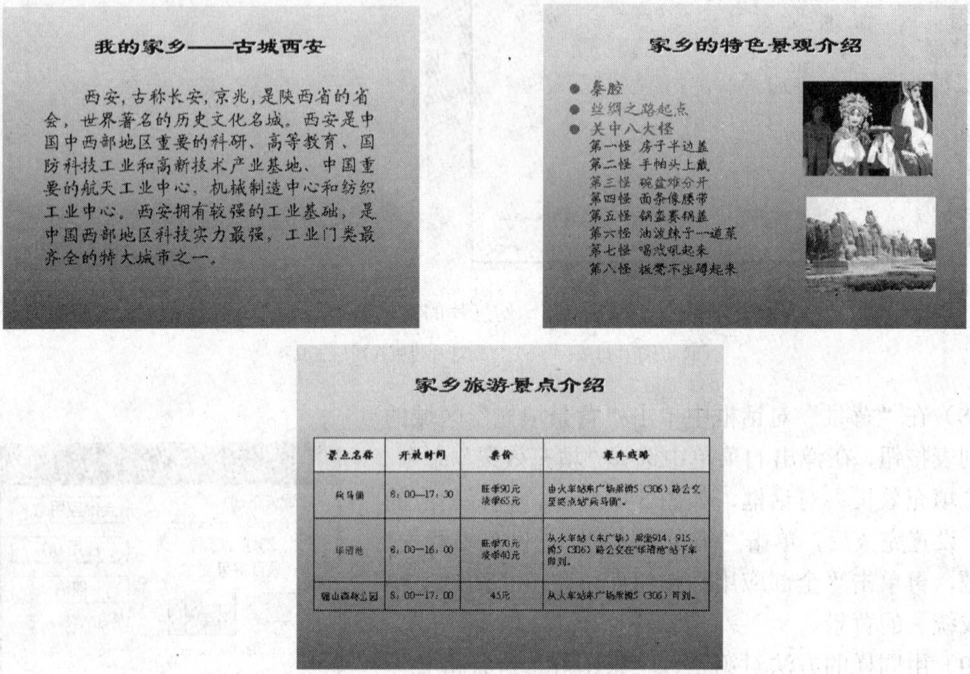

图 5-7　实验 1 最终效果

实验 2　演示文稿的放映效果设置

【实验目的】

1. 熟练掌握演示文稿中动画的设置。

2. 掌握演示文稿中超级链接的设置。

3. 熟练掌握演示文稿的多种放映方法。

【实验内容】

1. 设置动画效果。利用“自定义动画”命令将幻灯片中的每个对象设置为不同的动画效果。其中第二张幻灯片中的图片第一个出现，文本在其后出现。利用“幻灯片切换”命令设置幻灯片间的换页动画效果。

2. 设置动作按钮。将第一张幻灯片作为首页，添加两个动作按钮，依次设置超级链接分别指向相应的“特色景观”（第二张幻灯片）、“旅游景点介绍”（第三张幻灯片）；在第二、第三张幻灯片上分别添加“第一张”动作按钮，使得单击此按钮能返回首页。

3. 插入声音。在“特色景观”幻灯片上插入一段音乐，设置为“需要时单击播放音乐”。

4. 设置演示文稿的放映方式。设置不同的放映方式，观察放映效果。

【实验步骤】

1. 设置动画效果。

（1）选择第二张幻灯片中的图片对象，选择“幻灯片放映”菜单中的“自定义动画”命令。打开“自定义动画”任务窗格，如图 5–8 所示。

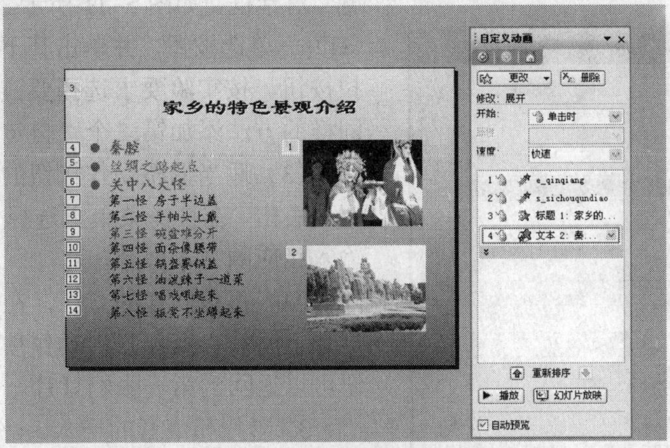

图 5–8　利用“自定义动画”命令设置动画

（2）单击“添加效果”按钮，选择相应的动画效果。

（3）重复步骤（1）和（2），对第二张的标题和文本对象进行动画设置，并可利用“重新排序”按钮，调整对象出现的顺序。使得图片首先出现，其次是标题，最后是文本。

（4）用同样的方法设置其余幻灯片中对象的动画效果。

（5）选择“幻灯片放映”菜单中的“幻灯片切换”命令。打开“幻灯片切换”任务窗格，如图 5–9 所示，选择幻灯片切换效果、速度、声音及换片方式。如果将此切换效果要应用到整个演示文稿，则单击“应用于所有幻灯片”按钮。

2. 设置动作按钮。

（1）选择第一张幻灯片，单击“幻灯片放映”菜单中的“动作按钮”级联菜单中的“自定义”动作按钮。如图 5–10 所示。

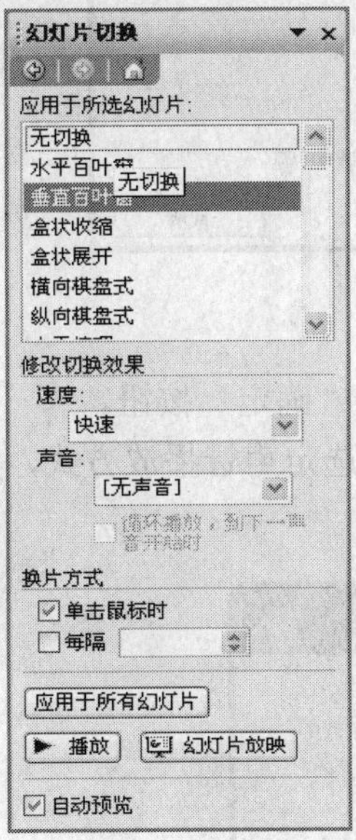

图 5–9 “幻灯片切换”任务窗格

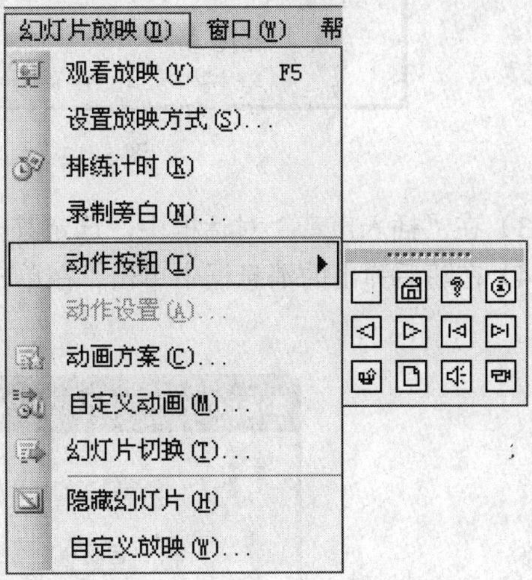

图 5–10 “幻灯片放映”菜单

（2）在幻灯片的适当位置单击，即可添加一个“自定义”动作按钮，同时打开“动作设置”对话框，如图 5–11 所示。选中“超级链接到（H）：”单选按钮，并单击其下方列表框右则的下拉按钮，按实验要求选择要链接到的幻灯片。用同样的方法添加第二个“自定义”动作按钮。

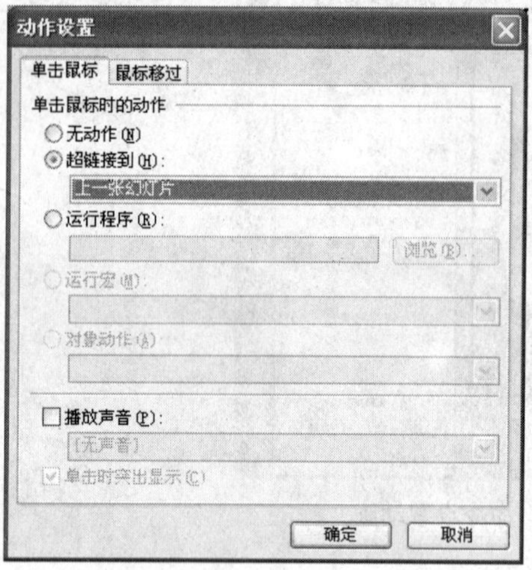

图 5–11 “动作设置”对话框

（3）适当调整动作按钮的大小，并在动作按钮上右击，在快捷菜单上选择“添加文本”命令，输入相应的文本内容。

（4）再用同样的方法，在第二张和第三张幻灯片上添加“第一张”动作按钮，使得单击此按钮可以返回到第一张幻灯片。

3. 影片和声音的插入。

（1）选定第二张幻灯片。

（2）选择“插入”菜单中的“影片和声音”级联菜单中的“文件中的声音”命令。打开“插入声音”对话框，如图 5–12 所示。

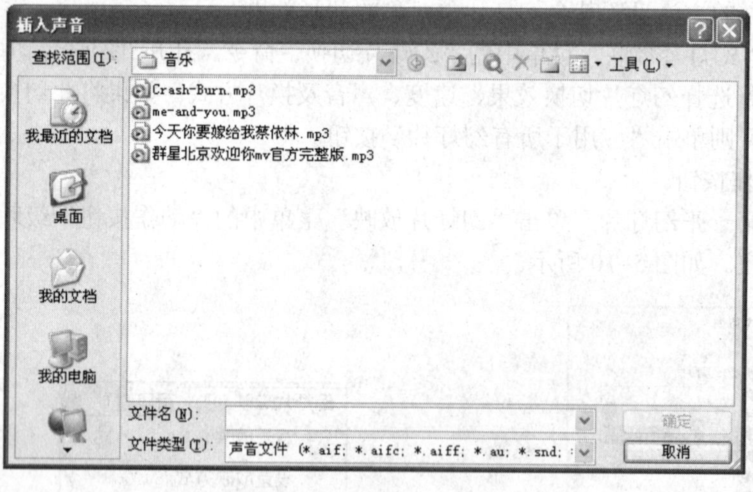

图 5–12 “插入声音”对话框

（3）在“插入声音“对话框中，选定某一声音文件，单击“确定”按钮。

（4）在随后弹出的消息框中单击“在单击时（C）”按钮，选定声音播放方式，如图 5–13 所示。

图 5–13 设置声音播放方式

4. 演示文稿的放映方式。

选择“幻灯片放映”菜单中的“设置放映方式”命令。打开“设置放映方式”对话框，如图 5–14 所示，设置并选择不同的放映方式。

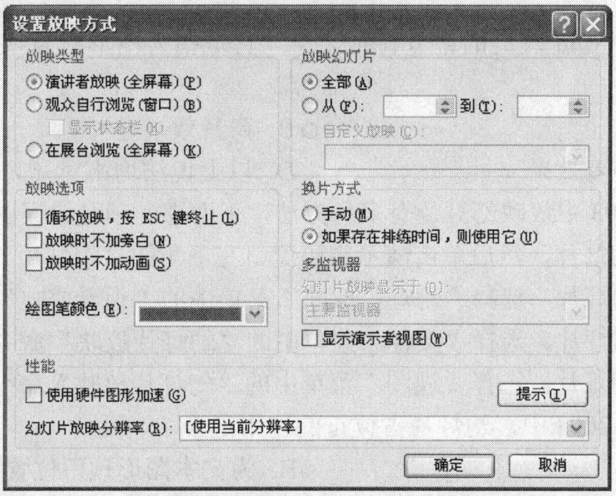

图 5–14 “设置放映方式”对话框

5. 上述操作完成，演示文稿效果如图 5–15 所示。保存文档，完成本次实验。

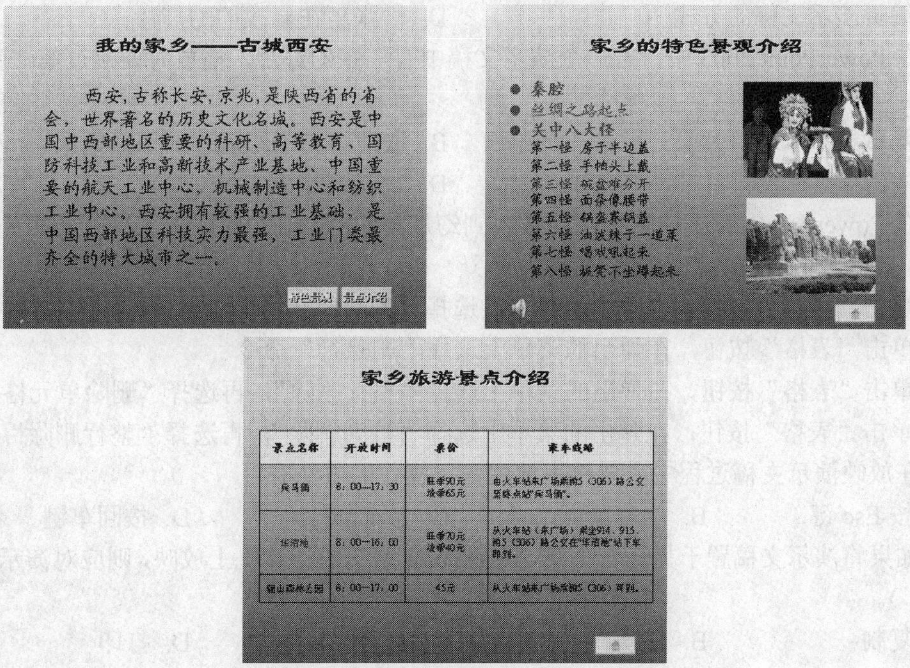

图 5–15　实验 2 最终效果

【实验思考】

1. 如何利用母板控制演示文稿中所有幻灯片的切换及动画效果。

2. 添加自选图形代替实验内容 2 的动作按钮，设置超级链接。

二、测试练习

一、选择题

1. 动画是 PowerPoint 改进的最大特征之一，它是指为图形对象或文本添加（　　）的方法。

A. 特殊视觉　　B. 声音效果

C. 特殊视觉和声音效果　　D. 以上说法均不对

2. PowerPoint 2003 中放映幻灯片有多种方法，下面那一项是错误的（　　）。

A. 选中第一张幻灯片，然后单击演示文稿窗口左下角的“幻灯片放映”按钮

B. 选中第一张幻灯片，选择“幻灯片放映”菜单中的“观看放映”命令

C. 选中第一张幻灯片，选择“文件”菜单中的“幻灯片放映”命令

D. 选中第一张幻灯片，选择“视图”菜单中的“幻灯片放映”命令

3. 在 PowerPoint 2003 中，幻灯片占位符的作用是（　　）。

A. 表示文本长度　　B. 为文本图形预留位置

C. 表示图形大小　　D. 限制插入对象的数据

4. 在 PowerPoint 2003 中，“视图”这个名词表示（　　）。

A. 一种图形　　B. 显示幻灯片的方式

C. 编辑演示文稿的方式　　D. 一张正在修改的幻灯片

5. 在 PowerPoint 2003 中，若一个演示文稿中有三张幻灯片，播放时要跳过第二张放映，可（　　）。

A. 隐藏第二张幻灯片　　B. 取消第二张幻灯片的切换效果

C. 取消第一张幻灯片的动画效果　　D. 只能删除第二张幻灯片

6. 在 PowerPoint 2003 中，要删除插入到幻灯片的 Word 表格中的某一行，可先选定不需要的行，然后在“表格和边框”工具栏中（　　）。

A. 单击“表格”按钮，在弹出的菜单上选择“删除单元格”命令

B. 单击“表格”按钮，在弹出的菜单上选择“删除行”命令

C. 单击“表格”按钮，在弹出的菜单上选择“整行删除”，再选择“删除单元格”命令

D. 单击“表格”按钮，在弹出的菜单上选择“整列删除”，再选择“整行删除”命令

7. 在放映演示文稿过程中，要结束放映，可操作的方法有（　　）。

A. 按 Esc 键　　B. 单击鼠标　　C. 按 Ctrl+E　　D. 按回车键

8. 如果将演示文稿置于另一台不带 PowerPoint 系统的计算机上放映，则应对演示文稿进行（　　）。

A. 复制　　B. 移动　　C. 打包　　D. 打印

9. PowerPoint 2003 的“超级链接”命令的作用是（　　）。

A. 实现演示文稿幻灯片的移动　　B. 中断幻灯片放映

C. 在演示文稿中插入幻灯片　　D. 实现幻灯片内容的跳转

10. PowerPoint 2003 的“设计模板”包含（　　）。

A. 预定义的幻灯片样式和配色方案　　B. 预定义的幻灯片版式

C. 预定义的幻灯片背景颜色　　D. 预定义的幻灯片配色方案

11. 在 PowerPoint 2003 中，用（　　）命令可给幻灯片插入编号。

A.“视图”菜单→“幻灯片编号”命令

B.“视图”菜单→“页眉和页脚”→“幻灯片编号”命令

C.“文件”菜单→“幻灯片编号”命令

D.“插入”菜单→“备注页”→“幻灯片编号”

12. 在 PowerPoint 2003 中，幻灯片切换效果是指（　　）。

A. 幻灯片切换时的效果　　B. 幻灯片中的对象切换时的效果

C. 某一类模板　　D. 一种配色方案

13. 在 PowerPoint 2003 中，幻灯片上可以插入（　　）多媒体信息。

A. 声音、音乐和图片　　B. 声音和影片

C. 声音和动画　　D. 剪贴画、图片、声音和影片

14. 在 PowerPoint 2003 菜单中，用来设置动画和切换效果的菜单是（　　）。

A.“格式”　　B.“工具”　　C.“视图”　　D.“幻灯片放映”

15. PowerPoint 2003 的各种视图中，显示单张幻灯片以进行文本编辑的视图是（　　）。

A. 幻灯片视图　　B. 幻灯片浏览视图

C. 幻灯片放映视图　　D. 大纲视图

16. PowerPoint 文件的扩展名是（　　）。

A. EXE　　B. BAT　　C. PPT　　D. BMP

17. 在 PowerPoint 2003 中，（　　）可在幻灯片浏览视图中进行。

A. 设置幻灯片的动画效果　　B. 读入 Word 文稿的内容

C. 幻灯片文本的编辑修改　　D. 交换幻灯片的次序

18. 要打印当前幻灯片，可选的方法是（　　）。

A.“文件”菜单→“打印”命令→“确定”按钮

B.“文件”菜单→“打印”命令→“选择当前范围幻灯片”→“确定”按钮

C.“文件”菜单→“页面设置”命令→“确定”按钮

D.“文件”菜单→“页面设置”命令→“选择幻灯片纵向”→“确定”按钮

19. 在 PowerPoint 中，（　　）说法是不正确的。

A. 我们可以在演示文稿和 Word 文稿之间建立链接

B. 我们可以将 Excel 的数据直接导入到幻灯片上的数据表中

C. 我们可以在幻灯片浏览视图中对演示文稿进行整体修改

D. 演示文稿不能转换成 Web 页

20. 在 PowerPoint 2003 中，执行“文件”菜单→“新建”命令可（　　）。

A. 在文件中添加一张幻灯片　　B. 重新建立一个演示文稿

C. 清除原演示文稿中的内容　　D. 插入图形对象

21. 关于退出 PowerPoint 应用程序，（　　）是错误的。

A. 单击右上角的关闭按钮　　B. 单击控制菜单图标

C. 双击控制菜单图标　　D. 选择“文件”菜单中的“关闭”命令

22. 在 PowerPoint 2003 中，文字格式化时，用户可以通过“格式”菜单中的（ ）命令。

A. 字体 B. 对齐 C. 行距 D. 分行

23. 调整幻灯片的次序或复制幻灯片用（ ）视图最方便。

A. 备注 B. 幻灯片 C. 放映 D. 浏览

24. 在 PowerPoint 2003 中设置背景，若要给所有幻灯片使用相同背景，则在“背景”对话框中应单击（ ）按钮。

A. 全部应用 B. 应用 C. 取消 D. 预览

25. 如果要求幻灯片能够在无人操作的环境下自动播放，应该事先对演示文稿进行（ ）。

A. 自动播放 B. 排练计时 C. 存盘 D. 打包

26. 在放映幻灯片时，如果需要从第二张直接切换至第五张，应（ ）。

A. 右击幻灯片，在快捷菜单中选择第五张幻灯片

B. 停止放映，双击第五张后再放映

C. 放映时双击第二张就可切换

D. 在制作时建立第二张转至第五张的超级链接

27. 当在幻灯片中插入了声音以后，幻灯片中将会出现（ ）。

A. 一段文字说明 B. 超链接说明 C. 喇叭标记 D. 超链接按钮

28. 放映幻灯片时，要对幻灯片的放映具有完整的控制权，应使用（ ）放映方式。

A. 演讲者放映 B. 观众自行浏览 C. 展台浏览 D. 自动放映

二、填空题

1. 普通视图包含 3 种窗格：________窗格、________窗格和________窗格。

2. 在采用“空白”版式的幻灯片中，要输入竖排文字，需要先选择“插入”菜单中的________命令，在其级联菜单中选择________命令。

3. 在浏览视图下，要选定多个不连续的幻灯片需要按住________键，逐个单击所选幻灯片即可。

4. 如果将幻灯片的正文升级为标题或者将标题降级为正文，可以单击大纲工具栏中的________或________按钮。

5. 在幻灯片中，欲插入 U 盘上图片文件的方法是选择“插入”菜单“图片”级联菜单中的________命令。

6. PowerPoint 2003 中，要设置文本的行间距和段间距可以利用________菜单中的________命令。

7. 利用母版可以设置幻灯片的外观，PowerPoint 2003 共提供了 3 种母版，它们分别是________、________和________。

8. 选择“格式”菜单中________命令可以设置幻灯片的背景颜色和效果。

9. 添加________按钮和创建________都可以控制演示文稿的放映顺序。

10. PowerPoint 2003 中，可以利用________、________和________3 种方法创建新演示文稿。

11. 幻灯片删除可以通过键盘上的________键或________菜单下的“删除幻灯片”命令。

12. 通过________、________和________3 种方式可以控制演示文稿的外观。

13. 放映演示文稿可以选择“幻灯片放映”菜单下的________命令，还可以利用快捷键________进行放映。

14. PowerPoint 2003 系统默认的视图方式是________。

15. 在 PowerPoint 2003 中要插入新的幻灯片，选择________菜单中的________命令。

16. PowerPoint 2003 中，对插入的图片、自选图形等对象进行格式化时应选择________菜单中对应的命令完成。

17. PowerPoint 2003 中，设置了超级链接功能的文本对象将自动更改颜色并添加________。

18. PowerPoint 2003 中，要隐藏某张幻灯片可以选择________菜单中的________命令。

19. 演示文稿放映过程中，单击________键，可以中断放映而回到放映前的视图状态。

20. 已打包的演示文稿在异地计算机必须________方能进行演示放映。

三、简答题

1. PowerPoint 2003 中，如何创建演示文稿？
2. PowerPoint 2003 中，有几种视图？它们各有什么特点？
3. 怎样输入和编辑文本？
4. 怎样插入图片、艺术字、添加自选图形？
5. 怎样插入声音、视频和动画？
6. 怎样利用母版控制演示文稿中所有幻灯片的格式？
7. 在演示文稿中怎样进行幻灯片的插入和删除操作？
8. 如何将图片设置成幻灯片的背景？
9. 怎样添加动作按钮和创建超链接？
10. 简述设置幻灯片动画效果的步骤。
11. PowerPoint 2003 中，如何为每张幻灯片设置不同的切换效果？
12. PowerPoint 2003 中，如何进行排练计时？
13. 怎样启动和结束演示文稿的放映？
14. 怎样打包演示文稿？
15. 怎样在网上发布演示文稿？

四、操作题

以下题目中所有素材均在文件夹“D:\素材\ppt”文件夹下。

1. 新建一个演示文稿，完成以下操作。

（1）将第一张幻灯片的版式设置为“标题和图标或组织结构图”。

（2）在标题处输入“公司组织结构图”，字体为华文彩云，40 磅，红色。

（3）在“图示或组织结构图”占位符处，制作如下图所示的组织结构图。

2. 新建一个演示文稿，完成以下操作。

（1）根据设计模板新建一个演示文稿，模板为 Crayons，更改第一张幻灯片的版式为“标题和表格”。

（2）标题处输入“网络培训成绩”，字体为隶书，59 磅，将标题文本框的背景颜色设置为黄色，线条为红色，3 磅；将标题文本框的高度设置为 2.9 cm，宽度为 19 cm。

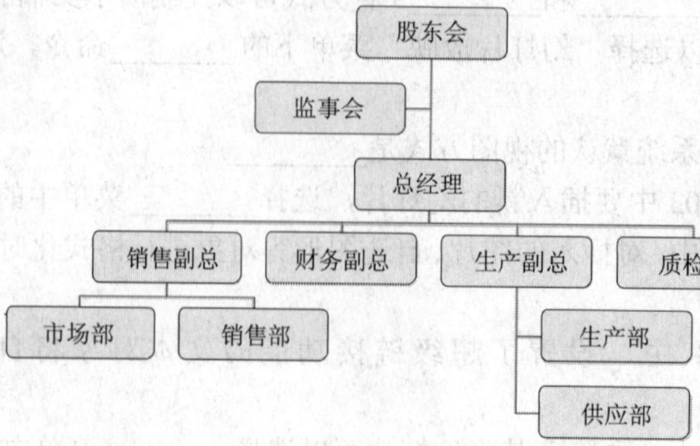

（3）增加一张表格，内容如下。

姓名	网络基础	Netware4.1	Internet 使用
王岚	78	92	85
李美凤	89	8	92
周刚	74	68	75
崔鹏	80	77	65

（4）设置表格内字体为华文楷体，24 磅。

（5）插入第二张幻灯片，版式为“标题和图表”，标题处输入“成绩图表”，字体为隶书，60 磅，蓝色。

（6）在图标区创建一个“三维簇状柱形图”。要求：数据源为第一张幻灯片表格的全部数据，系列产生在“列”，图表背景墙填充为预设渐变“心如止水”，其余设置为默认。

（7）将完成的演示文稿以自己的名字保存在 D 盘上。

3. 新建一个演示文稿，完成以下操作。

（1）将第一张幻灯片的版式设置为“空白”，在该幻灯片中插入名为 Key.Wmf 的图片。将图片放大为高度 150%，宽度 140%，位置调整为水平 10 cm，垂直 4 cm。

（2）在水平为 4 cm，垂直为 1.5 cm 的位置上插入一个横排文本框，输入“知识就是打开科学之门的金钥匙”，字体为华文彩云，36 磅，蓝色，加粗，阴影。

（3）图片动画效果设置为“从顶部伸展”，声音为 “风铃”，并设置为“前一事件后 0 s”自动启动。

（4）文本框动画效果设置为“回旋”，速度为“中速”。

（5）幻灯片切换方式为“慢速”、“水平百叶窗”，声音为“风铃”。

（6）将幻灯片的背景设置成所给图片“背景.jpg”。

4. 打开素材文件夹中的 5–1.ppt 演示文稿，完成以下操作。

（1）删除从第九张开始的所有幻灯片。

（2）将第二张幻灯片的版式更改为“垂直排列标题与文本”。

（3）将第一张幻灯片艺术字的动画设置成“回旋”；第六、第七、第八，三张幻灯片的文本动画分别设置成“从右侧飞入”、“从底部飞入”、“从左侧飞入”，动画声音效果为“疾驰”。

（4）将幻灯片的放映方式设置为“循环放映”，所有幻灯片的切换方式为“每隔 3 s”自动切换，效果为“慢速盒状收缩”。

5. 打开素材文件夹中的 5–2.ppt 演示文稿，完成以下操作。

（1）在第二张幻灯片之后插入一张新幻灯片，版式为“标题和文本”。标题输入“2、链接到 Internet 的方式有哪些？”，字体设置为宋体，40 磅，蓝色，加阴影；文本处输入“单机链接方式”、“局域网链接方式”，字体设置成仿宋，40 磅。

（2）在第一张幻灯片中插入超级链接，使得放映时单击文本“三、Internet 的功能和服务”，能跳转到第四张幻灯片；并且在第四张幻灯片的右下角添加一动作按钮，使得单击此动作按钮可以直接跳转到第一张幻灯片。

（3）将第二张幻灯片中文本的动画效果设置为“出现”，图片为“从左侧飞入”，声音为“微风”；动画顺序为图片先从左侧飞入，然后文字出现。

（4）将所有幻灯片的切换方式设置为“水平百叶窗”、“快速”，“单击鼠标时”换页。

（5）选择自己喜欢的设计模板对此演示文稿进行修饰。

6. 以“我的校园生活”为题制作一个演示文稿，要求如下。

（1）至少有五张幻灯片，内容完整，结构合理，图文结合。

（2）运行所学知识美化演示文稿。

（3）合理使用动画及切换效果。

（4）在适当处可使用超级链接及动作按钮控制演示文稿的播放。

三、参考答案

一、选择题

1. C	2. C	3. D	4. B	5. A	6. B	7. A
8. C	9. D	10. A	11. B	12. A	13. D	14. D
15. A	16. C	17. D	18. B	19. A	20. B	21. D
22. A	23. D	24. A	25. B	26. D	27. C	28. A

二、填空题

1. 幻灯片　大纲　备注页
2. 文本框　垂直
3. Ctrl
4. 提升　降低
5. 剪贴画
6. 格式　行距
7. 幻灯片母版　讲义母版　备注母版
8. 背景
9. 动作按钮　超链接
10. 内容提示向导　设计模板　空演示文稿

11. Del　编辑
12. 母版　配色方案　设计模板
13. 观看放映　F5
14. 普通视图
15. 插入　新幻灯片
16. 格式
17. 下画线
18. 幻灯片放映　隐藏幻灯片
19. Esc
20. 解包（解开压缩）

三、简答题（略）

四、操作题

1. 样张如下：

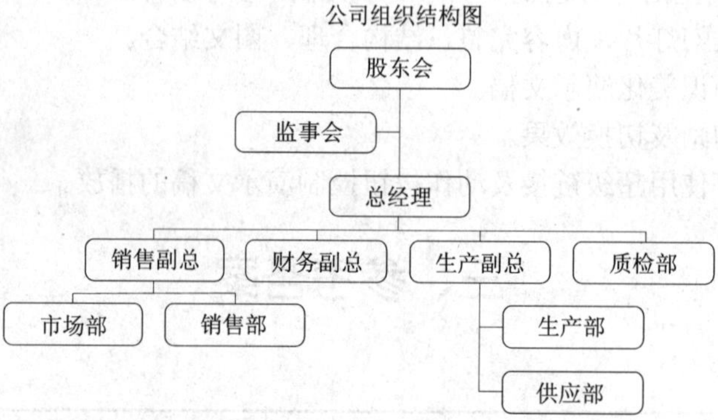

2. 样张如下：

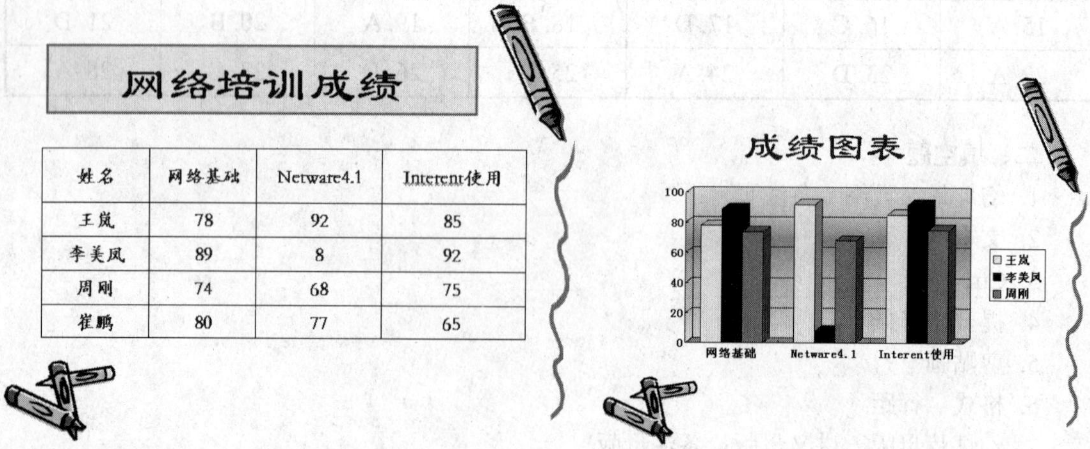

3. 样张如下：

知识就是打开科学之门的金钥匙
Photoshop.org.cn

4. 样张如下：

友谊地久天长

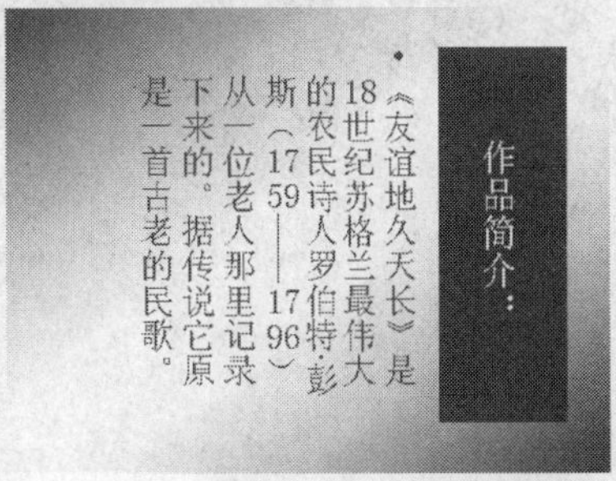
作品简介：
•《友谊地久天长》是18世纪苏格兰最伟大的农民诗人罗伯特·彭斯（1759——1796）从一位老人那里记录下来的。据传说它原是一首古老的民歌。

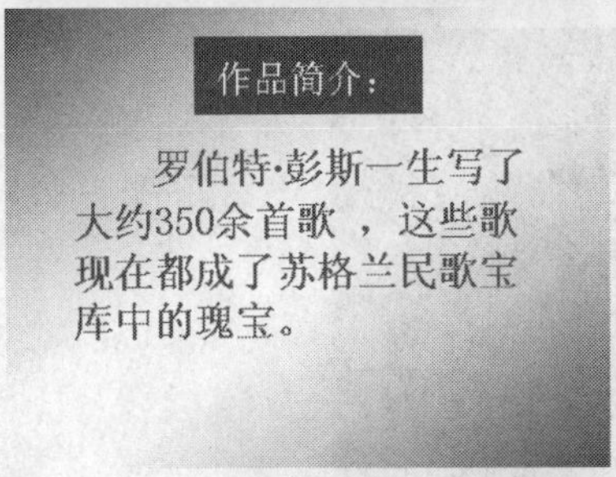
作品简介：
罗伯特·彭斯一生写了大约350余首歌，这些歌现在都成了苏格兰民歌宝库中的瑰宝。

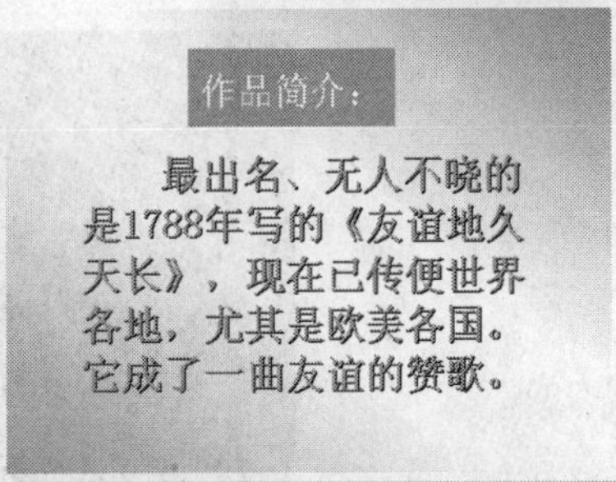
作品简介：
最出名、无人不晓的是1788年写的《友谊地久天长》，现在已传便世界各地，尤其是欧美各国。它成了一曲友谊的赞歌。

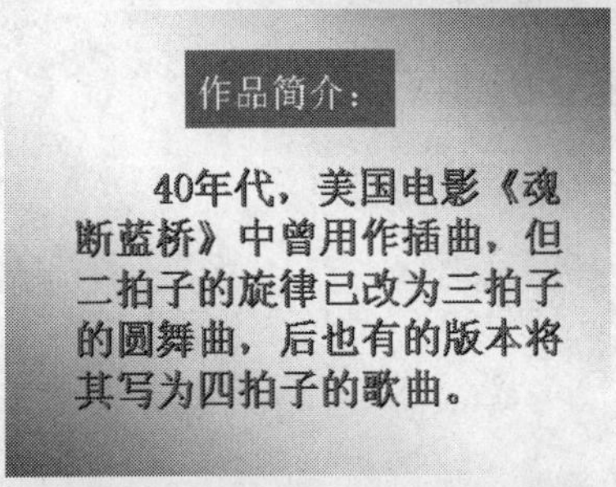
作品简介：
40年代，美国电影《魂断蓝桥》中曾用作插曲，但二拍子的旋律已改为三拍子的圆舞曲，后也有的版本将其写为四拍子的歌曲。

怎能忘记旧日朋友，心中能不怀想，旧日朋友岂能相忘，友谊地久天长。

我们往日情意相投，让我们紧握手，让我们来举杯痛饮，友谊地久天长。

友情常在我心，亲密的朋友，举杯痛饮，同声歌颂友谊地久天长。

5. 样张如下：

Internet基础知识
一、Internet的基本概念
二、连接到Internet的方式
三、Internet的功能和服务
四、搜索引擎和常用网址

Internet中文译名为“因特网”，它是由世界范围内各种大大小小的计算机网络相互连接而成的全球计算机网络。

• 单机连接方式
• 局域网连接方式

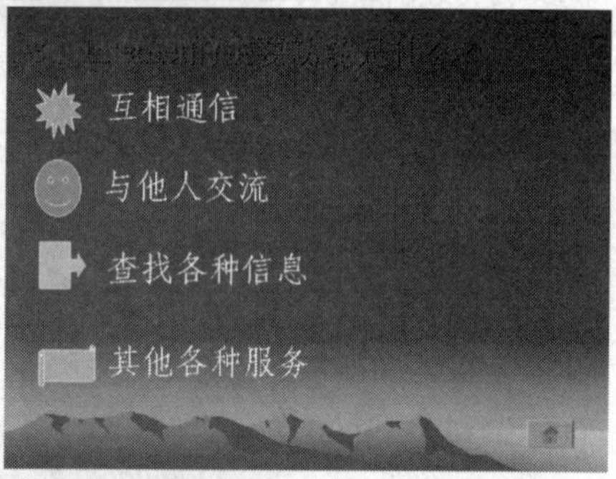
互相通信
与他人交流
查找各种信息
其他各种服务

搜狐：www.sohoo.com.cn
搜索客：www.cseek.com
网络指南针：compass.net.edu.cn
雅虎：cn.yahoo.com
若比邻：www.robot.com.cn
北极星：www.beijixing.com.cn

6.（略）

第六章　多媒体技术基础

一、实验环节

实验 1　利用 Photoshop 制作特殊效果

【实验目的】

1. 熟悉 Photoshop 的工作界面。
2. 掌握图像处理的基本方法，学习使用 Photoshop 编辑和处理图像。
3. 掌握 Photoshop 滤镜的使用方法。
4. 掌握 Photoshop 图层的基本操作。

【实验内容】

1. 启动和退出 Photoshop CS，熟悉 Photoshop 的工作环境。
2. 打开文件。
3. 新建文件。
4. 保存文件。
5. 制作艺术相框。
6. 制作阴影字。

【实验步骤】

1. 启动和退出。

（1）安装好 Photoshop CS 后，就会在 Windows XP 的“开始”菜单“程序”子菜单中创建 Adobe Photoshop CS 和 Adobe ImageReady CS 程序快捷方式。选择前一个命令就可以启动 Photoshop CS。如图 6–1 所示。

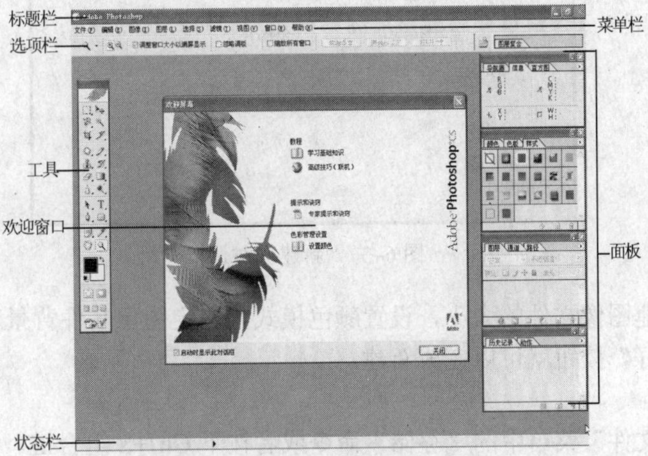

图 6–1　Photoshop CS 界面

（2）选择“文件”菜单中的“退出”命令，或单击 Photoshop CS 窗口标题栏右边的“关闭”按钮，可以退出 Photoshop CS。

2. 打开文件。

（1）选择“文件”菜单中的“打开”命令，弹出“打开”对话框，如图 6–2 所示。

（2）选择要打开的图像后，单击“打开”按钮。

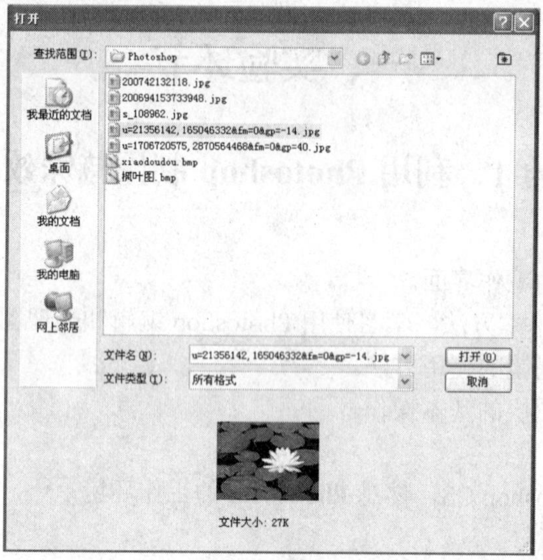

图 6–2 “打开”对话框

3. 新建文件。

（1）选择“文件”菜单中的“新建”命令，弹出“新建”对话框，如图 6–3 所示。

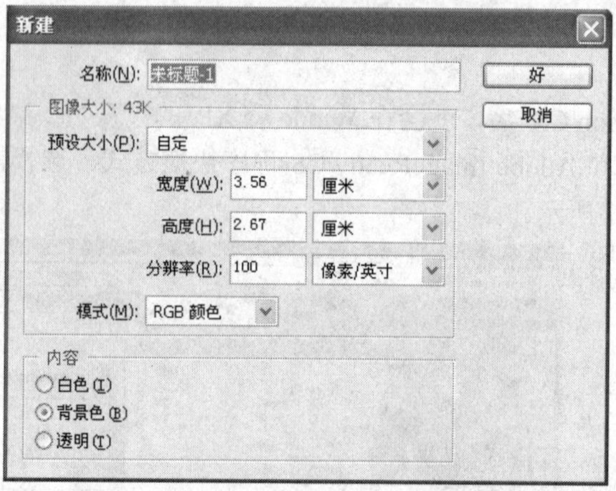

图 6–3 “新建”对话框

（2）输入新建图像文件的大小，设置颜色模式，确定图像文件背景颜色。

（3）单击“好”按钮就可以完成新建。

4. 保存文件。

（1）选择“文件”菜单中的“存储”命令或者按下 Ctrl+S 组合键。

（2）打开如图 6–4 所示的“存储为”对话框（注意：如果当前图像已经保存过，那么按 Ctrl+S 组合键或选择“文件”菜单中的“存储”命令，将不会打开“存储为”对话框，而直接保存文件）。

（3）在“保存在”下拉列表框中，选择存放文件的位置。

（4）在“文件名”下拉列表框中输入新文件的名称。

（5）单击“格式”下拉列表框的下三角按钮，从打开的下拉列表中选择图像文件格式。Photoshop 的默认图像文件格式为.PSD。

（6）完成上述设置后，单击“保存”按钮即可完成新图像的保存。

5. 制作艺术相框。

（1）打开一幅素材图像，如图 6–5 所示。打开“选择”菜单，选择“全选”命令，将整个图片选中；再选择“编辑”菜单中的“复制”命令将图像复制。

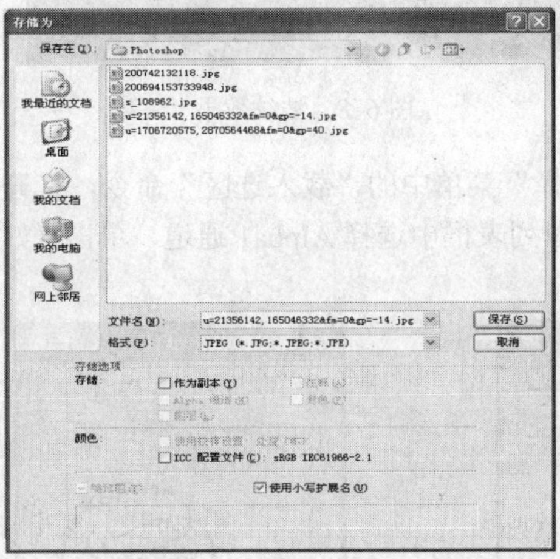

图 6–4 “存储为”对话框

图 6–5　原图

（2）选择“文件”菜单中的“新建”命令，打开新建对话框。由于上一步执行了复制命令，所以在新建对话中，图像的宽度和高度自动设置为复制的图像的宽度和高度。将宽度、高度分别增大，单击“确定”按钮。然后打开“编辑”菜单，选择“粘贴”命令，完成图像的粘贴。

（3）打开通道控制面板，单击面板底部的新建按钮 ，新建一个 Alpha1 通道，如图 6–6 所示。

（4）利用矩形选框工具，选择一个比复制过来的图像稍小些的矩形区域，并处于图像的中部。

（5）将前景色设置为白色，选择“编辑”菜单中的“填充”命令，用前景色对矩形区域进行填充，然后选择“选择”菜单中的“取消选择”命令。

（6）打开“滤镜”菜单，选择“扭曲”级联菜单中的“波纹”命令，打开“波纹”对话框，如图 6–7 所示。设置数量为 700%，大小为“中”。单击“好”按钮得到波浪边缘效果，如图 6–8 所示。

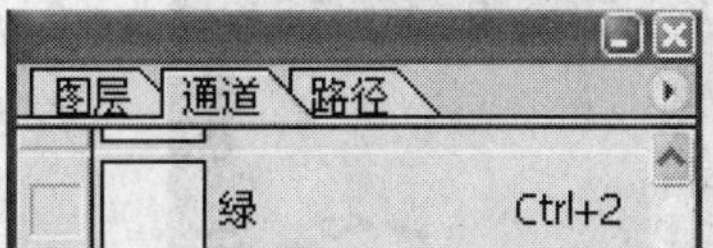

图 6–6 “通道”面板

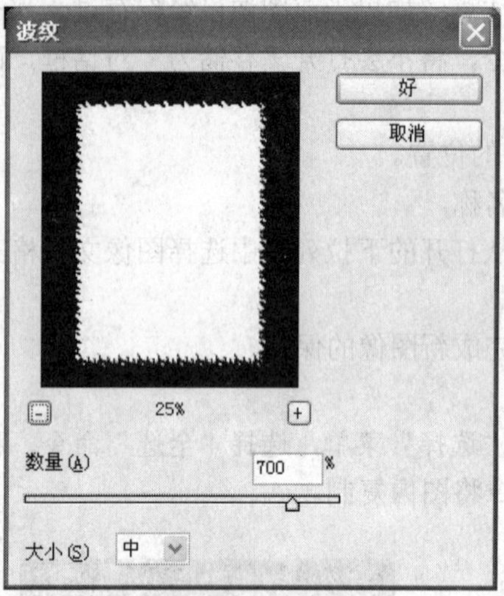

图 6–7 “波纹”对话框

图 6–8 波纹效果

（7）打开图层面板，选中图层 1，选择“选择”菜单中的“载入选区”命令。打开“载入选区”对话框，如图 6–9 所示，在“通道”下拉列表框中选择 Alpha1 通道，单击“好”按钮。载入新建的 Alpha1 通道后，如图 6–10 所示。

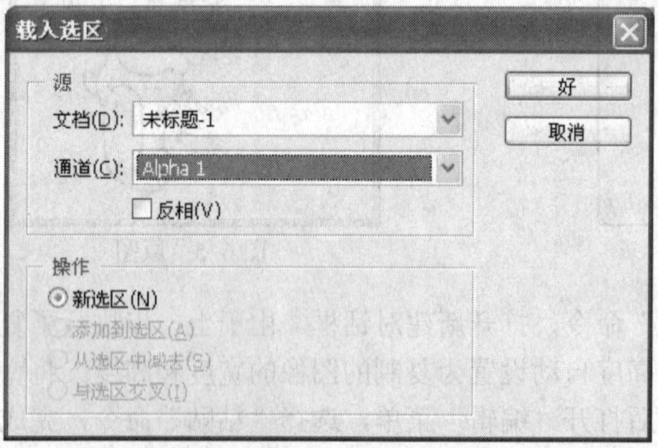

图 6–9 “载入选区”对话框

图 6–10 载入 Alpha1 通道

图 6–11 艺术相框效果

（8）选择“选择”菜单中的“反选”命令，然后设置前景色为黑色，再选择“编辑”菜单中的“填充”命令，将选区填充为黑色。

（9）选择“选择”菜单中的“取消选择”命令，得到如图 6–11 所示效果。

6. 制作阴影字。

（1）选择文字工具T，打开“文字”选项工具栏，如图 6–12 所示。在刚才制作好的艺术相框上输入 Wish You Happy！，大小为 30 点，字体为 MS Dialog。

（2）选中该文字图层，如图 6–13 所示，右击，在弹出的快捷菜单中选择“混合选项”命令。

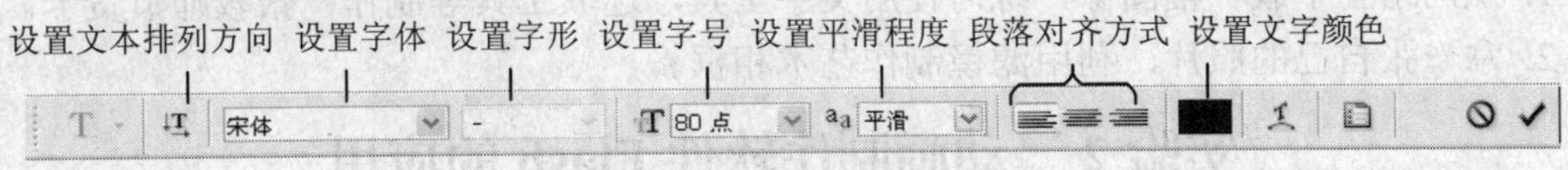

图 6–12 “文字”选项工具栏

图 6–13 文字图层

（3）弹出“图层样式”设置对话框，如图 6–14 所示。在此对话框左侧选中投影效果，设置参数，单击“确定”按钮，得到如图 6–15 所示的效果。

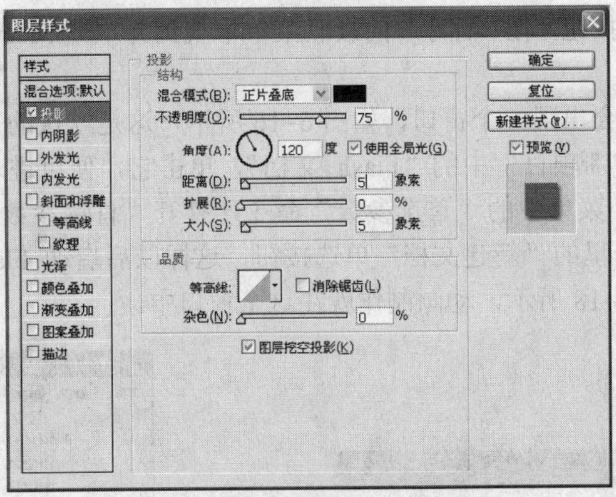

图 6–14 “图层样式”对话框

图 6–15 效果图

（4）最后，保存文件。

【实验思考】

1. 从网络上下载一幅图像，练习使用文字工具，选取工具等制作一张教师节贺卡。

2. 拿一张自己的照片，利用滤镜制作艺术相框。

实验 2　动画制作软件 Flash 的应用

【实验目的】

1. 熟悉 Flash 的工作环境。

2. 学习使用时间轴窗口和工具箱的各种工具。

3. 掌握 Flash 制作动画的基本过程。

【实验内容】

1. 启动和退出 Flash，熟悉 Flash 工作环境。

2. 制作补间动画。制作一个简单的动画，效果描述如下：将文字“您好”从上面落下来，文字“欢迎来到欧亚学院”从左边跑到右边，再从右边回到舞台中央旋转。

【实验步骤】

1. 启动 Flash。

（1）单击“开始”按钮，在“程序”的级联菜单中找到并单击 Macromedia Flash MX 2004 命令。

（2）启动 Flash 后会出现一个窗口，如图 6–16 所示，这是默认的开始页，供我们选择。找到中间一栏的“创建新项目”中的“Flash 文档”，单击它，便可进入到新建窗口当中。

（3）选择“编辑”菜单中的“首选参数”命令，打开“首选参数”对话框，如图 6–17 所示。单击“启动时”里的“新建文档”单选按钮，这样以后启动 Flash 时便可直接进入新建页。新建窗口如图 6–18 所示，动画制作就在这个窗口中。

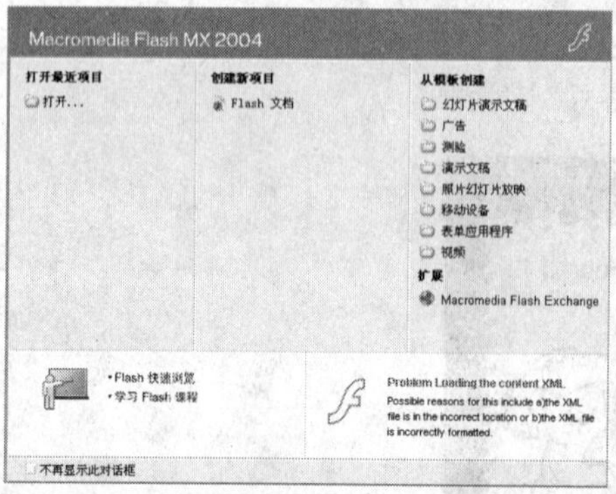

图 6–16　启动时默认页

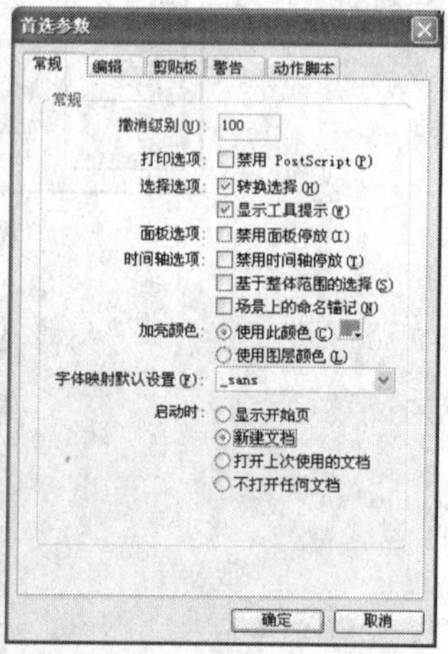

图 6–17　“首选参数”对话框

2. 制作补间动画。

（1）首先设置工作区，选择“窗口”菜单中的“属性”命令，弹出属性面板或双击时间轴面板下方 1 12.0 fps 0.0s 的 12.0fps 窗格，弹出文档属性对话框如图 6–19 所示。在此对话框中设置文档大小，背景色及帧频，单击“确定”按钮。

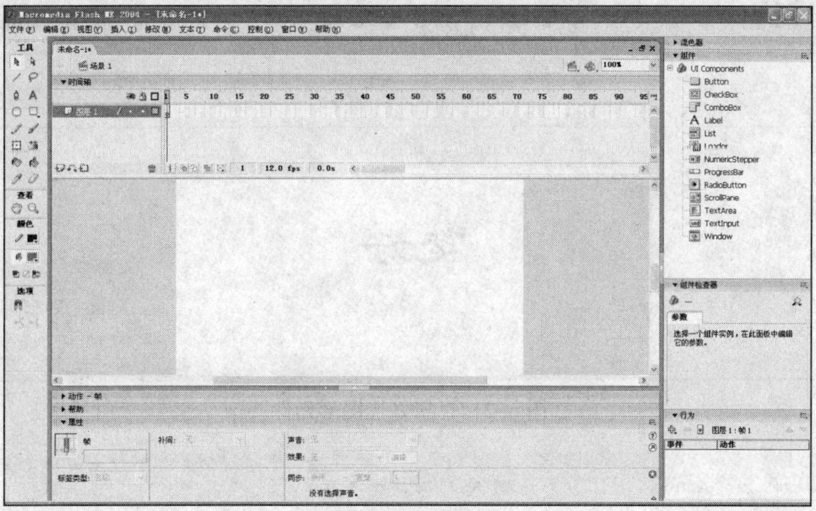

图 6–18　新建窗口

（2）创建图形元件。

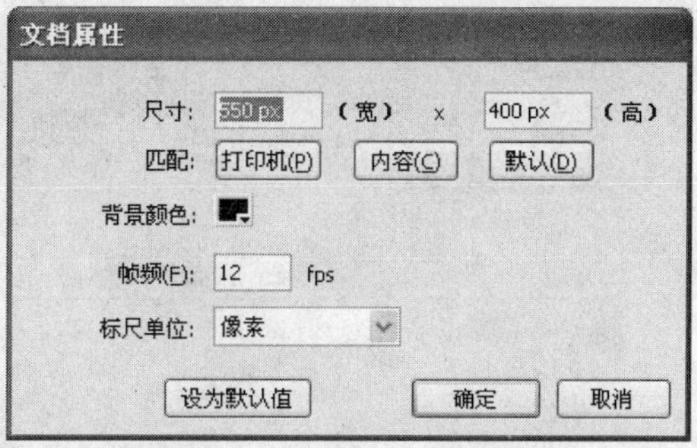

图 6–19　“文档属性”对话框

选择“插入”菜单中的“新建元件”命令，弹出“创建新元件”对话框，如图 6–20 所示。在“名称”文本框中输入“您好”，在“行为”组选择“图形”单选按钮，单击“确定”按钮，一个名为“您好”的图形元件就建立了。此时，Flash 自动进入图形元件的编辑状态，如图 6–21 所示。选择工具箱中的“文本工具”按钮，在工作区中央单击，工作区中将出现一个带有闪动光标的小文本框。再单击工作区下边的属性，调出字体属性面板如图 6–22 所示，设置字体为“隶书”，大小为 70，颜色为“蓝色”。然后输入文字“您好”，用选择工具将文字拖动到十字架的中心，这样第一个元件就制作好了。单击时间轴上方的“场景 1”回到场景中。用同样的方法再创建一个名为“欢迎”的图形元件。在工作区的中央输入文字“欢迎来到欧亚学院”，字体设置为楷体，50，红色。用选择工具将文字移动到工作区的中央，如图 6–23 所示。

图 6–20　“创建新元件”对话框

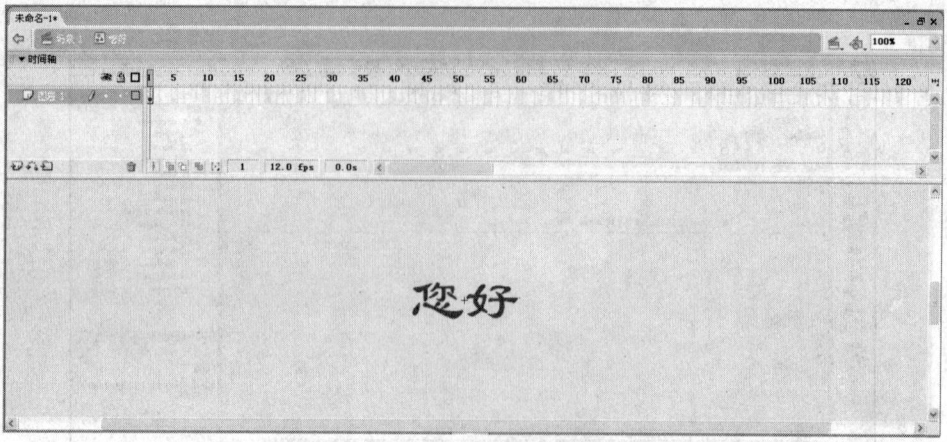

图 6–21 “您好”图形元件

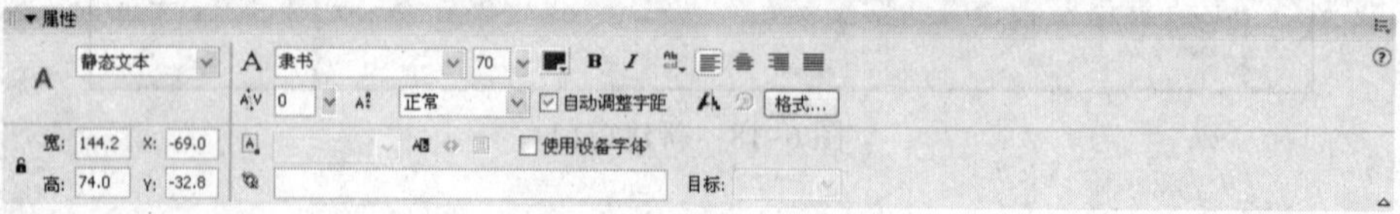

图 6–22 字体属性面板

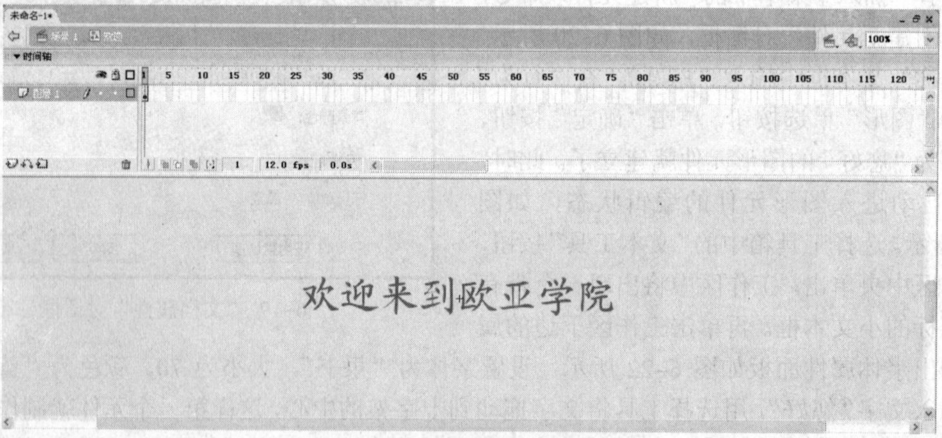

图 6–23 “欢迎”图形元件

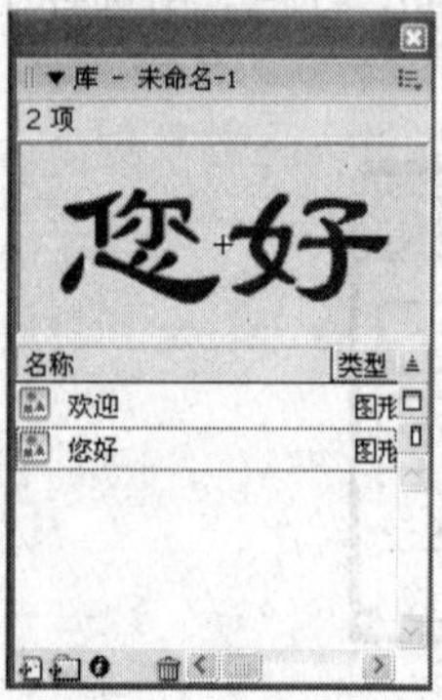

图 6–24 “库”面板

（3）单击时间轴上方的“场景 1”回到场景中，选择“文件”菜单中的“保存”命令，对此文档进行保存。

（4）制作下落动画。

① 打开“窗口”菜单选择“库”命令，打开“库”面板，如图 6–24 所示。刚才制作好的元件都在图库中，选中“您好”元件，用选择工具把它拖动到工作区里，再将它移到工作区以外的正上方，即移动到画布上方的灰色区域里。

② 插入关键帧。在时间轴的第 10 帧上，右击，选择“插入关键帧”命令（关键帧是动画的起点或者终点）。用选择工具，将第 10 帧中工作区上方的文字拖动到工作区的中间，在第 10 帧上右击，选择

“创建补间动画”命令。这样“您好”就从第 1 帧画布上方的位置落到了第 10 帧画布中央的位置，文字的位置发生了变化。

③ 第一个动画制作完成，将红色的时间指针移到第 1 帧，按一下回车键播放动画，查看动画效果。

（5）制作横向动画。

① 文字“欢迎来到欧亚学院”是从工作区左边进入，到右边消失，然后从右边返回到工作区中央旋转。这个动画应由两部分组成，一部分是从左到右；另一部分是从右边回到中间旋转。

② 首先新增一个图层，方法是单击时间轴左侧的“新建图层”按钮，新建一个图层 2，如图 6–25 所示。

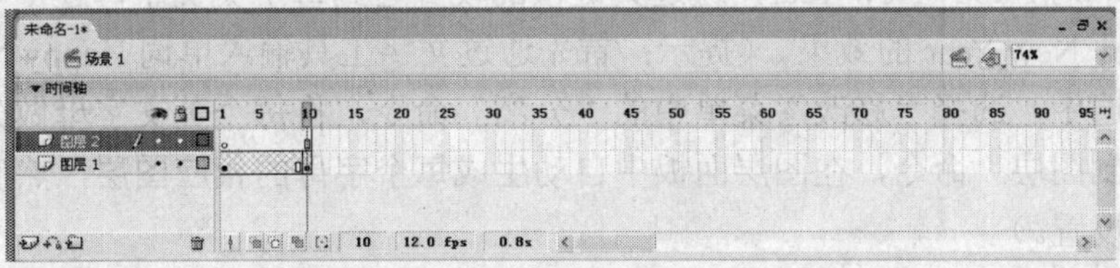

图 6–25　新建图层 2

③ 此时将自动产生 10 帧空白帧。单击图层 2，就会选中所有空白帧，然后在右边选中的帧上右击选择“删除帧”命令，就会删除所有空白帧。

④ 插入起始帧。在图层 2 的第 5 帧上单击将其选中，然后再右击，选择“插入关键帧”命令，这一帧作为起始关键帧。在“库”面板中将“欢迎来到欧亚学院”拖动到工作区以外的左侧，从第 5 帧开始，跟第一个动画错开。

⑤ 在图层 2 的第 10 帧处再插入一个关键帧，将第 10 帧作为动画的一个终点，在第 10 帧中，将“欢迎来到欧亚学院”拖到工作区以外的右侧，这样文字从左边跑到右边。在第 5 帧上右击，选择“创建补间动画”命令，选择“文件”菜单中的“保存”命令，保存文件。按回车键播放动画。

（6）创建返回的动画。

① 选中图层 2 的第 15 帧，右击选择“插入关键帧”，准备作回来的动画。

② 用选择工具选中“欢迎来到欧亚学院”文字，把它拖回到工作区中央，这样从第 10 帧到第 15 帧文字又回到了工作区中央。在图层 2 的第 10 帧上右击，选择“创建补间动画”命令，创建回来的补间动画。选择“文件”菜单中的“保存”命令，保存文件，按回车键播放动画。

③ 单击图层 1，选中第 15 帧，右击，选择“插入帧”命令，而不是插入关键帧，是因为这时的元件“您好”并没有动画，只是为了跟“欢迎”元件对齐。

（7）旋转动画。

① 在图层 2 的第 25 帧处插入一个关键帧，再调出属性面板，如图 6–26 所示。

② 选中图层 2 的第 15 帧，在属性面板中的“补间”下拉列表框中选择“动作”，在“旋转”下拉列表框中选择“顺时针”，在右侧文本框中输入“1”次，让“欢迎来到欧亚学院”文字旋转一圈。选择“文件”菜单中的“保存”命令，保存文件，这样就创建好了一个旋转

动画，同样将图层 1 延长到第 25 帧。

（8）完成上述操作，选择“控制”菜单中的“测试影片”命令或按 Ctrl＋Enter 键测试动画的效果，欣赏完关闭返回。将“图层 1”更名为“您好”，“图层 2”更名为“欢迎”，如图 6–27 所示，保存后再测试一下。

图 6–26　属性面板

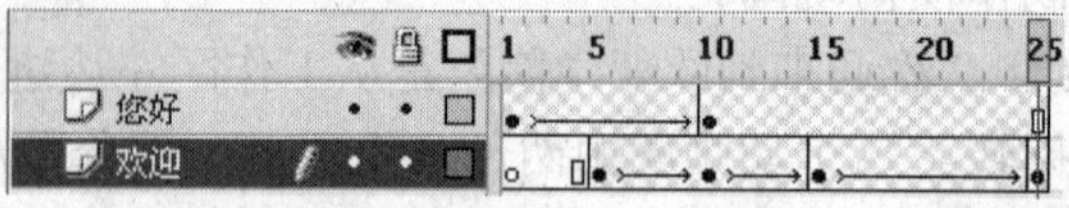

图 6–27　图层更名

【实验思考】

输入英文单词 Happy New Year，通过关键帧的设置达到每个英文字母逐个下落最后在场景中显示 Happy New Year 的效果。（提示：首先通过文字工具输入单词 Happy New Year，将整个英文单词选中，选择“修改”菜单中的“分离”命令，将每个英文字母做分离处理。右击选择“分散到图层”命令，在图层面板中自动生成每个字母的相应图层，然后对每个字母进行关键帧的设置。）

二、测试练习

一、选择题

1. 目前多媒体计算机中对动态图像数据压缩常采用（　　）。

A. JPEG　　B. GIF　　C. MPEG　　D. BMP

2. 在多媒体系统中，内存和光盘属于（　　）。

A. 感觉系统　　B. 传输媒体　　C. 表现媒体　　D. 存储媒体

3. 多媒体技术发展的基础是（　　）。

A. 数据库与操作系统的结合

B. 通信技术、数字化技术和计算机技术的结合

C. CPU 的发展

D. 通信技术的发展

4. 具有多媒体功能的微型计算机系统中，常用的 CD-ROM 是（　　）。

A. 只读型软盘　　B. 只读型光盘　　C. 只读型硬盘　　D. 只读型内存

5. 在多媒体系统中，文字、图形属于（　　）。

A. 感觉媒体　　B. 表示媒体　　C. 表现媒体　　D. 存储媒体

6. 在下列媒体中，不属于存储媒体的是（　　）。

A. 硬盘　　B. 键盘　　C. 软盘　　D. 磁带

7. 多媒体信息不包括（　　）。

A. 文本、图形　　B. 音频、视频　　C. 图像、动画　　D. 光盘、声卡

8. 在多媒体系统中，显示器和键盘属于（　　）。

A. 感觉媒体　　B. 表示媒体　　C. 表现媒体　　D. 传输媒体

9. 所谓媒体是指（　　）。

A. 表示和传播信息的载体　　B. 各种信息的编码
C. 计算机输入与输出的信息　　D. 计算机屏幕显示的信息
10. 所谓感觉媒体，指的是（　　）。
A. 感觉媒体传输中电信号和感觉媒体之间转换所用的媒体
B. 能直接作用与人的感觉让人产生感觉的媒体
C. 用于存储表示媒体的介质
D. 将表示媒体从一处传送到另一处的物理载体
11. 在计算机领域，媒体分为（　　）这几类。
A. 感觉媒体、表示媒体，表现媒体、存储媒体和传输媒体
B. 动画媒体、语言媒体和声音媒体
C. 硬件媒体和软件媒体
D. 信息媒体、文字媒体和图像媒体
12. 多媒体计算机的英文缩写是（　　）。
A. VCD　　B. APC　　C. MPC　　D. MPEG
13. 多媒体计算机是指（　　）。
A. 能与家用电器连接使用的计算机　　B. 能处理多种媒体信息的计算机
C. 连接有多种外部设备的计算机　　D. 能玩游戏的计算机
14. 多媒体计算机除了一般计算机所需要的基本配置外，至少还应有光驱、音箱和（　　）。
A. 调制解调器　　B. 扫描仪　　C. 数码照相机　　D. 声卡
15. 网络多媒体文件格式能够流行的重要条件是（　　）。
A. 保证图像质量　　B. 传输较快　　C. 文件较小　　D. 以上都对
16. 所谓表现媒体，指的是（　　）。
A. 使人能直接产生感觉的媒体　　B. 用于传输感觉媒体的中间手段
C. 感觉媒体与计算机之间的界面　　D. 用于存储表示媒体的介质
17.（　　）是多媒体的关键技术。
A. 信息数字化技术　　B. 信息的编码压缩技术
C. 硬件核心技术　　D. 超媒体超文本技术
18. Authorware 属于以（　　）为基础的多媒体创作工具。
A. 图标　　B. 时间　　C. 页　　D. 程序设计语言
19. 以下不是矢量图形的特点是（　　）。
A. 文件小　　B. 真实感强
C. 打印速度快　　D. 能充分发挥设备的分辨率
20. 以下音频文件格式中，属于流媒体文件格式是（　　）。
A. RA　　B. WAV　　C. MID　　D. MP3

二、填空题

1. ________是人与人之间实现信息交流的中介。
2. 原国际电报电话咨询委员会对媒体作如下分类：________、________、________、________和________。

3. 多媒体技术处理的主要信息类型有：________、________、________、________和________。

4. 多媒体的主要特点有：________、________、________、________。

5. 多媒体个人计算机，简称________。

6. 多媒体开发系统是多媒体系统的重要组成部分，它包括多媒体数据的________工具和________工具。图形图像处理软件属于多媒体________工具。

7. 多媒体计算机硬件系统上的多媒体附属硬件主要有两类：________和________。声卡属于________，CDROM属于________，扫描仪属于________。

8. 在扫描仪和数码相机中，都有一个关键的功能部件，是电荷耦合器件，简称________。

9. 表示一幅图像中一个像素的颜色所使用的二进制位数就叫做________。

10. 在Internet网页中支持的图像文件类型主要有：________、________、________，其中支持动画的是________。

11. 计算机多媒体音频处理技术包括________，音频信号的编码和解码技术，________，音频和视频的同步技术，音频的编辑以及音频数据传输技术等。

12. 通常把动画分为：________和________。

13. 表示媒体是指________。

14. 多媒体计算机中常见的外部设备有________、________、________等。

15. 计算机中的图像通常分为两类，分别是________图和________图。

16. 光盘在存储多媒体信息方面具有存储密度大、________、工作稳定、________、价格低廉等优点。

17. 衡量数字音频的主要指标包括________、________和________3部分。

18. ________是指组成一幅图像的像素密度，也用水平和垂直的像素来表示，即每英寸多少点表示数字化图像的大小。

19. 多媒体个人计算机的基本硬件构成只包括计算机传统硬件、________和________。

20. 多媒体数据压缩编码技术是多媒体技术中最为关键的技术。根据质量有无损失，压缩编码可分为________和________两类。

三、简答题

1. 什么是媒体、多媒体？媒体按表现形式分为哪几类？

2. 什么是多媒体技术？多媒体技术涉及哪些技术？

3. 多媒体系统的特点有哪些？

4. 什么是MPC？简要说明多媒体计算机系统的构成。

5. 什么是颜色深度？256色的颜色深度是多少？

6. 位图和矢量图各有哪些特点？

7. 什么是分辨率？有哪些主要的分辨率？

8. 常见的颜色模型有哪三类？三基色是什么？

9. 为什么要对多媒体数据进行压缩？

10. 常见图像数据压缩标准有哪些？

11. 列举常见的声音、图形图像、动画视频的文件格式。

12. 简述音频数字化过程。

13. 什么是MIDI？MIDI文件与波形音频文件有何不同？
14. 什么是动画？计算机动画有哪几种？
15. 简述多媒体应用系统开发过程。
16. 简述多媒体素材选择过程和选择原则。

三、参考答案

一、选择题

1. C	2. D	3. B	4. B	5. A	6. B	7. D	8. C	9. A	10. B
11. A	12. C	13. B	14. D	15. D	16. B	17. B	18. A	19. B	20. A

二、填空题

1. 媒体
2. 感觉媒体　表示媒体　表现媒体　存储媒体　传输媒体
3. 文字　图形　图像　动画　音频　视频
4. 多样性　集成性　交互性　实时性
5. MPC
6. 准备　著作　准备
7. 适配卡　外围设备　适配卡　外围设备　外围设备
8. CCD
9. 颜色深度
10. JPG　GIF　BMP　GIF
11. 音频信息采集技术　音乐合成技术
12. 二维动画　三维动画
13. 表示媒体表现为信息在计算机中的编码
14. 打印机　扫描仪　数码相机
15. 位　矢量
16. 存储容量大　寿命长
17. 采样频率　量化位数　声道数
18. 图像分辨率
19. CD-ROM驱动器　声卡
20. 有损失编码　无损失编码

三、简答题（略）

第七章　计算机网络基础

一、实验环节

实验 1　利用 Internet Explorer 浏览 WWW 信息

【实验目的】

1. 熟练掌握用 IE 6.0 浏览 WWW 信息。
2. 熟练掌握用 IE 6.0 查询信息。
3. 掌握 IE 6.0 的各项功能。

【实验内容】

1. 熟悉浏览器 IE 6.0 的基本功能。
2. 利用浏览器 IE 6.0 访问 WWW 信息。
3. 用多种方法在 Internet 上搜索信息。

【实验步骤】

1. 利用浏览器 IE 6.0 访问 WWW 信息。

（1）Web 浏览。

在 IE 6.0 浏览器的地址栏中，如图 7–1 所示，直接输入要访问的 Web 页的确切地址，然后按回车键。便可打开要访问的页面，如图 7–2 所示。

图 7–1　地址栏

图 7–2 “西安欧亚学院”主页

（2）超级链接访问。

在打开的 Web 页中，指向感兴趣的文本或图形，若鼠标指针变成小手 的形状，此处即为链接点，点击可以打开目标 Web 页。

（3）页面切换。

利用工具栏的“前进”和“后退”按钮可以在访问过的页面之间进行切换。

（4）收藏 Web 页。

选择“收藏”菜单中的“添加到收藏夹”命令，或单击工具栏中的“收藏夹”按钮，打开“收藏夹”窗格，如图 7–3 所示。单击“添加”按钮，打开“添加到收藏夹”对话框，如图 7–4 所示。在该对话框中输入要收藏的站点名称，选择要收藏到的文件夹，单击“确定”按钮。

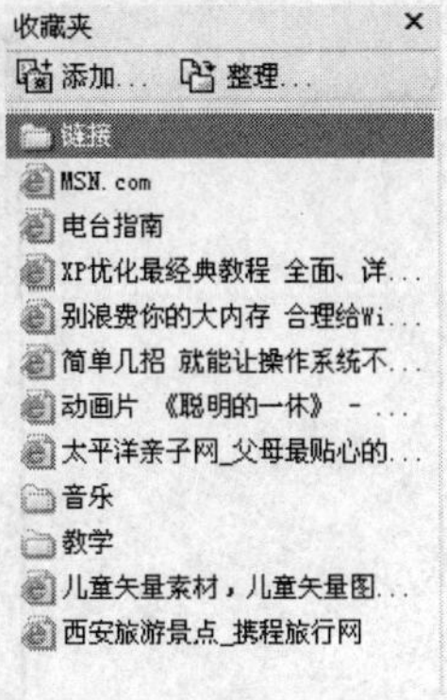

图 7–3 “收藏夹”窗格图

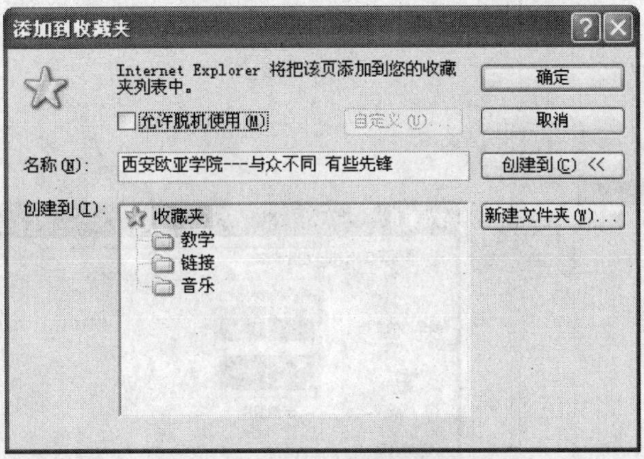

图 7–4 “添加到收藏夹”对话框

（5）查看历史记录。

单击工具栏中的“历史”按钮，打开如图 7–5 所示的“历史记录”窗格。在此窗格中选择要访问的网页链接，打开网页。

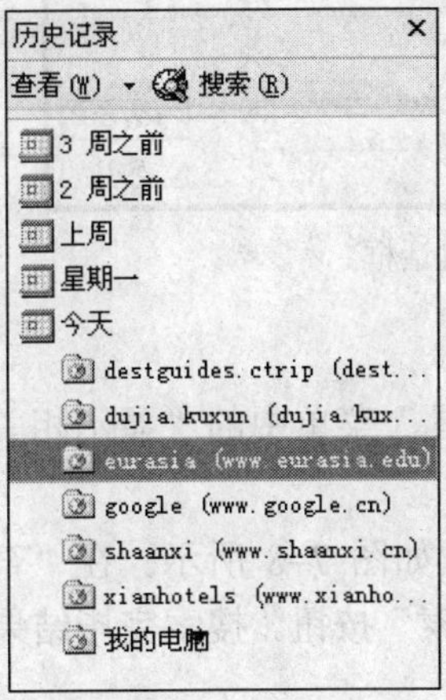

图 7–5 “历史记录”窗格

（6）保存 Web 页。

① 保存当前页。

选择“文件”菜单中的“另存为”命令。打开“保存网页”对话框，如图 7–6 所示，设置好保存位置、文件名及保存类型，单击“保存”按钮即可。

② 保存网页中的图片。

在要保存的图片上右击，在快捷菜单上选择“图片另存为”命令。在随后弹出的“保存图片”对话框中，设置好保存位置、文件名及保存类型，单击“保存”按钮即可。如图

7–7 所示。

图 7–6 “保存网页”对话框

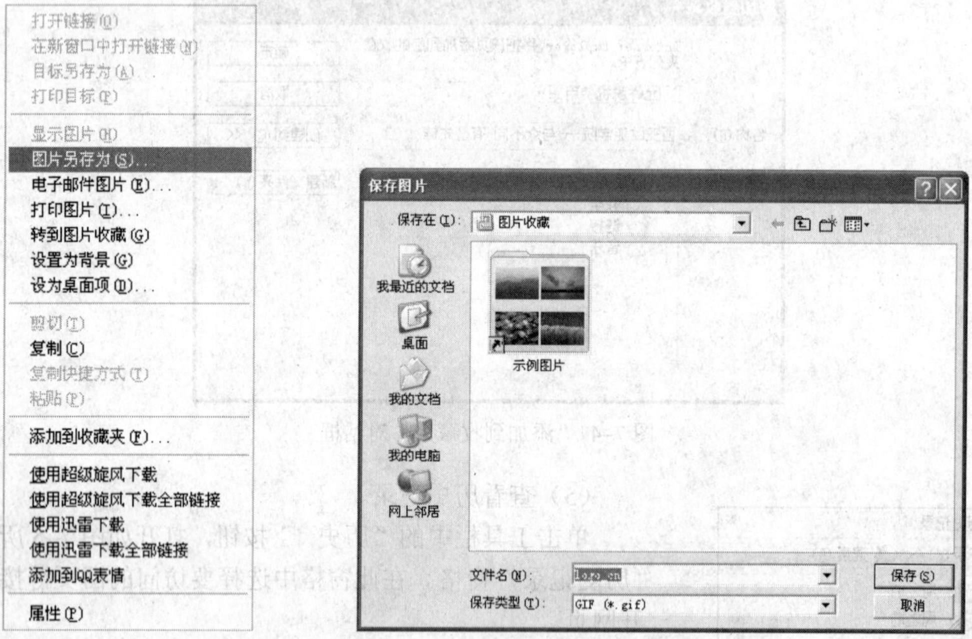

图 7–7 “图片另存为”快捷菜单和“保存图片”对话框

2. 用多种方法在 Internet 上搜索信息。

（1）若查找与当前查看的 Web 页相似的 Web 页，选择“工具”菜单中的“显示相关站点”命令进行搜索。

（2）在工具栏上单击“搜索 ”按钮，打开“搜索”窗格，如图 7–8 所示。在“查找包含以下内容的网页：”文本框中输入待查询的关键词，单击“搜索”按钮。搜索完毕结果将显示在窗格中，点击相关链接即可进入相应的页面。

（3）使用 3721 网络实名进行搜索，在 URL 地址栏中直接输入要搜索的关键词。

（4）使用搜索引擎进行搜索。如图 7–9 所示。

常用的搜索引擎有：

中文 Google	www.google.com
Yahoo!中国	cn.yahoo.com
百度	www.baidu.com
新浪	search.sina.com.cn
搜狐	dir.sohu.com
网易	search.163.com
3721	www.3721.com
TOM 搜索	search.tom.com

图 7–8 “搜索”窗格

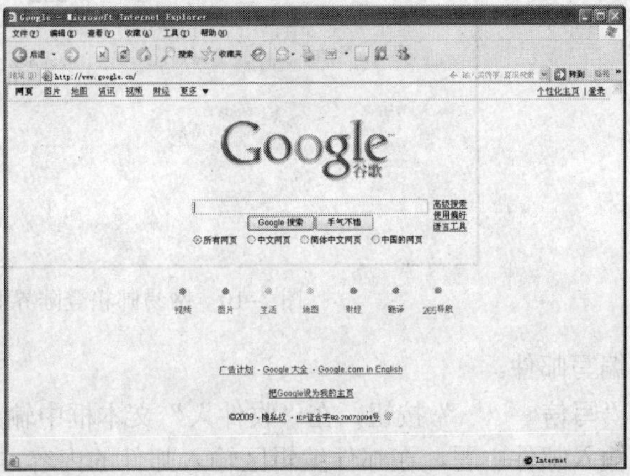

图 7–9 Google 搜索引擎

【实验思考】

使用其他浏览器完成本实验。

实验 2　电子邮件的发送与接收

【实验目的】

1. 掌握利用网站申请免费电子邮箱的方法。
2. 掌握收发电子邮件的方法。
3. 掌握 Outlook 收发电子邮件的功能。

【实验内容】

1. 申请电子邮箱账号。
2. 发送、浏览、回复、转发、删除电子邮件。
3. 附件的阅读和发送。

【实验步骤】

1. 申请电子邮箱。

首先向 Internet 服务机构申请一个电子邮箱账号。申请到电子邮箱账号之后，然后接收和发送电子邮件。例如，在网易上申请一个免费邮箱，首先在 IE 地址栏中输入 mail.163.com，按回车键，便可打开网易免费邮箱的页面，如图 7–10 所示。然后单击“注册”按钮，按照提示输入所需信息即可申请到电子邮箱账号。

2. 发送和浏览电子邮件。

（1）登录。

进入网易免费邮箱界面后，如图 7–10 所示，输入用户名及密码，单击“登录”按钮，便可进入自己的邮箱界面。

图 7–10 网易邮箱登陆界面

（2）编写邮件。

单击“写信”按钮，在“收件人”文本框中输入收件人电子邮箱地址，在“主题”文本框中输入邮件主题，在邮件编辑区输入邮件的内容，并可添加附件。

（3）发送邮件。

编辑完邮件内容以后单击“发送邮件”按钮。

（4）浏览电子邮件。

单击“收信”按钮，在屏幕窗口下方可以看到邮件列表，点击“主题”列中要浏览的邮件主题名称即可。

3. 回复和转发邮件。

浏览完一封邮件后可以单击“回复”按钮，进入新邮件窗口。用户不用填写收件人，收件人的地址已自动填入，只要填写主题和新的邮件内容，单击“发送邮件”按钮即可回复。

“转发”按钮是将收到的邮件内容原封不动的转发给其他人，内容和主题不变，但需输入收件人的地址。

4. 附件的插入和阅读。

在“写邮件”窗口中单击“添加附件”按钮，选择要附加的文件，单击“完成”按钮即可。Office 文档、图片、声音、动画等都可以作为附件发送。

如果收到一封带附件的邮件，双击附件标志或带附件的文件，在保证文件来源安全的情况下，打开或保存到磁盘上进行阅览。

5. 删除邮件。

选中要删除的邮件前面的复选框，然后单击“删除到垃圾桶”按钮，“删除”的邮件将放在“垃圾桶”中，“垃圾桶”的作用相当于“回收站”。在“垃圾桶”中单击“永久删除”按钮将彻底删除邮件。

【实验思考】

利用 Outlook 完成本实验。

二、测试练习

一、选择题

1．以下（　　）程序在 Windows 中用于浏览 WWW 网页。

A. Internet Explorer　B. Outlook Express　C. Excel　D. 超级终端

2. 在使用 Internet Explorer 浏览某个网站的网页时，看到一个漂亮的图像，想将其作为墙纸。在完成这个操作的过程中，需要用到（　）命令。

A.“另存为”　B.“设置为背景”　C.“收藏”　D.“复制背景”

3. 在使用 Internet Explorer 浏览时，如果想将当前浏览的地址保存进收藏夹中，可以（　）。

A. 打开工具栏上的“收藏夹”按钮

B. 按组合键 Ctrl+D

C. 打开“收藏”菜单，选择“添加到收藏夹”命令

D. 以上都对

4. 使用 Internet Explorer 浏览网页时，如果当前页已经过期，可以单击（　）按钮更新页面。

A. 前进　B. 后退　C. 停止　D. 刷新

5. 在 Internet Explorer 浏览器中，单击（　　）按钮，可以打开搜索窗格，搜索所需要的信息。

A. 历史　B. 搜索　C. 收藏　D. 转移

6. 使用 Internet Explore 浏览网页时，如果想要回到默认的一进入 Internet Explore 就开始的页面，可以使用（　）按钮。

A. 主页　B. 停止　C. 刷新　D. 后退

7. 通过 Internet Explorer 浏览网页时，网上的文字、图形、图像、声音等信息是由（　　）组织起来的。

A. 机器语言　B. BASIC 语言　C. HTML 语言　D. JAVA 语言

8. 使用 Internet Explorer 浏览网页时，如果想回到刚刚浏览过的上一个页面，可以使用（　　）按扭。

A. 主页　B. 后退　C. 刷新　D. 前进

9. 在 Outlook Express 的服务器设置中 POP3/SMTP 服务器是指（　　）。

A. WWW 服务器　B. 邮件发送/接收服务器

C. 邮件接收/发送服务器　D. 域名服务器

10. 电子邮件的格式为：username@hostname，其中 hostname 为（　　）。

A. 用户地址名　B. ISP 某台主机的域名

C. 某公司名　D. 某国家名

11. 在 Outlook Express 中，发出的邮件可以在本地文件夹的（ ）中看到。
A. 收件箱 B. 发件箱 C. 已发送邮件 D. 草稿
12. 发送一个新的电子邮件之前，除了写好信的内容，填写信的主题外，还必须要（ ）。
A. 填写 E-mail 到达所经过的路径 B. 填写发信人的电话号码
C. 填写收信人的 E-mail 地址 D. 填写邮件的编号
13. 关于收发邮件，以下（ ）叙述不正确。
A. 向对方发送邮件时，并不要求对方开机
B. 可用邮件发送 Word 文档
C. 一次发送操作，可以发送给多个接收者
D. 向对方发送邮件时，必须填写对方邮编
14. 在 Outlook Express 中，有关转发邮件，不正确的说法是（ ）。
A. 在收件箱中选中要转发的邮件，再按“转发”按钮便可
B. 用户可对原邮件进行添加、修改或原封不动地将其转发
C. 若转发时，用户工作在脱机状态，等到用户联机上网后，还要再重复转发一次才行
D. 转发邮件，是用户收到一封邮件后，再寄给其他成员
15. 在一个 URL：http://www.hziee.edu.cn/index.html 中的 www.hziee.edu.cn 是指（ ）。
A. 一个主机的域名 B. 一个主机的 IP 地址
C. 一个 Web 主页 D. 一个 IP 地址
16. 匿名 FTP 的用户名是（ ）。
A. Guest B. Anonymous C. Public D. Scott
17. 网络互连设备中的 HUB 称为（ ）。
A. 集线器 B. 网关 C. 网卡 D. 交换机
18. TCP/IP 是一种（ ）。
A. 网络操作系统 B. 网桥 C. 网络协议 D. 路由器
19. 广域网和局域网是按照（ ）来分的。
A. 网络使用者 B. 网络作用范围 C. 信息交换方式 D. 传输控制协议
20. 在普通 PC 机连入局域网中，需要在该机器内增加（ ）。
A. 传真卡 B. 调制解调器 C. 网卡 D. 串行通信卡
21. 以下软件中不属于浏览器的是（ ）。
A. Internet Explorer B. Netscape Navigator
C. Opera D. Cute FTP
22. 使用 Internet 的 FTP 功能，可以（ ）。
A. 发送和接收电子函件 B. 执行文件传输服务
C. 浏览 Web 页面 D. 执行 Telnet 远程登录
23. CERNET 是以下哪一个互联网络的简称。
A. 中国科技网 B. 中国公用计算机互联网
C. 中国教育和科研计算机网 D. 中国公众多媒体通信网
24. 在 Internet 中用于远程登录服务的是（ ）。
A. FTP B. E-mail C. Telnet D. WWW

25. 在 Internet 中用于文件传送服务的是（ ）。

A. FTP B. E-mail C. Telnet D. WWW

26. Internet 所广泛采用的标准网络协议是（ ）。

A. IPX/SPX B. TCP/IP C. NETBEUI D. 以上都不是

27. 组成计算机网络的最大好处是（ ）。

A. 进行通话联系 B. 资源共享 C. 发送电子邮件 D. 能使用更多的软件

28. URL 的意思是（ ）。

A. 统一资源定位器 B. Internet 协议

C. 简单邮件传输协议 D. 传输控制协议

29. 连接到 WWW 页面的协议是（ ）。

A. HTML B. HTTP C. SMTP D. DNS

30. 局域网的拓扑结构最主要有星型、（ ）、总线型和树型四种。

A. 链型 B. 网状型 C. 环型 D. 层次型

31. 万维网引进了超文本的概念，超文本指的是（ ）。

A. 包含链接的文本 B. 包含多种文本的文本

C. 包含图像的文本 D. 包含多种颜色的文本

32. 网上“黑客”是指（ ）的人。

A. 匿名上网 B. 总在晚上上网

C. 在网上私闯他人计算机系统 D. 不花钱上网

33. 以下（ ）服务不属于 Internet 服务。

A. 电子邮件 B. 货物快递 C. 信息查询 D. 文件传输

34. 局域网由（ ）统一指挥，提供文件、打印、通信和数据库等功能。

A. 网卡 B. 工作站 C. 网络操作系统 D. 数据库管理系统

35. ISO/OSI 是一种（ ）。

A. 网络操作系统 B. 网桥 C. 网络体系结构 D. 路由器

36. 计算机网络中，数据的传输速度常用的单位是（ ）。

A. bps B. 字符/秒 C. MHz D. Byte

37. 电子邮件地址的一般格式为（ ）。

A. 用户名@域名 B. 域名@用户名 C. IP 地址@域名 D. 域名@IP 地址

38. 下面不属于局域网的硬件组成的是（ ）。

A. 服务器 B. 工作站 C. 网卡 D. 调制解调器

39. Internet 为互联网的每个网络和每台主机都分配了唯一的地址，该地址由纯数字组成并用小数点分隔，将它称为（ ）。

A. 服务器地址 B. 客户机地址 C. IP 地址 D. 域名

40. IP 地址是由（ ）组成的。

A. 三个黑点分隔主机名、单位名、地区名和国家名 4 个部分

B. 三个黑点分隔 4 个 0～255 数字

C. 三个黑点分隔 4 个部分，前两部分是国家名和地区名，后两部分是数字

D. 三个黑点分隔 4 个部分，前两部分是国家名和地区名代号，后两部分是网络和主机码

41. 下面哪一项符合标准的 IP 地址格式（　　）。

A. 160.123.256.11　　B. 180.188.81.1　　C. 25,36,189,221　　D. 213.80.210

42. URL 的含义是（　　）。

A. 信息资源在网上什么位置和如何访问的统一的描述方法

B. 信息资源在网上什么位置及如何定位寻找的统一的描述方法

C. 信息资源在网上的业务类型和如何访问的统一的描述方法

D. 信息资源的网络地址的统一的描述方法

43. 家庭用户与 Internet 连接的最常用方式是（　　）。

A. 将计算机与 Internet 直接连接

B. 计算机通过电信数据专线与当地 Internet 当地供应商的服务器连接

C. 计算机通过一个调制解调器用电话线与当地 Internet 当地供应商的服务器连接

D. 计算机与本地局域网直接连接，通过本地局域网与 Internet 连接

44. Internet Explorer 在支持 FTP 的功能方面，（　　）说法是正确的。

A. 能进入非匿名方式的 FTP，无法上传

B. 能进入非匿名方式的 FTP，可以上传

C. 只能进入匿名方式的 FTP，无法上传

D. 只能进入匿名方式的 FTP，可以上传

45. 在电子邮件中，“邮局”一般放在（　　）。

A. 发送方的个人计算机中　　B. ISP 主机中

C. 接受方的个人计算机中　　D. 本地电信局

二、填空题

1. 计算机网络是计算机技术和________相结合的产物。

2. 计算机网络就是将地理上________的具有独立功能的多台计算机系统（或由计算机控制的外部设备），利用________通过________和________连接起来，按照特定的通信协议进行________，实现________的系统。

3. 一般来讲，一个典型的计算机网络由________和________组成。

4. 计算机网络按分布地域可分类为________、________、________；按用途可分类为________、________。

5. OSI 的中文含义是________。

6. 一个办公大楼内各个办公室中的计算机进行联网，这个网属于________。

7. 通过电话线拨号上网接入 Internet 时，应首先选择一个________，从那里获取使用 Internet 的________和________，然后在拥有________的基础上加一个________和________即可。

8. 国际互联网 Internet 使用的协议是________。

9. 目前 WWW 环境中使用最多的浏览器是美国微软公司的________。

10. Internet 的组织域名中的商业机构的缩写域名为________，教育部门的缩写域名为________，政府部门的缩写域名为________，美国的缩写域名为________，日本的缩写域名为________。

11. Internet 的主要服务项目有________、________、________、________、________、

________。

12. 电子邮箱的地址是由________和________两部分组成，中间用一个特殊符号________连接起来。

13. Internet 上 IP 地址是________位二进制数，分为 4 组数据，每组数字之间用________符号分开。

14. 调制解调器的英文名字是________，具有________和________功能，它的速率单位是________。

15. 大多数 FTP 主机只允许用户________文件，而不允许________文件。

16. TCP/IP 协议参考模型由________、________、________、________几部分组成。

17. DNS 是________的简称，ISP 是________的简称，HTTP 是________的简称，URL 是________的简称。

18. 电子公告板的英文缩写是________，它提供一块公共电子黑板，每个用户都可以在上面书写，发布信息或提出看法。

19. 远程登录的英文名为________，它的作用是连接并使用远程主机。

20. 防火墙是在________与________之间增设的一个关卡。

三、简答题

1. 简述计算机网络发展的 4 个阶段。

2. 什么是计算机网络？

3. 计算机网络的功能是什么？

4. 计算机网络按地理范围分为哪几类？按拓扑结构分为哪几类？

5. 简述局域网的组成。

6. OSI 模型分为哪几层？分别是什么？

7. 什么是协议？协议的 3 要素是什么？

8. 计算机网络常见的几种拓扑结构是什么？

9. 什么是 Internet？特点是什么？

10. 简述 Internet 的层次模型。

11. 什么是 IP 地址？什么是域名？什么是 DNS？

12. 接入 Internet 常用哪几种方法？

13. Internet 提供的服务有哪些？

14. 如何使用 IE6.0？

15. 简述利用 Internet Explorer 搜索信息的方法。

16. 什么是搜索引擎？列举出常见的搜索引擎。

17. 什么是电子邮件？电子邮件的格式是什么？

18. 简述使用 Outlook Express 收发电子邮件的步骤。

19. 什么是远程登录？什么是文件传输？

20. 什么是文件下载？如何下载文件？

四、操作题

1. 搜索计算机等级考试大纲（二级——Visual Basic 语言程序设计大纲），将此页面保存到 D 盘，文件名为 djks，保存类型为“Web 页，仅 HTML（*.htm;*.html）”。

2. 搜索 2008 奥运会吉祥物图片，将图片保存到 D 盘上，文件名为 picture，保存类型为 JPEG（*.JPG）。

3. 设置 IE 浏览器的收藏夹，增加新的收藏夹，命名为：“音乐”。

4. 清除 Internet 临时文件及历史记录。

5. 设置 IE 浏览器的主页为 www.eurasia.edu。

6. 在西安欧亚学院网站上申请一个免费电子邮箱。

要求：（1）电子邮箱地址：×××××@ eurasia .edu，其中×××××为自己的姓名。

（2）显示姓名：欧亚学子。

（3）口令：123456。

（4）POP3 和 SMTP 服务器地址都为：eurasia.edu。

7. 向编辑部孙先生发一个 E-mail，并将文本文件 mytf.txt 作为附件一起发出。

具体内容如下。

收件人：sungz@bj163.com

主题：译稿

函件内容：“孙编辑：你好，寄上译文一篇，见附件，请审阅。”

8. 接收并阅读由 xiaoli@126.com 发来的 E-mail，并立即回复，回复内容：“邮件已收到！祝工作顺利！”，并将 mspaint.exe 文件作为附件发送。

三、参考答案

一、选择题

1. A	2. B	3. D	4. D	5. B	6. A	7. C	8. B	9. C
10. B	11 C	12. C	13. D	14. C	15. A	16. B	17. A	18. C
19. B	20. C	21. D	22. B	23. C	24. C	25. A	26. B	27. B
28. A	29. B	30. C	31. A	32. C	330 B	34. C	35. C	36. A
37. A	38. D	39. C	40. B	41. B	42. B	43. C	44. B	45. B

二、填空题

1. 通信技术
2. 分散　通信手段　通信设备　线路　信息交流　资源共享
3. 通信子网　资源子网
4. 局域网　广域网　城域网　公用网　专用网
5. 开放系统互联参考模型
6. 局域网
7. Internet 服务提供商　用户名　口令　一台计算机　调制解调器　一条电话线
8. TCP/IP
9. Internet Explorer

10. com　edu　gov　us　jp

11. WWW　电子邮件（E-mail）　远程登录（Telnet）　文件传输（FTP）　专题讨论（UseNet）　电子公告板服务 BBS

12. 用户名　主机域名　@

13. 32

14. Modem　调制　解调　bps

15. 下载　上传

16. 网络接口层　网际层　传输层　应用层

17. 域名系统　Internet 服务提供商　超文本传输协议　统一资源定位器

18. BBS

19. Telnet

20. 被保护网络　外部网络

三、简答题（略）

四、操作题（略）

第八章　网页制作软件 FrontPage 2003

一、实验环节

实验 1　FrontPage 基本操作

【实验目的】

1. 熟悉 FrontPage 的基本操作环境。

2. 掌握网站及网页的创建、保存和打开。

3. 掌握文本编辑操作。

4. 掌握添加图片，设置网页背景的方法。

5. 掌握表格的编辑方法，学会用表格布局页面。

【实验内容】

1. 创建一个站点。

2 新建网页。

（1）新建两张网页。

（2）在第 1 张网页中输入文本内容，将标题设置为“标题 1”样式，字体为华文行楷，其中主标题设置为居中对齐，副标题设置为右对齐；正文设置为“普通”样式。

（3）在第 2 张网页中输入文本内容，将每首诗词的标题设置为“标题 1”样式，字体为隶书，居中对齐；将作者设置为楷体、18 磅、加粗、右对齐；将诗词部分设置为居中对齐；在每首诗词之间插入水平线。

（4）在第 1 张网页中添加所给图片，并设置素材图片在网页中的环绕样式为“左”；为第 2 张网页设置网页背景。

3. 保存网页。分别将 new_page_1.htm，new_page_2.htm 两张网页保存为“心情故事.htm”和“诗词欣赏.htm”。

4. 新建第 3 张网页，在第 3 张网页中插入表格，用表格布局页面。

【实验步骤】

1. 启动 FrontPage。

单击“开始”按钮，选择“程序”级联菜单下的 Microsoft Office，在其中选择 Microsoft Office FrontPage 2003，即可启动 FrontPage 2003。在默认状态下，进入一个新的空白网页，为 new_page_1.htm，可以直接进行编辑。

2. 创建站点。

① 选择“文件”菜单的“新建”命令，在右侧出现的“新建任务窗格”中选择“其他网站模板”选项，如图 8–1 所示。

② 在打开的“网站模板”对话框中，选择“空白网站”，并在右侧“指定新网站的位置”

列表框中输入“D:\Myweb”，如图 8–2 所示。

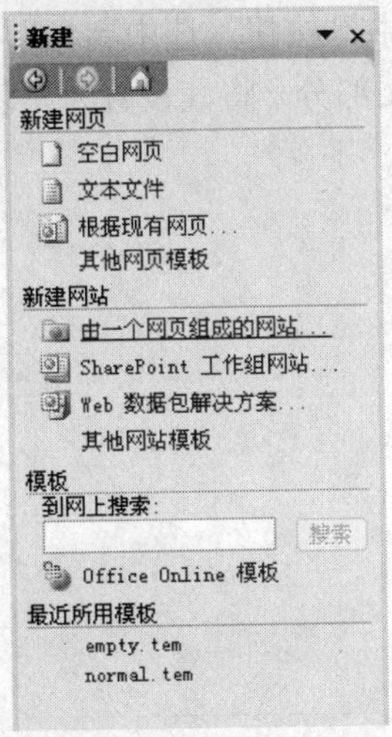

图 8–1　“新建”任务窗格

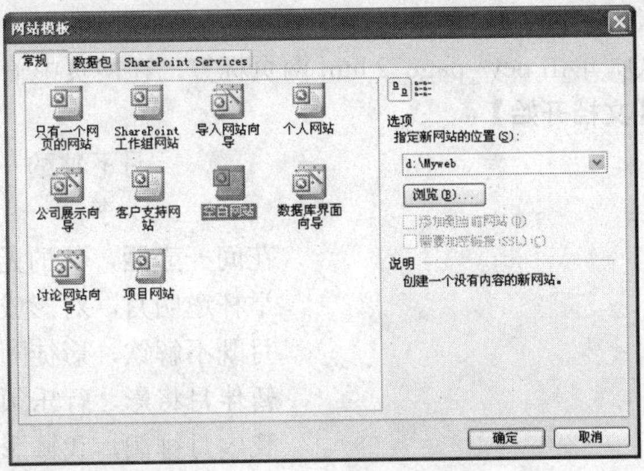

图 8–2　“网站模板”对话框

3. 新建网页。

（1）当创建一个新的空白网站后，上述 new_page_1.htm 网页自动关闭，要在空白网站中创建新的网页可以通过以下两种途径。

- 单击“常用”工具栏的“新建”按钮，新建第一张网页，为 new_page_1.htm。
- 选择“文件”菜单的“新建”命令，在右侧出现的“新建任务窗格”中选择“空白网页”选项，新建第二张网页，为 new_page_2.htm。

（2）输入文本，设置文本格式。

① 单击 new_page_1.htm 网页标签，在网页中输入一段寓言文字，如图 8–3 所示。

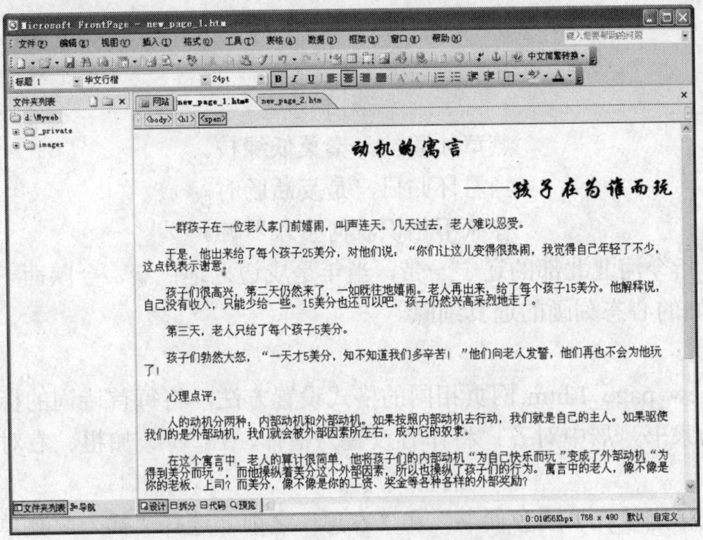

图 8–3　new_page_1.htm 网页

② 选中文字标题，在格式工具栏的“样式”下拉列表框中选择“标题 1”样式，单击“格

式”工具栏的“字体”下三角按钮，将标题字体设置为华文行楷。

③ 选中主标题“动机的寓言”，单击“格式”工具栏的“居中”按钮，选中副标题“孩子在为谁而玩”，单击“格式”工具栏的“右对齐”按钮，选中正文部分，将其设置为“普通”样式。

④ 单击 new_page_2.htm 网页标签，在网页中输入下列文本。

【文档开始】

月下独酌

李白

花间一壶洒，独酌无相亲。
举杯邀明月，对影成三人。
月既不解饮，影徒随我身。
暂伴月将影，行乐须及春。
我歌月徘徊，我舞影零乱。
醒时同交欢，醉后各分散。
永结无情游，相期邈云汉。

【简析】从放浪的形骸和奇妙的联想中，可窥见诗人浪漫率真的个性和寂寞的心情。

回乡偶书

贺知章

少小离家老大回，乡音无改鬓毛衰。
儿童相见不相识，笑问客从何处来。

【注】“衰”——作“催”。“笑问”又作“借问”、“却问”。

【简析】贺知章离家多年，返回乡里时已八十多岁。《回乡偶书二首》都是他回到故乡会稽后所作。这是第一首，本诗以白描的手法，将极平常的内容，绘声绘色地表现出来，引起读者的共鸣。

春　思

李白

燕草如碧丝，秦桑低绿枝。
当君怀归日，是妾断肠时。
春风不相识，何事入罗帏。

【简析】燕，指今河北北部的辽宁一带，当年是戍边之地；秦，今陕西一带，系征夫们的家乡。作品将少妇的心态刻画的逼真细腻。

【文档结尾】

⑤ 采用与 new_page_1.htm 网页相同的格式设置方法，将每首诗词的标题设置为“标题 1”样式，字体为隶书，居中对齐；将作者设置为楷体、18 磅、加粗、右对齐；将诗词部分设置为居中对齐。

⑥ 分别将光标定位在“回乡偶书”和“春思”之前，选择“插入”菜单的“水平线”命令，即可在每首诗之间插入水平线。

⑦ 通过上述操作，即可完成 new_page_2.htm 网页的文字输入及格式设置。该网页效果如图 8–4 所示。

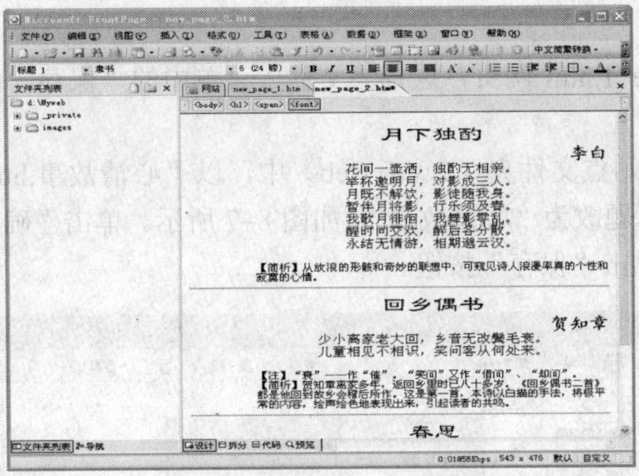

图 8–4　new_page_2.htm 网页

（3）添加图片及设置网页背景。

① 单击 new_page_1.htm 网页标签，将光标定位在第三段前，选择“插入”菜单的“图片”级联菜单中的“来自文件”命令，在“FrontPage 素材”文件夹中找到一幅适合的图片，单击“插入”按钮。

② 选定图片，选择“格式”菜单的“定位”命令，打开“定位”对话框，如图 8–5 所示。将环绕样式设置为“左”，单击“确定”按钮。

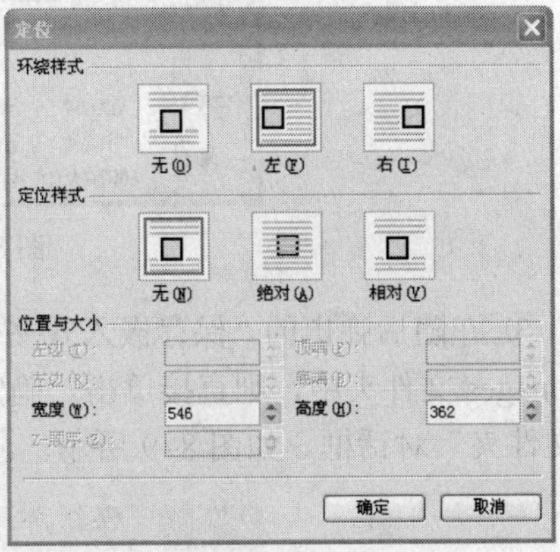

图 8–5　“定位”对话框

③ 单击“new_page_2.htm”网页标签，选择“文件”菜单的“属性”命令。在打开的“网页属性”对话框中，选择“格式”选项卡，单击选中“背景图片”复选框，如图 8–6 所示。

④ 单击“背景”选项组中的“浏览”按钮，在“FrontPage 素材”文件夹中选取相应图片。单击“确定”按钮，关闭“网页属性”对话框。

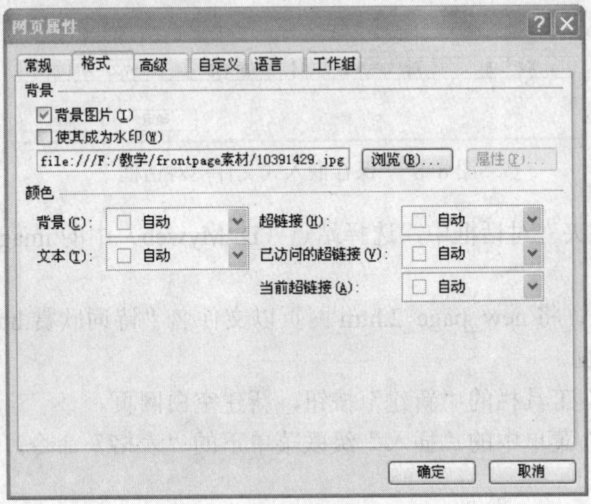

图 8–6　“网页属性”对话框

（4）保存网页。

① 选择 new_page_1.htm 网页，选择“文件”菜单中的“保存”命令或单击“常用”工具栏的“保存”按钮。

② 将网页保存在站点文件夹（D:\Myweb）中，以“心情故事.htm”命名；单击“更改标题”按钮，将网页标题改为“心情故事”，如图 8–7 所示。单击“确定”按钮，返回到“另存为”对话框中，再单击“保存”按钮。

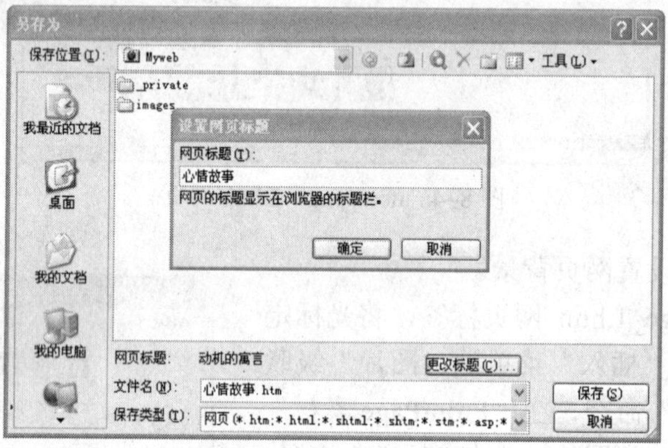

图 8–7 “另存为”对话框

③ 在随后弹出的“保存嵌入式文件”对话框中，如图 8–8 所示，如果图片文件默认保存在 images 文件夹中，则直接单击“确定”按钮；否则，单击“更改文件夹”按钮，打开“更改文件夹”对话框。如图 8–9 所示。

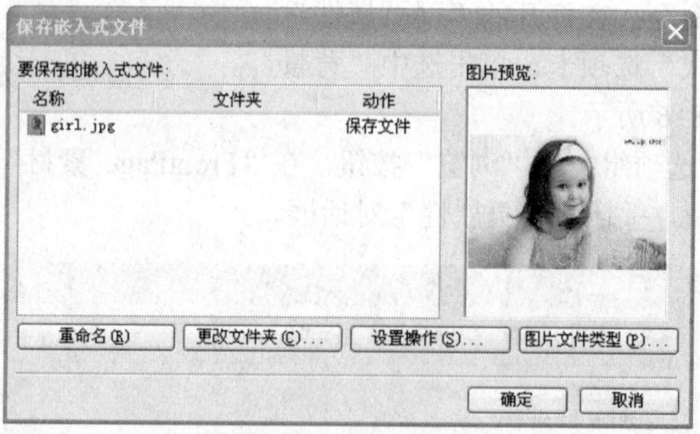

图 8–8 “保存嵌入式文件”对话框

④ 在“更改文件夹”对话框中，选择站点（D:\Myweb）中的 images 文件夹，单击“确定”按钮。

⑤ 用同样的方法，将 new_page_2.htm 网页以文件名“诗词欣赏.htm”保存。

4. 用表格布局页面。

（1）单击“常用”工具栏的“新建”按钮，新建空白网页。

（2）选择“表格”菜单中的“插入”级联菜单下的“表格”命令，弹出“插入表格”对话框。如图 8–10 所示。

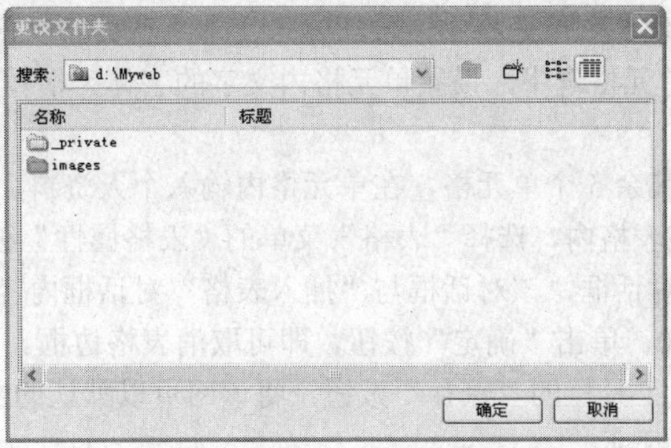

图 8–9 “更改文件夹”对话框

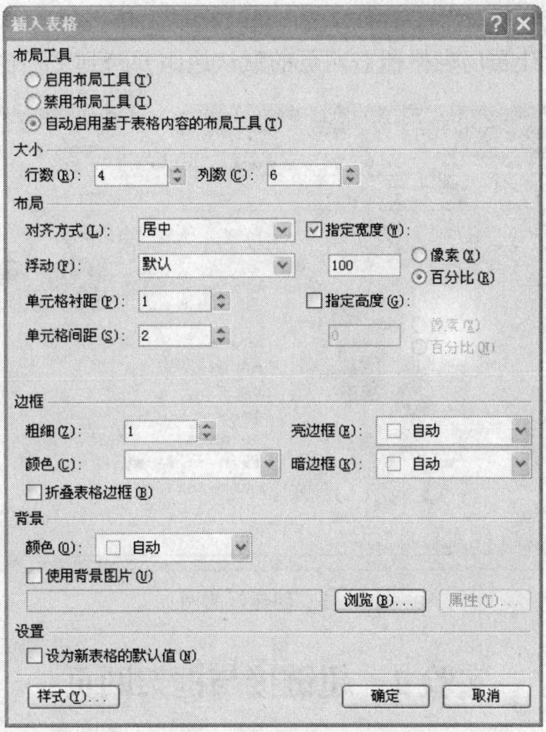

图 8–10 “插入表格”对话框

（3）在对话框中设置“行数”为 4，“列数”为 6；“对齐方式”设置为“居中”，宽度设置为 100 百分比，单击“确定”按钮，即可插入表格。

（4）选中表格第 1 行，选择“表格”菜单中的“合并单元格”命令。

（5）将光标定位在第 1 行单元格中，选择“插入”菜单的“图片”级联菜单中的“来自文件”命令，在“FrontPage 素材”文件夹中选取一幅适合的图片，单击“插入”按钮。

（6）将第 2、第 3 行的第 1 个单元格合并，插入图片素材，并调整大小。

（7）将第 2 行的其余 5 个单元格选中，选择“表格”菜单中的“平均分布各列”命令，使每一个单元格的大小相同；将光标移至第 2 行与第 3 行的分割线上，按住鼠标左键拖动鼠标，适当调整行高。

（8）在第 2 行的其余 5 个单元格中，依次输入文本“首页”、“日志”、“音乐”、“诗词欣赏”、“图库”。将 5 个单元格选中，设置单元格内文字的字体为楷体、14 磅、加粗、居中、橄榄色。

（9）合并第 3 行的其余 5 个单元格，在单元格内输入个人资料。

（10）将光标定位在表格内，选择“表格”菜单的“表格属性”级联菜单中的“表格”命令，打开“表格属性”对话框，该对话框与“插入表格”对话框内容相同，可参照图 8–10，将边框“粗细”设置为 0，单击“确定”按钮，即可取消表格边框。

（11）单击“常用”工具栏的“保存”按钮，将该网页以默认的文件名 Index.htm 保存。创建好的网页如图 8–11 所示。

【实验思考】

1. 为网页设置背景音乐。

2. 在设置表格时，让布局表格覆盖网页的默认边距并跨到文档窗口的边缘。

图 8–11 创建好的网页

实验 2 超链接与框架网页

【实验目的】

1. 掌握创建超级链接的方法。

2. 掌握框架网页的创建与编辑。

3. 掌握框架网页属性的设置。

【实验内容】

1. 打开网页，创建超级链接。打开 Index.htm 网页，为网页中的“日志”设置超级链接，使之链接到“心情故事.htm”网页；将网页中的表格的最后一行合并，插入一个链接到邮箱的超级链接。

2. 建立框架网页。利用“横幅和目录”框架网页建立新的网页，分别用“新建网页”完成上窗格与左窗格网页的制作，用“设置初始网页”完成右窗格网页的制作，并使初始网页为“诗词欣赏.htm”。

3. 设置字幕。在上窗格的网页中插入滚动字幕“晓晓个人网站”。

4. 保存框架网页。保存各个窗格的网页及整个框架网页，并进一步创建框架网页的超级链接。

【实验步骤】

1. 打开网页，创建超级链接。

（1）打开实验 1 中创建的网页 Index.htm。

（2）在网页中选中文本“日志”，选择“插入”菜单的“超链接”命令，在“插入超链接”对话框中选择“心情故事.htm”，单击“确定”按钮，如图 8–12 所示。

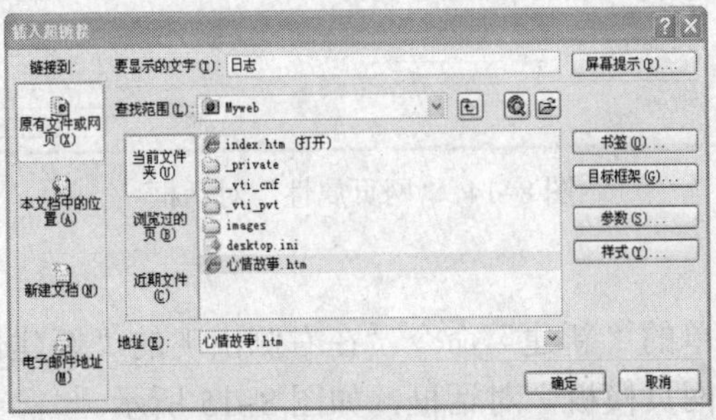

图 8–12　“插入超链接”对话框

（3）选中表格第 4 行，选择“表格”菜单中的“合并单元格”命令。

（4）将光标定位在第 4 行单元格中，输入“给我来信”，设置为“居中”对齐。选择“插入”菜单的“超链接”命令，在“插入超链接”对话框中单击“链接到”一栏中的“电子邮件地址”按钮，在“要显示的文字”文本框中输入 E-mail 地址，如 xiaoxiao@163.com。如图 8–13 所示。

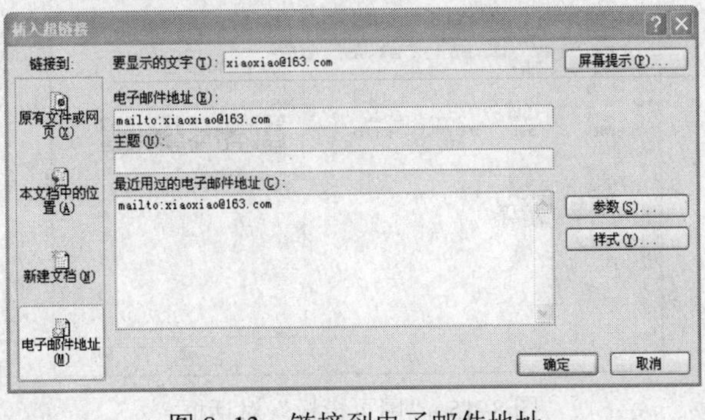

图 8–13　链接到电子邮件地址

（5）设置超链接属性。

① 选择“文件”菜单中的“属性”命令，打开“网页属性”对话框。打开“高级”选项卡。如图 8–14 所示。

② 选择“启用超链接翻转效果”复选框。单击“翻转样式”按钮，打开“字体”对话框，可设置鼠标指向超链接时的显示效果。

③ 在“网页属性”对话框中，打开“格式”选项卡，还可设置“超链接”、“已访问的超链接”和“当前超链接”的颜色。

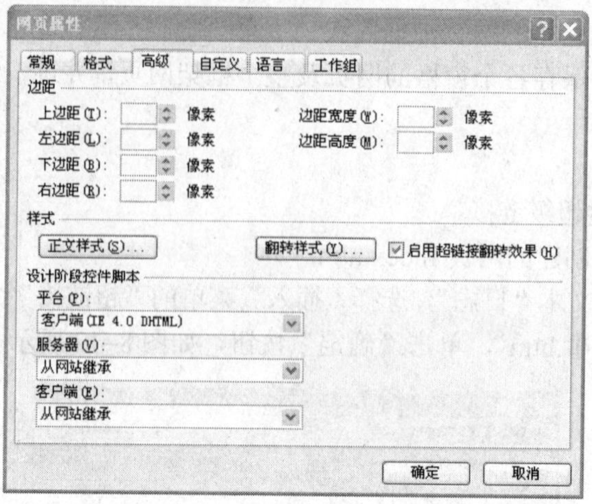

图 8–14 “网页属性”对话框

2. 建立框架网页。

（1）选择“文件”菜单的“新建”命令，在右侧出现的“新建任务窗格”中选择“其他网页模板”选项，打开“网页模板”对话框，如图 8–15 所示。

（2）在“网页模板”对话框中，打开“框架网页”选项卡，在其中选择“横幅和目录”。

（3）单击“确定”按钮后，生成框架网页，如图 8–16 所示。

（4）制作横幅窗格中的内容。

在横幅窗格中单击“新建网页”按钮，选择“格式”菜单中的“背景”命令，选择合适图片作为该网页的背景；在窗格中输入文字“晓晓个人网站”，并设置字体格式。

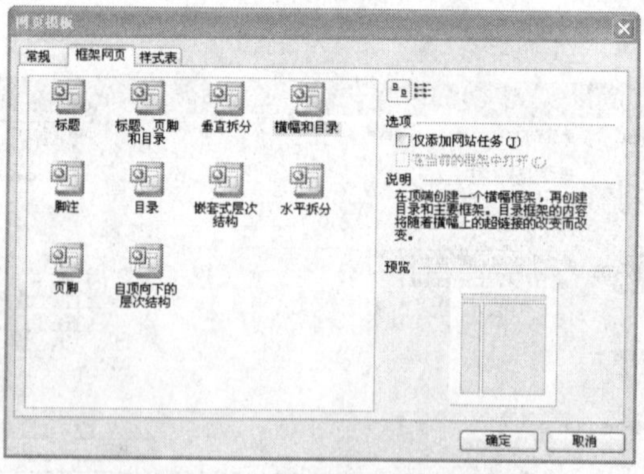

图 8–15 “网页模板”对话框

（5）在目录窗格中单击“新建网页”按钮，然后分行输入文本“月下独酌”、“回乡偶书”、“春思”。适当设置字体，选择“居中”对齐。

（6）在内容窗格中单击“设置初始网页”按钮，在打开的“插入超链接”对话框中，选择“诗词欣赏.htm”网页。

3. 设置字幕。

（1）选中文本“晓晓个人网站”，选择“插入”菜单中的“Web 组件”命令，打开“插入 Web”组件对话框中，如图 8–17 所示。

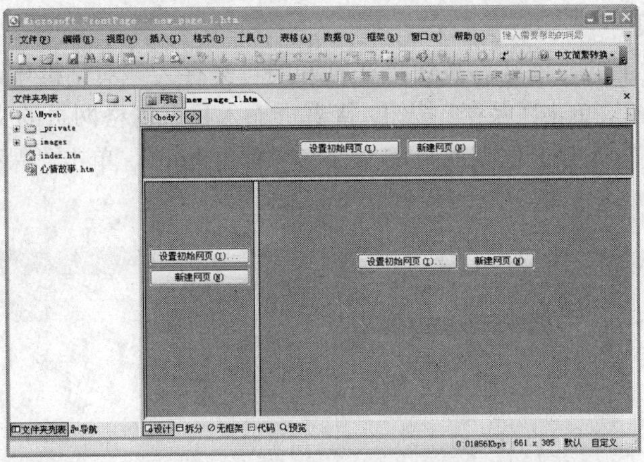

图 8–16　新建的框架网页

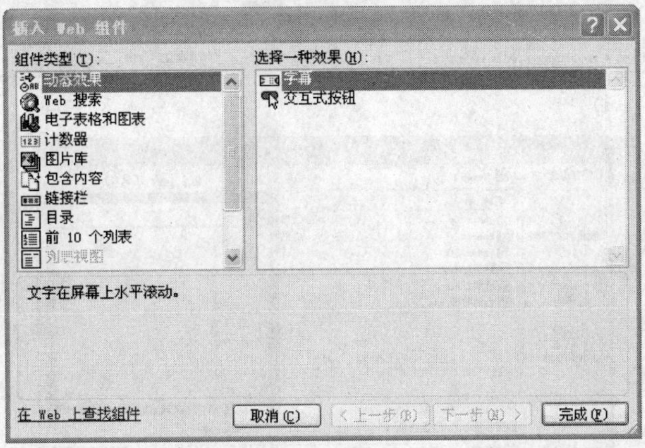

图 8–17　“插入 Web 组件”对话框

（2）在对话框左侧的“组件类型”一栏中选择“动态效果”，右侧的“选择一种效果”一栏中选择“字幕”。

（3）单击“完成”按钮，打开“字幕属性”对话框，如图 8–18 所示，可根据需要做进一步设置。

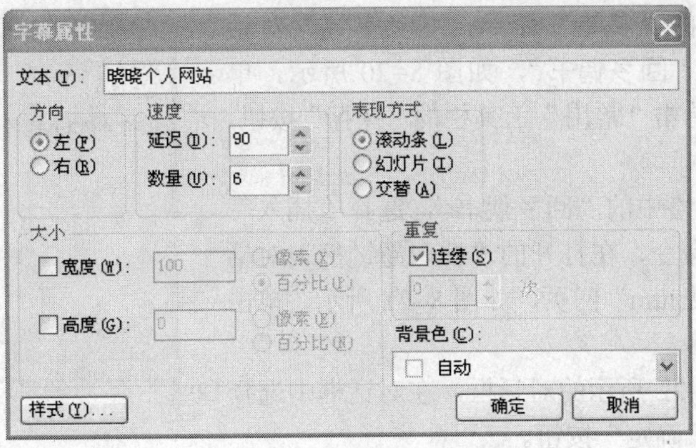

图 8–18　“字幕属性”对话框

4. 保存框架网页。

（1）单击工具栏上的“保存”按钮，在打开的“另存为”对话框中，输入横幅窗格网页的文件名“框架 1.htm”，单击“保存”按钮，接着再输入目录窗格网页的文件名“框架 2.htm”，单击“保存”按钮，输入整个框架网页的文件名“框架.htm”，单击“保存”按钮。如图 8–19 所示。

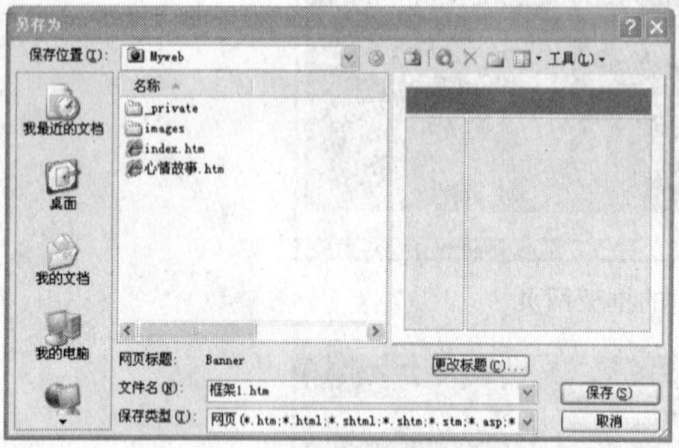

（a）

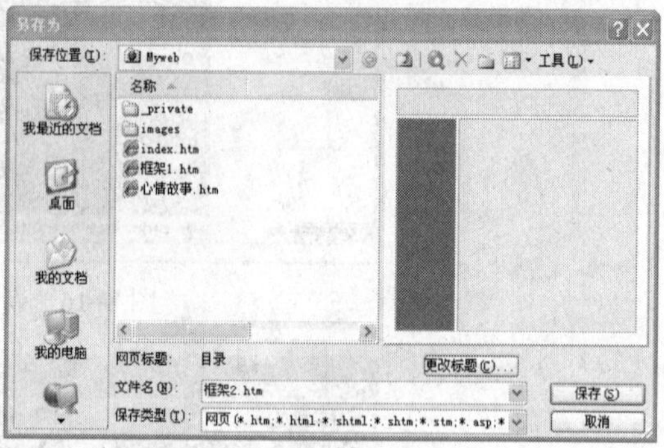

（b）

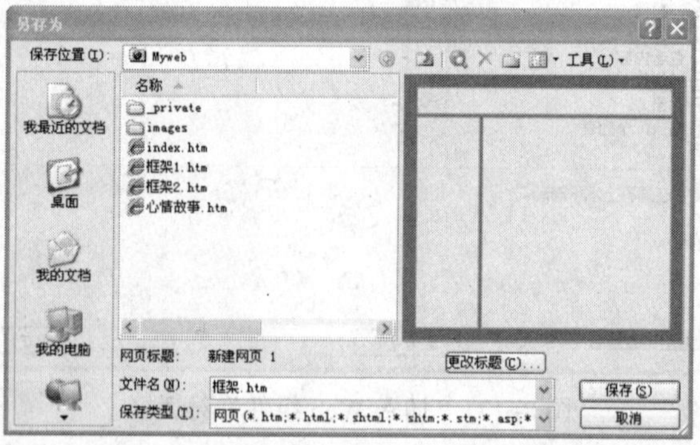

（c）

图 8–19 保存框架网页

（2）设置框架网页中的超级链接。

① 将光标定位在内容窗格中的“回乡偶书”之前，选择“插入”菜单的“书签”命令，在“书签”对话框中输入书签名称“回乡偶书”，如图 8–20 所示，单击“确定”按钮。单击“常用”工具栏的“保存”按钮，保存网页。

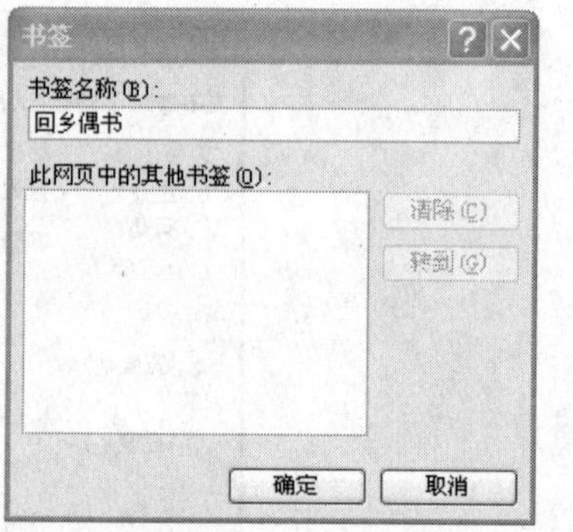

图 8–20 “书签”对话框

② 选中目录窗格中的“回乡偶书”，选择“插入”菜单的“超链接”命令，在打开的“插入超链接”对话框中选择“诗词欣赏.htm”网页，如图 8–21 所示，单击“书签”按钮。

③ 打开如图 8–22 所示的对话框，在对话框中选择“回乡偶书”，单击“确定”按钮。

图 8–21　设置书签连接

④ 用相同方法可在目录窗格中设置另外两首诗词的书签连接。

（3）单击“常用”工具栏中的“保存”按钮，保存此框架网页。

（4）预览网页，网页如图 8–23 所示。

（5）打开 Index.htm 网页，选中“诗词欣赏”，设置超级链接，链接到框架网页中，单击“保存”按钮。

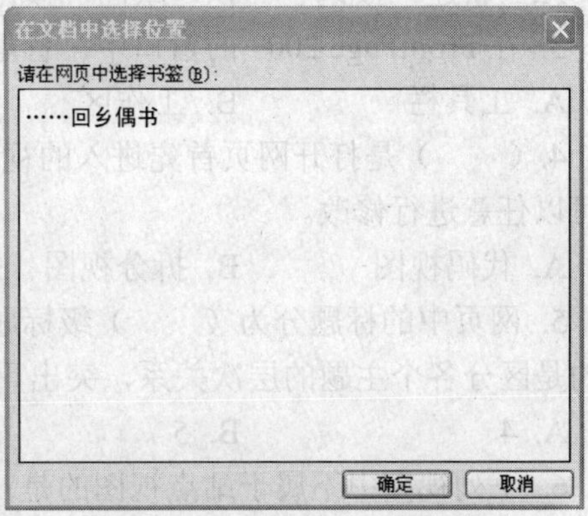

图 8–22　“选择书签”对话框

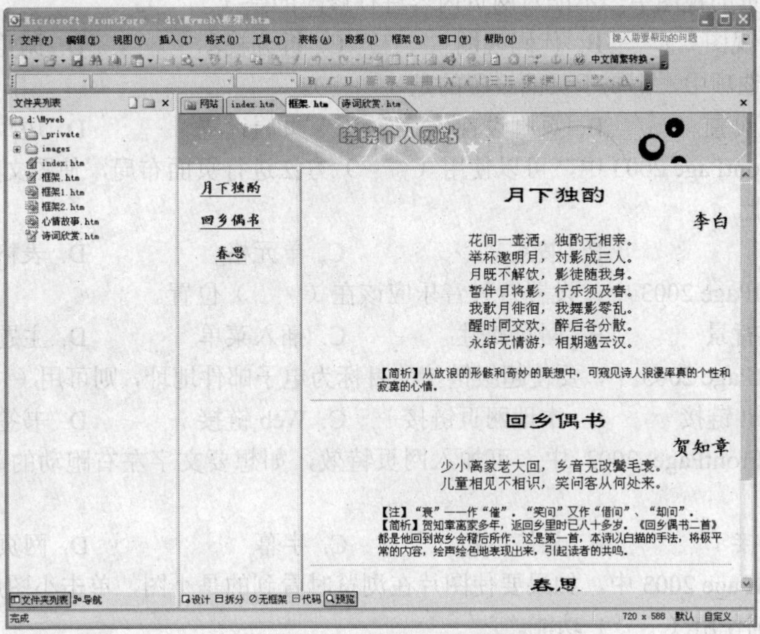

图 8–23　建好的框架网页

【实验思考】

1. 框架网页建立后，重新设置框架的的大小、边距等。
2. 除了文本外，试用其他网页元素创建超链接。

二、测试练习

一、选择题

1. 目前的网页根据生成的方式，大致可以分为（　　）两种。
A. 静态网页和 ASP 网页　　B. 静态网页和动态网页
C. JSP 网页和动态网页　　D. ASP 网页和 JSP 网页

2. 以下按钮中，不属于“常用”工具栏的按钮是（　　）。
A.“新建”按钮　　B.“绘图”按钮　　C.“撤销”按钮　　D.“编号”按钮

3. 在 FrontPage 2003 的窗口中，管理站点、编辑网页的主要场所是（　　）。
A. 工具栏　　B. 工作区　　C. 视图栏　　D. 代码栏

4.（　　）是打开网页首先进入的视图，可以在其中输入文本、插入图片、插入表格等，也可以任意进行修改。
A. 代码视图　　B. 拆分视图　　C. 设计视图　　D. 预览视图

5. 网页中的标题分为（　　）级标题，每级标题的字体大小都不同，使用标题级的主要目的是区分各个主题的层次关系，突出重要主题。
A. 4　　B. 5　　C. 6　　D. 7

6. 下列视图中不属于站点视图的是（　　）。
A. 文件夹视图　　B. 设计视图　　C. 导航视图　　D. 超链接视图

7. 在网页的视图中，不能对网页内容进行修改的是（　　）。
A. 设计视图　　B. 代码视图　　C. 拆分视图　　D. 浏览视图

8. 以下选项中，不属于页面设置的是（　　）。
A. 标题设置　　B. 页脚设置　　C. 页眉设置　　D. 边距设置

9. 在 FrontPage 2003 中，可以使用（　　）方法进行页面布局，使图文整齐有序地放在想放的位置上。
A. 表单　　B. 书签　　C. 单元格　　D. 表格

10. FrontPage 2003 中，设置背景音乐应该在（　　）位置。
A. 设置背景　　B. 网页属性　　C. 插入菜单　　D. 主题

11. FrontPage 2003 中，要使超级链接的目标为电子邮件地址，则可用（　　）方法链接。
A. E-mail 链接　　B. 本地网页链接　　C. Web 链接　　D. 书签式链接

12. 在 FrontPage 2003 中，可加入网页特效，如想要文字左右跑动的效果，通常采用（　　）。
A. 超链接　　B. 悬停按钮　　C. 字幕　　D. 网页过渡

13. FrontPage 2003 中，如果要使图片在浏览时看到的是小图，单击小图后，就可以看到原图大小，则使用（　　）功能。
A. 图层移动　　B. 图片的自动缩略　　C. 图片透明处理　　D. 图片的定位

14. 在 FrontPage 2003 中，可利用表单与浏览者进行交流，在设计中要浏览者输入自己的姓名通常采用（　　）。

A. 单行文本框　B. 单选按钮

C. 提交按钮　D. 复选框

15. 在 FrontPaee 2003 中，要使超级链接目标为本网站的其他网页可用（　　）。

A. E-mail 链接　B. 本地网页链接

C. Web 链接　D. 书签式链接

16. 表格在网页中的运用非常广泛，在表格的单元格中不能插入的是（　　）。

A. 图形　B. 文字　C. 声音　D. 表格

17. 对于 FrontPage 2003 中的背景设置，如既设置了背景图片，又设置了背景颜色，则（　　）。

A. 只能看到背景颜色　B. 背景图片和背景颜色都能看见

C. 只能看到背景图片　D. 背景图片和背景颜色都不能看见

18. 在 FrontPage 2003 中，框架属性不包括（　　）。

A. 框架边距　B. 框架内的背景图像

C. 框架大小　D. 边框线的宽度

19. 加入新建图片库时，用户可以选择多种布局，以下选项中，不属于新建图片库可选择的布局是（　　）。

A. 水平版布局　B.“显示幻灯片”布局

C. 蒙太奇布局　D. 旋转布局

20. 以下“图片”工具栏按钮中，不属于绘制热点的按钮是（　　）。

A.“长方形热点”按钮　B.“圆形热点”按钮

C.“突出显示热点”按钮　D.“多边形热点”按钮

21.（　　）不仅可以用超链接的方法在多个网页之间进行跳转，而且可以在同一个页面内跳转，最大优点是可以迅速跳转到网页的某一部分。

A. 图像超链接　B. 书签超链接　C. 热点　D. 文本超链接

22. 加入（　　），可使网页中一幅图片仅在预定的时间范围内显示，而在此时间范围之前或之后，显示另一幅图片，这两幅图片显示在网页的同一位置。

A. 预订网页　B. 包含网页　C. 预定图片　D. 替换内容

23. 在网页中加入（　　）可以对按钮建立超链接，并且在按钮位置加入背景声音和效果。

A. 字幕　B. 站点计数器　C. 交互式按钮　D. 音频

24. 在设计网页时，通过使用（　　）技术，可以将一页的内容插入到另一页。当内容发生变化时，只需修改被包含页的内容即可。

A. 新建网页　B. 替换内容　C. Java 小程序　D. 包含网页

25. 在 HTML 语言中，用于建立表格的是（　　）标记。

A. Form　B. Frame　C. Table　D. Align

26. 要保存一个新建的具有两个框架组成的框架集合，应保存的页面文件有（　　）个。

A. 1　B. 2　C. 3　D. 4

27. 在 FrontPage 2003 中，无法实现插入表格的操作是（　）。

A.“表格”菜单上选择“插入→表格”命令

B. 通过“表格”工具栏上的“手绘表格”按钮

C. 单击“常用”工具栏上的“插入表格”按钮

D. 通过“绘图”工具栏上的“自选图形”中的“矩形”按钮

28. 在 FrontPage 2003 中，默认情况下，网页中插入的超链接为（　　）下划线文本。

A. 红色　　B. 蓝色　　C. 黑色　　D. 黄色

29. 在 FrontPage 2003 中可以方便地设置网页的多种字符格式，但是不包括（　）。

A. 设置文字颜色　　B. 设置文字阳文效果

C. 设置文字字体　　D. 设置文字上标效果

30. HTML 的含义是（　　）。

A. 超文本传输协议　　B. 超文本传输语言

C. 超文本编程语言　　D. 超文本标注语言

二、填空题

1. ________是一个全球性的计算机互联网络，中文名称为________或________，它是由不同区域而且规模大小不一的网络连接而成的。

2. 不同性质的网站，构成网页的基本元素是不同的。一般网页的构成包括________、网页标志、网页 Banner、________和主内容区。

3. 在“编号”、“项目符号”按钮中，用于并列关系内容的是________按钮，用于前后逻辑关系内容的是________按钮。

4. 建立好框架网页后，在网页的视图栏中会增加一种视图模式，它是________。

5. 建立好框架网页后，每个框架都有两个按钮，它们分别是________和________。

6. 当框架为左右结构时，用户只能修改框架的列宽；当框架为上下结构时，用户只能修改框架的________。

7. 超链接由两部分组成，一部分是在浏览网页时可以看到的部分，称为________；另一部分是________。

8. 如果要在网站中提供资料下载功能，就需要创建________链接。

9. ________是个动感按钮，当访问者将鼠标指向它时，它就会改变颜色或形状。

10. 一般情况下，框架网页由________、________和其中要显示的________组成。

11. ________是网页中使用最频繁的工具，除了排列数据和图像外，更多的是用于网页布局。

12. 在 FrontPage 2003 中编辑网页时，可以插入多种图像格式，但在保存网页时，FrontPage 2003 会自动将其他格式的图像文件转换成________、________和________格式之一。

13. 网页背景的设置需要在________对话框中完成。

14. 使用表单必须具备两个条件：一个是建立含有________的网页文档；另一个是具备服务器端的________应用程序或客户端的________程序，它能够处理用户输入到表单中的信息。

15. 表单由________组成，它是客户输入信息的手段。

三、简答题

1. 在 FrontPage 2003 中，网页中的视图模式有哪几种，分别有何用途？
2. 如何在网页中加入背景音乐和视频文件？
3. 如何将图片转为网页背景，又如何对该图片使用水印效果？
4. 根据超链接的目标不同，超链接分为哪几种？
5. 如何插入表单？
6. 如何将指定文字设置为字幕？
7. 简述用表格进行网页布局的几种方法。
8. 如何使用模板建立框架网页？
9. FrontPage 2003 提供了哪 10 种框架模板，请列举。
10. FrontPage 2003 提供的表单域有哪几种？

四、操作题

以下题目中所有素材均在“D:\素材\FrontPage”文件夹下。

1. 打开素材文件夹中的 Exam1.htm 文件，按如下要求修改网页，并以原文件名保存。

（1）在表格第一行输入标题“小山屋”，字体设置为隶书、常规、绿色、36 磅、居中，并当单击标题时，此标题向左侧飞出。

（2）在网页左下表格中，插入 1-xsjs.htm 的网页文件所含全部文字。在网页右下表格中插入 1-xsw.jpg 图片文件；当鼠标单击该图片时，图片自动转换成文件名为 1-top.jpg 图片。

（3）设置表格的边框粗细为 0。

（4）设置该网页过渡为：当网页离开时，过渡效果为：随机分解，周期为 2 s。

2. 打开素材文件夹中的 Exam2.htm 文件，按如下要求修改网页，并以原文件名保存。

（1）将整张表格的背景设置为图片 2-beijing.gif，在表格第一行插入一个紫色底纹，内容为“有关我中心成人委托培养的情况介绍”的字幕。

（2）将字幕设置为：黑体，加粗，18 磅，白色；字幕的宽为 700 像素，高为 30 像素；文本对齐方式为垂直居中。

（3）表格的左下格插入一文件名为 2-zsdt.gif 的图片。

（4）表格的右下格插入 2-main.htm 文件。

3. 打开素材文件夹中的 Exam3.htm 文件，按如下要求修改网页，并以原文件名保存。

（1）在这幅图片上做热点链接。对米卢的整个脸部侧面做一个矩形的热点链接，目标文件为：3-11.htm。

（2）对米卢的摄像机的镜头处做一个圆形的热点链接，目标文件为：3-22.htm。

（3）对米卢的右手做一个多边形的热点链接，目标文件为：3-33.htm。

（4）网页下方插入表单。

（5）单选按扭：“你认为这届世界杯的夺冠热门队是：”；“巴西” 值为：V1，“德国”值为：V2，“英格兰”值为：V3；组名称均为 R1，初始状态：“巴西”为已选。

（6）下拉菜单：“你对中国队的表现满意度：”；变量名为 D1，在添加选项中输入：“满意”、“还可以”、“不满意”。

（7）滚动文本框：“你认为中国队的主要不足在哪里：”；变量名称为 S1，宽度设为 20，行数为 2。

（8）表单没作要求的参数，均设置为默认值。

4. 打开素材文件夹中的 Exam4.htm 文件，按如下要求修改网页，并以原文件名保存。

（1）将网页背景设置为图片 4-beijing.jpg。

（2）将左边一列从上到下四张图片的位置分别用图片 4-b1.jpg，4-b2.jpg，4-b3.jpg、4-b4.jpg 代替，将原图片下面的文字删除，并从上到下分别用“图一”、“图二”、“图三”、“图四”代替。

（3）将网页右边一列的“这是您的标题处”文字改成“东钱湖风景”，并设置成加粗、24 磅、颜色为黄色、默认字体并水平、垂直居中；在标题下面的单元格中插入 4-dqh.htm 文件，并设置行距为 1.5 倍，首行缩进设置为 0.75 cm。

（4）给这张网页加上主题：“旅游”。

（5）左列表格第一格插入 4-hmd.jpg 图片，设置为单击该图片时，转换为 4-xk.jpg 图片。

5. 打开素材文件夹中的 Exam5.htm 文件，按如下要求修改网页，并以原文件名保存：

（1）设置不显示框架边框，顶框插入网页文件 5-top.htm，左框插入网页文件 5-left.htm；主框插入网页文件 5-main.htm。

（2）对顶框中的文本做超链接：“军事战争”链接的目标文件为 5-js.thm；“世界名车”链接的目标文件为 5-mc.htm；链接目标文件都要求在左框架里打开。

（3）对左框中的各文本做超链接，分别为：“锦绣河山”超链接目标文件为 5-f1.jpg；“各国风情”超链接目标文件为 5-f2.jpg；“富士山风景”超链接目标文件为 5-f3.jpg；链接目标文件都要求在主框架里打开。

三、参考答案

一、选择题

1. B	2. D	3. B	4. C	5. C	6. B	7. D	8. A	9. D	10. B
11. A	12. C	13. B	14. A	15. B	16. A	17. C	18. B	19. D	20. C
21. B	22. C	23. C	24. D	25. C	26. C	27. D	28. B	29. B	30. D

二、填空题

1. Internet　国际互联网　　因特网
2. 网页标题　　导航栏
3. 项目符号　　编号
4. “无框架”视图模式
5. 设置初始网页　　新建网页
6. 高度
7. 超链接载体　　超链接的目标载体
8. 下载
9. 交互式按钮

10. 边框　　滚动条　　页面
11. 表格
12. JPEG　　GIF　　PNG
13. 网页属性
14. 表单元素　　表单处理　　脚本
15. 表单域

三、简单题（略）

四、操作题

1. 样张如下：

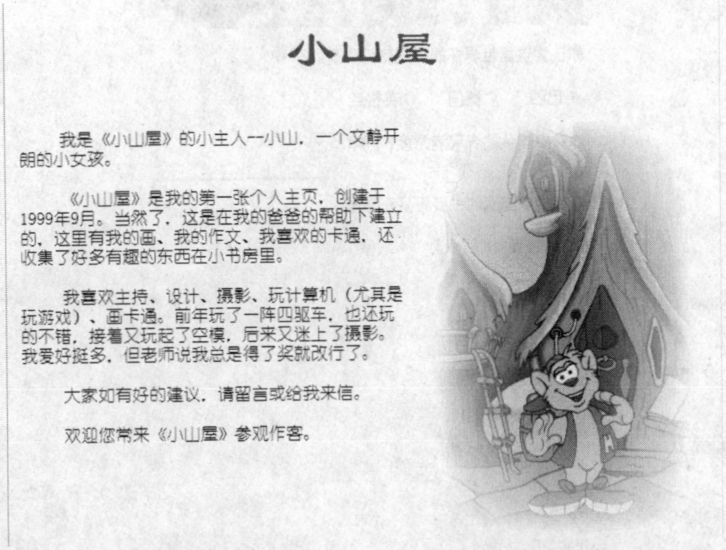

2. 样张如下：

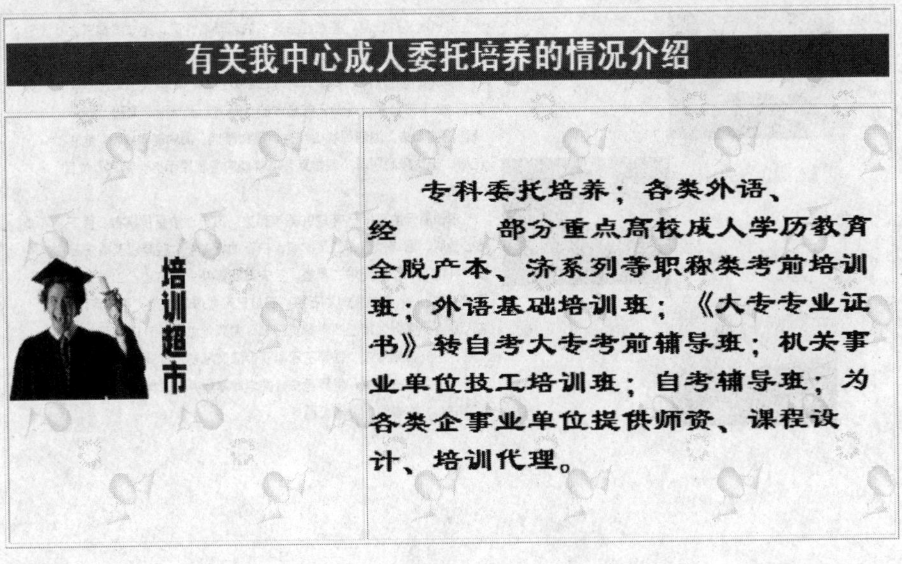

3. 样张如下：

你认为这届世界杯的夺冠热门队是：
巴西 德国 英格兰
你对中国队的表现满意度：满意
你认为中国队的主要不足在哪里：
提交 重置

4. 样张如下：

图一
图二
东钱湖又称钱湖，是浙江省著名的风景名胜区，距宁波城东去15公里，享有“西湖风光，太湖气魄”的美称。
东钱湖由谷子湖、梅湖和外湖三部分组成，环湖周长45公里，面积22平方公里，是浙江省最大的（天然）淡水湖，面积为杭州西湖的4倍。湖四周群山环抱，绿树簇拥。湖中碧水清澈，烟波浩渺。无论风雨阴晴，四季更替，都能向游客展示出一幅赏心悦目的画面。
东钱湖开凿至今已有1200多年历史。历史遗迹星罗棋布，留下陶公钓矶、霞屿锁岚、二灵夕照、白石仙坪等十大胜景以及南宋石窟“补陀洞天”，元塔二灵塔，王安石庙等70余处古迹，21处文物保护点和200余具南宋时期石雕。目前已形成霞屿二灵、平水芦汀、名人景区、度假休闲区四个游览区域。主要景点有：补陀洞天、二灵塔、王安石纪念馆、岳鄂王庙以及台湾文献初祖沈光文塑像、书法泰斗沙孟海书画院、世界昆虫分类学专家周尧昆虫博物馆、国防教育中心、蝴蝶阁、湖滨公园等。

5. 样张如下：

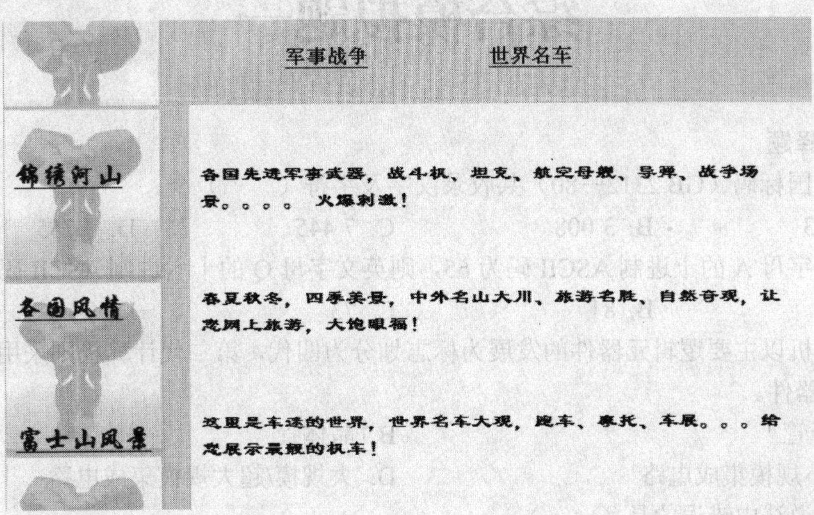
军事战争
世界名车
锦绣河山
各国风情
富士山风景
各国先进军事武器，战斗机、坦克、航空母舰、导弹、战争场景。。。。 火爆刺激！
春夏秋冬，四季美景，中外名山大川、旅游名胜、自然奇观，让您网上旅游，大饱眼福！
这里是车迷的世界，世界名车大观，跑车、摩托、车展。。。给您展示最靓的机车！

综合模拟题一

一、选择题

1. 汉字国标码（GB 2312—80）共收录汉字及字符（　　）个。

A. 6 763　　B. 3 008　　C. 7 445　　D. 3 755

2. 英文字母 A 的十进制 ASCII 码为 65，则英文字母 Q 的十六进制 ASCII 码为（　　）。

A. 51　　B. 81　　C. 73　　D. 94

3. 计算机以主要逻辑元器件的发展为标志划分为四代，第二代计算机则采用（　　）为主要电子元器件。

A. 电子管　　B. 晶体管

C. 中/小规模集成电路　　D. 大规模/超大规模集成电路

4. 下列说法中错误的是（　　）。

A. 简单地来说，指令就是给计算机下达的一道命令

B. 指令系统有一个统一的标准，所有的计算机指令系统相同

C. 指令是一组二进制代码，规定由计算机执行程序的操作

D. 为解决某一问题而设计的一系列指令就是程序

5. 汉字字库中存储的是汉字的（　　）。

A. 输入码　　B. 字形码　　C. 机内码　　D. 区位码

6. 操作系统是（　　）。

A. 软件与硬件的接口　　B. 计算机与用户的接口

C. 主机与外设的接口　　D. 高级语言与机器语言的接口

7. 冯·诺依曼型体系结构的计算机包含的五大部件是（　　）。

A. 输入设备、运算器、控制器、存储器、输出设备

B. 输入 / 出设备、运算器、控制器、内/外存储器、电源设备

C. 输入设备、中央处理器、只读存储器、随机存储器、输出设备

D. 键盘、主机、显示器、磁盘机、打印机

8. 下列关于磁道的说法中，正确的一条是（　　）。

A. 盘面上的磁道是一组同心圆

B. 由于每一磁道的周长不同，所以每一磁道的存储容量也不同

C. 盘面上的磁道是一条阿基米德螺线

D. 每个磁道有一编号，编号次序是由内向外逐渐增大

9. 根据域名代码规定，域名为 Katong.com.cn 表示的网站类别应是（　　）。

A. 教育机构　　B. 军事部门

C. 商业组织　　D. 国际组织

10.（　　）是指连入网络的不同档次、不同型号的微机，它是网络中实际为用户操作的工作平台，它通过插在微机上的网卡和连接电缆与网络服务器相连。

A. 网络工作站　　B. 网络服务器
C. 传输介质　　D. 网络操作系统

11. CPU 中有一个程序计数器（又称指令计数器），它用于存放（　　）。
A. 正在执行的指令的内容　　B. 下一条要执行的指令的内容
C. 正在执行的指令的内存地址　　D. 下一条要执行的指令的内存地址

12.（　　）是决定微处理器性能优劣的重要指标。
A. 内存的大小　　B. 微处理器的型号
C. 主频　　D. 内存储器

13. 1 GB 的准确数值是（　　）。
A. 1 024 KB　　B. 1 024 MB　　C. 1 024 Bytes　　D. 1 024 Words

14. 十进制数 56 对应的二进制数是（　　）。
A. 00110111　　B. 00111001　　C. 00111000　　D. 00111010

15. 断电后会丢失数据的存储器是（　　）。
A. ROM　　B. RAM　　C. 硬盘　　D. 光盘

16. 计算机内部，一切信息的存取、处理和传送都是以（　　）进行的。
A. 二进制　　B. ASCII 码
C. 十六进制　　D. EBCDIC 码

17. 操作系统中的文件系统为用户提供（　　）的功能。
A. 实现虚拟存储　　B. 按文件名存取文件
C. 按文件中的关键字存取文件　　D. 对文件内容实现检索

18. 下列叙述中，正确的一条是（　　）。
A. CPU 可以直接处理外部存储器中的数据
B. 操作系统是计算机中使用最广的应用软件
C. CPU 可以直接处理内部存储器中的数据
D. 汉字的机内码与汉字的国标码是一种代码的两种名称

19. 1946 年首台电子数字计算机 ENIAC 问世后，冯·诺伊曼在研制 EDVAC 计算机时，提出两个重要的改进，它们是（　　）。
A. 引入 CPU 和内存储器的概念　　B. 采用机器语言和十六进制
C. 采用二进制和存储程序控制的概念　　D. 采用 ASCII 编码系统

20. 调制解调器（Modem）的作用是（　　）。
A. 将计算机的数字信号转换成模拟信号
B. 将模拟信号转换成计算机的数字信号
C. 将计算机数字信号与模拟信号互相转换
D. 为了上网与接电话两不误

二、Windows 基本操作

以下操作均在综合模拟题\第一套文件夹下操作。

1. 在考生文件夹下 MM 文件夹中创建名为 M1.TXT 的文件，并设置属性为隐藏和存档。

2. 将考生文件夹下 KK 文件夹中的 K1.DOC 文件复制到考生文件夹下的 QQ 文件夹中，并将该文件命名为 LL.DOC。

3. 为考生文件夹中的 KAOS 文件夹中的 KK.EXE 文件建立名为 KK 的快捷方式，并存放在考生文件夹中。

4. 将考生文件夹中的 HAO.BAK 文件移动到考生文件夹下的 ZZ 文件夹中，并重命名为 HAO.DAT。

5. 搜索考生文件夹下的 AA.BAS 文件，然后将其删除。

三、汉字录入

启动汉字录入程序，按照题目上的内容输入汉字。

【文档开始】

1946 年 2 月 15 日，第一台电子计算机 ENIAC 在美国宾夕法尼亚大学诞生了。它是为计算弹道和射击表而设计的，主要元件是电子管，每秒钟能完成 5 000 次加法、300 多次乘法运算，比当时最快的计算工具快 300 倍。该机器使用了 1 500 个继电器，18 800 个电子管占地 170 平方米，重 30 多吨，耗电 150 千瓦，耗资 40 万美元，真可谓“庞然大物”。用 ENIAC 计算题目时，首先，工作人员要根据题目的计算步骤预先编好一条条指令。

【文档结束】

四、Word 文字处理

1. 文字排版。

在综合模拟题\第一套文件夹下打开名称为 Word01 的文件，完成以下操作。

（1）将标题文字设置为：华文彩云、一号、加粗、红色、居中；字符间距加宽 3 磅。

（2）将正文各段首行缩进 2 个字符，各段行间距为固定值 15 磅；并设置为隶书、小四号、紫色；两端对齐。

（3）为正文各段中的“石林”添加波浪形下画线。

（4）将第一段分为等宽的 2 栏式，其余选项默认。

（5）在第 3 段中间插入一幅剪贴画（任选一个），设置剪贴画的高度为 3 cm，宽度为 5 cm，四周型环绕。

（6）在第 3 段最右端插入竖排艺术字“天下第一奇观”，艺术字样式任选，字体 36 磅、加粗；艺术字的线条为 0.5 磅蓝色，填充色为红色，高度与第三段相同，紧密型环绕。

（7）添加页眉和页脚。页眉为文字“石林风景”、小四号、居中对齐；页脚为页码，页码格式为Ⅰ，Ⅱ，Ⅲ型，右对齐。

（8）设置纸张大小为 16 开，左右页边距均为 2 cm，其余选项默认。

2. 表格。

在综合模拟题\第一套文件夹下打开名称为 Word02 的文件，完成以下操作。

（1）创建如图所示的“成绩表”。

（2）将标题设置为二号，黑体，居中对齐。

（3）将表格边框线设置为：外框线蓝色，双线，1.5 磅，内框线蓝色，实线，1 磅。

（4）表格中除斜线表头外的其他文字和数据都设置为四号、楷体、蓝色，并且水平、垂直居中。

（5）设置整个表格在页面居中，且平均分布各行和各列。

成 绩 表

科目 成绩 姓名	语文	数学	英语	体育	政治
李明	76	89	76	89	56
王强	87	67	76	76	67
杨帆	78	65	87	79	76
张毅	69	90	72	90	78

五、Excel 电子表格处理

在综合模拟题\第一套文件夹下打开名称为 Excel 的文件，完成以下操作。

（1）用数字文本 0001—0010 填充 A3～A12 单元格。

（2）设置表格中的全部文字和数据均水平居中，垂直靠下。

（3）表格标题用楷体，20 磅，加粗，红色；在 A1:H1 区域合并及居中。

（4）设置表格（标题行除外）外边框为深蓝色、粗实线，内边框为蓝色细实线。

（5）利用公式计算总分，并将结果填入总分列。

（6）选择男生的“姓名”和“总分”列生成“柱形圆柱图”（系列产生在列）；图表标题为“男生总分图”，分类轴（X）为“姓名”，数值轴（Z）为“总分”；图例显示在右上角，数据标志显示“值”；图表放在 A20:H36 单元格中。

六、Powerpoint 演示文稿制作

在综合模拟题\第一套文件夹下打开名称为 PPT 的文件，完成以下操作：

（1）在演示文稿的开始处插入一张版式为“只有标题”的幻灯片，作为文档的第一张幻灯片。主标题输入“快乐的秘密！”，并设置字体为黑体，48 磅。

（2）将第三张幻灯片版式改变为“标题，剪贴画与竖排文本”，文本部分的动画效果设置为“向内溶解”。

（3）将第二张幻灯片标题“请牢记以下五个快乐的小秘密”的字体设置为隶书，48 磅，颜色为红色 255，绿色 0，蓝色 0。

（4）然后将该幻灯片移动到最后，作为整个演示文稿的第三张幻灯片。

（5）将第一张幻灯片背景设为纹理“羊皮纸”；标题部分的动画设置为“回旋”。

（6）所有幻灯片的切换效果设置成“垂直百叶窗”；放映方式设置为“循环放映”。

七、上网题

某模拟网站的主页地址是：http://localhost/index.htm，打开此主页，浏览“科技知识”页面，查找“科技产品”页面的内容并将它以文本文件的格式保存到考生文件夹下，命名为 kjcp.txt。

综合模拟题二

一、选择题

1. 下列不能用作存储器容量单位的是（　　）。

A. KB　　B. MB　　C. Bytes　　D. Hz

2. 十进制数 65 对应的二进制数是（　　）。

A. 1100001　　B. 1000001　　C. 1000011　　D. 1000010

3. 能将计算机运行结果以可见的方式向用户展示的部件是（　　）。

A. 存储器　　B. 控制器　　C. 输入设备　　D. 输出设备

4. 目前，国际上通用的字符编码是（　　）。

A. ASCII 码　　B. GB 2312—80　　C. 汉字编码　　D. 英文字母

5. 汉字输入法中的五笔输入法称为（　　）。

A. 形码　　B. 音码　　C. 音形码　　D. 以上都不是

6. 下列叙述中，错误的一条是（　　）。

A. 计算机的合适工作温度在 15 ℃～35 ℃

B. 计算机要求的相对湿度不能超过 80%，但对相对湿度的下限无要求

C. 计算机应避免强磁场的干扰

D. 计算机使用过程中特别注意：不要随意断电关机

7. 二进制数 1000100 对应的十进制数是（　　）。

A. 63　　B. 68　　C. 64　　D. 66

8. 下列四条叙述中，正确的一条是（　　）。

A. 字节通常用英文字母 bit 来表示

B. 目前广泛使用的 Pentium 机，其字长为 5 个字节

C. 计算机存储器中将 8 个相邻的二进制位作为一个单位，这种单位称为字节

D. 微型计算机的字长并不一定是字节的倍数

9. 如某台计算机的型号是 486 / 25，其中 25 的含义是（　　）。

A. 该微机的内存为 25 MB　　B. CPU 中有 25 个寄存器

C. CPU 中有 25 个运算器　　D. 时钟频率为 25 MHz

10. 下列两个二进制数进行算术运算，11101+10011=（　　）。

A. 100101　　B. 100111　　C. 110000　　D. 110010

11. 运用“助记符”来表示机器中各种不同指令的符号语言是（　　）。

A. 机器语言　　B. 汇编语言　　C. C 语言　　D. BASIC 语言

12. 软件系统中，具有管理软、硬件资源功能的是（　　）。

A. 程序设计语言　　B. 字表处理软件　　C. 操作系统　　D. 应用软件

13. 容量为 640 KB 的存储设备，最多可存储（　　）个西文字符。

A. 655 360　　B. 655 330　　C. 600 360　　D. 640 000

14. 下列关于高级语言的说法中，错误的是（　　）。

A. 通用性强　　B. 依赖于计算机硬件

C. 要通过翻译后才能被执行　　D. BASIC 语言是一种高级语言

15. 多媒体信息在计算机中的存储形式是（　　）。

A. 二进制数字信息　　B. 十进制数字信息

C. 文本信息　　D. 模拟信号

16. 下列关于计算机系统硬件的说法中，正确的是（　　）。

A. 键盘是计算机输入数据的唯一手段

B. 显示器和打印机都是输出设备

C. 计算机硬件由中央处理器和存储器组成

D. 内存可以长期保存信息

17. 主要在网络上传播的病毒是（　　）。

A. 文件型　　B. 引导型　　C. 网络型　　D. 复合型

18. 若出现（　　）现象时，应首先考虑计算机是否感染了病毒。

A. 不能读取光盘　　B. 启动时报告硬件问题

C. 程序运行速度明显变慢　　D. 软盘插不进驱动器

19. 下列关于总线的说法，错误的是（　　）。

A. 总线是系统部件之间传递信息的公共通道

B. 总线有许多标准，如 ISA，AGP 总线等

C. 内部总线分为数据总线、地址总线、控制总线

D. 总线体现在硬件上就是计算机主板

20. 下列关于网络协议说法正确的是（　　）。

A. 网络使用者之间的口头协定

B. 通信协议是通信双方共同遵守的规则或约定

C. 所有网络都采用相同的通信协议

D. 两台计算机如果不使用同一种语言，则它们之间就不能通信

二、Windows 基本操作

以下操作均在综合模拟题\第二套文件夹下操作。

1. 在考生文件夹下 AA 文件夹中创建名为 A1 的文件夹，并设置属性为只读。

2. 将考生文件夹下 QQ 文件夹中的 Q1.PAS 文件复制到考生文件夹下的 PAS 文件夹中。

3. 将考生文件夹下 MM 文件夹中的 M1.DOC 文件删除。

4. 为考生文件夹中的 HAO 文件夹中的 H1.BAS 文件建立名为 HH 的快捷方式，并存放在考生文件夹中。

5. 将考生文件夹下 TT 文件夹的 MM.XLS 文件移动到考生文件夹下的 QQ 文件夹中。

三、汉字录入

启动汉字录入程序，按照题目上的内容输入汉字。

【文档开始】

根据蓝田市场研究公司对全国 16 个城市网民的调查表明，北京、上海、广州网民最近 3 个月有网上购物行为的人数比例分别为 13.1%、5.3%、6.1%，远远高于全国平均水平的 2.8%；

与去年同期相比，北京、上海、广州三地最近3个月中有网上购物行为的人数比例为8.6%，比去年有近半幅的增长。尽管互联网的冬季仍未过去，但调查结果预示，京、沪、穗三地将成为我国互联网及电子商务的早春之地，同时处于B2C电子商务市场的中心地位，并起着引导作用，足以引起电子商务界的关注。

【文档结束】

四、Word文字处理

1. 文字排版。

在综合模拟题\第二套文件夹下打开名称为Word01的文件，完成以下操作。

（1）将标题段文字设置为小三号、黑体、红色、居中、加单下划线；将正文各段文字设置为四号、仿宋。

（2）各段落行距设置为固定值20磅，首行缩进2字符，段前间距1.5行。

（3）将全文中所有错词“辰星”替换为绿色、加着重号的“晨星”。

（4）将正文第三段分为等宽的两栏式、加分隔线、栏间距为2.5字符。

（5）设置第一段首字下沉，下沉行数为2行，下沉文字字体为隶书。

（6）将考生文件夹下的“图片.jpg”插入到文档第二段中，并设置图片高100磅，宽100磅；环绕方式为紧密型。

2. 表格。

在综合模拟题\第二套文件夹下打开名称为Word02的文件，完成以下操作。

（1）将文本转换为一个6行4列的表格。

（2）将表格标题设置为仿宋、三号、加粗；表格内字体设置为宋体、四号。

（3）在表格第一行第一列的单元格中绘制斜线表头，采用样式一，行标题为“价格”，列标题为“型号”。

（4）计算优惠金额，填入相应单元格。（优惠金额=厂家指导价–经销商售价）。

（5）将表格调整为“根据内容调整表格”。

（6）将整个表格在页面居中，表格内的文字为中部居中。

（7）设置表格内框线为深黄色，1磅；外框线为蓝色，2磅。

（8）按“优惠金额”从大到小排序。

五、Excel电子表格处理

在综合模拟题\第二套文件夹下打开名称为Excel的文件，完成以下操作。

注：（1）～（5）小题均在 sheet1 中操作

（1）将标题在A1:E1区域合并及居中，字体设置为16磅、蓝色、加粗。

（2）设置“日期”列的时间格式为1997–3–4。

（3）计算“销售额”列的值（销售额=销售量*单价），计算保留两位小数。

（4）在B17:C19区域计算所有产品销售量的最大值和最小值。

（5）利用“条件格式”将表中销售量小于500的单元格设置为红色、蓝色边框、浅绿色底纹。

（6）在sheet2中筛选出产品名称为“塑料”的所有行。

（7）在sheet3中进行分类汇总，要求按“销售地区”进行分类，汇总出不同销售地区销售量的平均值。

（8）在 sheet4 中，创建“水泥”在不同销售地区销售量（数据区域为 B2:B6 和 D2:D6）的“分离型三维饼图”；要求显示图表标题“销售量”，图例显示在底部，并显示数据所占百分比；将生成的图表放在 A15:G30 单元格区域。

六、Powerpoint 演示文稿制作

在综合模拟题\第二套文件夹下打开名称为 PPT 的文件，完成以下操作。

（1）在第一张幻灯片之后插入一张新幻灯片，版式为“标题幻灯片”

添加标题文字：“生活随笔”，48 磅，黑体，加粗；

添加副标题文字：“作者：自己姓名”，36 磅，隶书，右对齐。

（2）交换第三张幻灯片和第四张幻灯片的位置。

（3）设置第二张幻灯片的背景（忽略母板的背景图形），填充效果为预设“麦浪滚滚”，底纹式样为“角部辐射”。

（4）设置全部幻灯片的切换方式为：水平百叶窗，中速；换页方式均为：每隔 0.03 换页。

（5）将第一张幻灯片图片的动画效果设置为“从底部飞入”，标题动画效果设置为“扇形展开”；设置幻灯片放映方式为“循环放映，按 Esc 键终止”。

（6）删除第三张幻灯片。

七、上网题

接收并阅读由 ks@163.net 发来的 E-mail，然后转发给张刚。张刚的 E-mail 地址为：Zhanggang@pc.home.cn

综合模拟题三

一、选择题

1. 电子计算机的发展已经历了四代，四代计算机的主要元件分别是（　　）。

A. 电子管、晶体管、集成电路、激光器件

B. 电子管、晶体管、集成电路、大规模集成电路

C. 晶体管、集成电路、激光器件、光介质

D. 电子管、数码管、集成电路、激光器件

2. 由二进制编码构成的语言是（　　）。

A. 汇编语言　　B. 高级语言　　C. 甚高级语言　　D. 机器语言

3. 汉字国标码中共收集了（　　）个汉字。

A. 3 755　　B. 3 008　　C. 6 763　　D. 7 445

4. 个人计算机属于（　　）。

A. 小巨型机　　B. 小型计算机　　C. 微型计算机　　D. 大型计算机

5. 十进制数 77 转换成二进制数是（　　）。

A. 1001011　　B. 1000110　　C. 1001101　　D. 1011001

6. 下列（　　）键不属于二态转换键。

A. Caps Lock　　B. Num Lock　　C. Del　　D. Ins

7. 执行下列逻辑或运算 01010100∨10010011，其运算结果是（　　）。

A. 00010000　　B. 11010111　　C. 11100111　　D. 11000111

8. 纵观计算机发展的历史，可以将其划分为三个阶段，即近代计算机发展阶段、现代计算机发展阶段和（　　）发展阶段。

A. 个人计算机

B. 自然语言计算机

C. 计算机与通信相结合（即微机及网络）

D. 大型计算机

9. 微型计算机中，控制器的基本功能是（　　）。

A. 进行算术运算和逻辑运算　　B. 存储各种控制信息

C. 保持各种控制状态　　D. 控制机器各个部件协调一致地工作

10. 防止软盘感染病毒的有效方法是（　　）。

A. 机房定期药物消毒　　B. 加上写保护

C. 定期对软盘格式化　　D. 把有毒盘销毁

11. 下列程序中用于收发电子邮件的是（　　）。

A. Internet Explorer　　B. Personal Address Book

C. Outlook Express　　D. Microsoft Network

12. 存储器中的信息可以是指令，也可以是数据，计算机是靠（　　）来判别的。

A. 存储单元地址　　B. 最高位是 1 还是 0
C. ASCII 表　　D. CPU 执行程序的过程

13. 二进制数运算 1110×1101 的结果是（　　）。
A. 10110110　　B. 00110110　　C. 01111110　　D. 10011010

14. 在标准的汉字编码表中有 94 行、94 列。其行号称为区号，列号称为位号。一级汉字置于第（　　）区。
A. 16～55　　B. 56～87　　C. 1～11　　D. 89～94

15.（　　）都属于计算机的低级语言。
A. 机器语言和高级语言　　B. 机器语言和汇编语言
C. 汇编语言和高级语言　　D. 高级语言和数据库语言

16. 下列四条叙述中，正确的一条是（　　）。
A. 假若 CPU 向外输出 20 位地址，则它能直接访问的存储空间可达 1 MB
B. PC 机在使用过程中突然断电，SRAM 中存储的信息不会丢失
C. PC 机在使用过程中突然断电，DRAM 中存储的信息不会丢失
D. 外存储器中的信息可以直接被 CPU 处理

17. “32 位机”中的 32 位表示的是一项技术指标，即为（　　）。
A. 字节　　B. 容量　　C. 字长　　D. 速度

18. 网卡的主要功能不包括（　　）。
A. 将计算机连接到通信介质上　　B. 进行电信号匹配
C. 实现数据传输　　D. 网络互联

19. 以（　　）将网络划分为广域网（WAN）、城域网（MAN）和局域网（LAN）。
A. 接入的计算机多少　　B. 接入的计算机类型
C. 拓扑类型　　D. 地理范围

20. 3.5 英寸软盘片角上有一带滑块的小方口，当小方口被打开（能透光）时，其作用是使该盘片（　　）。
A. 只能读不能写　　B. 能读也能写　　C. 禁止读也禁止写　　D. 能写但不能读

二、Windows 基本操作

以下操作均在综合模拟题\第三套文件夹下操作。

1. 将考生文件夹下 QQ 文件夹的文件 Q1.DOC 复制到考生文件夹下 WW 文件夹中。
2. 将考生文件夹下 KK 文件夹中的文件 K1.PPT 设置为存档和隐藏属性。
3. 在考生文件夹下 AB 文件夹中新建一个文件 AA.DOC。
4. 将考生文件夹下 WW 文件夹中的文件 W1.HTM 移动到考生文件夹下 SS 文件夹中，并将该文件重命名为 RR.DOC。
5. 将考生文件夹下 QW 文件夹中的文件 WW.TXT 删除。

三、汉字录入

启动汉字录入程序，按照题目上的内容输入汉字。

【文档开始】

从 20 世纪 80 年代中期开始，网络互联的有关标准、设备和软件迅速发展，实现了更大范围内的资源共享，而且共享的重点也逐步转向信息资源，网络中出现了专门提供某个领域

大规模信息资源的服务器。不少国家建设起了全国范围的互联网，例如，我国的 CHINANET 和中国教育科研网 CERNET。在全球的范围内则出现了规模最大的国际互联网，即互联网（Internet）。随着计算机网络特别是互联网的迅速发展，人们越来越认识到，网络已不是单个计算机的附属物，而是变成了巨大的信息资源库，计算机则变成网络中开发利用信息资源的工具。发达国家和地区的社会发展逐步进入信息化社会。

【文档结束】

四、Word 文字处理

1. 文字排版。

在综合模拟题\第三套文件夹下打开名称为 Word01 的文件，完成以下操作。

（1）设置标题居中对齐，字体格式为小二号、隶书、蓝色且字符间距调整为“加宽”，磅值为“2 磅”。

（2）设置正文各段首行缩进“2 字符”，1.3 倍行距。

（3）在合适的位置插入图片“人物.jpg”，并设置图片高 3 cm、宽 3 cm，紧密型环绕。

（4）将正文所有的“咖啡”替换为“Coffee”，粉红色、加粗。

（5）添加艺术字“情感美文”，第四行第四列样式，字体为黑体、40 磅，调整到合适位置。

（6）添加艺术型页面边框，25 磅（任选一个）。

（7）将本文最后一段分为 2 栏，栏宽相等，添加分隔线。

2. 表格。

在综合模拟题\第三套文件夹下打开名称为 Word02 的文件，完成以下操作。

（1）插入一个 5 行 5 列的表格，将各行行高设置为 0.7 cm；列宽设置为，第 1 列 1 cm，其余各列 3 cm。

（2）将表格修改为如下样式。

<table>
<tr><td colspan="5"></td></tr>
<tr><td rowspan="2"></td><td></td><td></td><td></td><td></td></tr>
<tr><td></td><td></td><td></td><td></td></tr>
<tr><td rowspan="2"></td><td></td><td></td><td></td><td></td></tr>
<tr><td></td><td></td><td></td><td></td></tr>
</table>

（3）设置表格外框线为 1 磅双线，第 1 行填充浅绿色底纹。

（4）设置表格水平居中，表格中所有内容中部居中。

五、Excel 电子表格处理

在综合模拟题\第三套文件夹下打开名称为 Excel 的文件，完成以下操作。

（1）在工作表 sheet1 中将下列数据建成一个数据表（存放在 A1:F6 的区域内）。

（2）在表格的第一行前插入标题行“职工工资表”，并设置为黑体、蓝色、16 磅、加粗、浅绿色底纹、合并及居中。

（3）添加序号（001—005），将第 2～第 7 行行高调整为 20 磅。

（4）求出每个职工的浮动额及现在工资（保留小数点后两位），其计算公式是：浮动额=

原来工资×浮动率，现在工资=原来工资+浮动额。

序号	姓名	原来工资/元	浮动率/%	浮动额/元	现在工资/元
	张民	2 900	1.5		
	田丽	2 800	1.6		
	李红	2 400	1.8		
	赵明	3 000	1.3		
	王晓	2 670	1.7		

（5）为表格的 A1:F7 区域添加绿色，粗线外边框；单元格内容中部居中。

（6）选择表格中的“姓名”、“原来工资”、“浮动额”（不含现在工资列）三列数据，建立“柱形圆柱图”图表；图表标题为“职工工资浮动额情况表”，设置分类（X）轴为“姓名”，数值（Z）轴为“原来工资”；嵌入在工作表 A9: F22 区域中。

（7）将工作表 sheet1 中的 Al:F7 区域复制到 sheet2 工作表。

（8）在 sheet2 工作表中筛选“现在工资”大于 2 900 的职工记录；并将 sheet2 工作表改名为“纳税名单”。

六、Powerpoint 演示文稿制作

在综合模拟题\第三套文件夹下打开名称为 PPT 的文件，完成以下操作。

（1）在最后插入一张新幻灯片，版式为“只有标题”；并在该幻灯片的标题处输入“北京欢迎您”；在该幻灯片中插入图片 2008.jpg，并将图片高度设置为 8 cm，宽度 10 cm，将图片移动到幻灯片右下角。

（2）将第二张幻灯片移到最前面。

（3）给当前的第一张幻灯片的图片对象设置动画效果为“水平百叶窗”。

（4）给全部幻灯片应用设计模板 Stream。

（5）将全部幻灯片的切换效果设置为“溶解”，单击鼠标换页。

（6）将幻灯片放映方式设置为“循环放映”。

七、上网题

向李宁发一个 E-mail，并将考生文件夹下的一个 Word 文档 spi. doc 作为附件一起发出去。具体内容如下：

收件人：Lining@bj63. com

抄送：

主题：操作规范

邮件内容：“发去一个操作规范，具体见附件。”

综合模拟题四

一、选择题

1. 构成 CPU 的关键部件是运算器（ALU）和（　　）。

A. 存储器　　B. 控制器（CU）　　C. 寄存器　　D. 编辑器

2. 计算机宏病毒是利用（　　）编制的。

A. Word 提供的 BASIC 宏语言　　B. PASCAL 语言

C. 汇编语言　　D. 机器指令

3. 下列叙述中，正确的选项是（　　）。

A. 计算机系统是由硬件系统和软件系统组成

B. 程序语言处理系统是常用的应用软件

C. CPU 可以直接处理外部存储器中的数据

D. 汉字的机内码与汉字的国标码是一种代码的两种名称

4. 十进制数 55 转换成二进制数是（　　）。

A. 0110101　　B. 0110110　　C. 0110111　　D. 0110011

5. 根据汉字国标码 GB 2312—1980 的规定，将汉字分为常用汉字（一级）和非常用汉字（二级）两级汉字。一级常用汉字按（　　）排列。

A. 偏旁部首　　B. 汉语拼音字母　　C. 笔划多少　　D. 使用频率多少

6. 操作系统的五大功能模块为（　　）。

A. 程序管理、文件管理、编译管理、设备管理、用户管理

B. 硬盘管理、软盘管理、存储器管理、文件管理、批处理管理

C. 运算器管理、控制器管理、打印机管理、磁盘管理、分时管理

D. 处理器管理、存储器管理、设备管理、文件管理、作业管理

7. 下列两个二进制数进行算术运算，10000−111=（　　）。

A. 0111　　B. 1000　　C. 1001　　D. 1011

8. 计算机的硬件主要包括：中央处理器、存储器、输出设备和（　　）。

A. 键盘　　B. 鼠标　　C. 输入设备　　D. 显示器

9. 下列叙述中，正确的一条是（　　）。

A. 存储在任何存储器中的信息，断电后都不会丢失

B. 操作系统是只对硬盘进行管理的程序

C. 硬盘装在主机箱内，因此硬盘属于主存

D. 磁盘驱动器属于外部设备

10. 下面列出的四种存储器中，易失性存储器是（　　）。

A. RAM　　B. ROM　　C. PROM　　D. CD-ROM

11. 下列四个不同数制表示的数中，数值最大的是（　　）。

A. 二进制数 11011100　　B. 八进制数 335

C. 十进制数 218　　D. 十六进制数 DB

12. 下列设备中，既可做输入设备又可做输出设备的是（　　）。

A. 图形扫描仪　　B. 磁盘驱动器　　C. 绘图仪　　D. 显示器

13. 域名服务器上存放有 Internet 主机的（　　）。

A. 域名和 IP 地址　　B. IP 地址　　C. 域名　　D. E-mail 地址

14. 下面 IP 地址中，正确的是（　　）。

A. 202.122.20.345　　B. 202.9.1.12　　C. 202.122.12　　D. 202,12,20,212

15. 存储器是计算机系统中的记忆设备，它主要用于（　　）。

A. 存放数据　　B. 存放程序　　C. 存放数据和程序　　D. 存放微机数据

16. 以下关于 Internet 的叙述中，错误的是（　　）。

A. Internet 使用 TCP/IP 协议

B. Internet 的主机都有 IP 地址

C. 要实现计算机与 Internet 的连接，就必须使用调制解调器

D. 路由器是 Internet 中最重要的设备之一

17. 6 位二进制数最大能表示的十进制整数是（　　）。

A. 64　　B. 63　　C. 32　　D. 31

18. 下列设备中，读写数据最快的是（　　）。

A. 软盘　　B. CD-ROM　　C. 硬盘　　D. 磁盘

19. 对于 ASCII 码在机器中的表示，下列说法正确的是（　　）。

A. 使用 8 位二进制代码，最右边一位是 0

B. 使用 8 位二进制代码，最右边一位是 1

C. 使用 8 位二进制代码，最左边一位是 0

D. 使用 8 位二进制代码，最左边一位是 1

20. 下列关于计算机病毒的说法中，正确的是（　　）。

A. 计算机病毒是一种有损计算机操作人员身体健康的生物病毒

B. 计算机病毒发作后，将造成计算机硬件永久性的物理损坏

C. 计算机病毒是一种通过自我复制进行传染的，破坏计算机程序和数据的小程序

D. 计算机病毒是一种有逻辑错误的程序

二、Windows 基本操作

以下操作均在综合模拟四文件夹下操作。

（1）将考生文件夹下 AA\A1 文件夹中的文件 AB.DOC 删除。

（2）在考生文件夹下 WW\W1 文什夹中建立一个新文件夹 QQ。

（3）将考生文件夹下 MM\M1 文件夹中的文件 KK.HTM 移动到考生文件夹下 HH 文件夹中，并将该文件改名为 HK.HTML。

（4）将考生文件夹下 HAO 文件夹中的文件 HA.BAS 复制到考生文件夹下 RR 文件夹中。

（5）将考生文件夹下 DA\D1 文件夹中的文件 DD.TXT 更名为 DD.DOC。

三、汉字录入

启动汉字录入程序，按照题目上的内容输入汉字。

【文档开始】

巴贝奇的思想超越了他所处的时代。的确，要想使几千个齿轮和杠杆能够精确地配合在一起工作，在当时的技术条件下是很难做到的。因此，无论是差分机还是分析机，这些以齿轮为元件、以蒸汽为动力的机器直到巴贝奇逝世时还没有完成。1936 年美国哈佛大学数学教授霍华德（HowarD）在读了巴贝奇的文章后，提出用机电方法而不是纯机械的方法来实现分析机的想法。在 IBM 公司总裁老沃森的赞助下，1944 年由艾肯设计、IBM 公司制造的 Mark I 计算机在哈佛大学投入运行。这台机器使用了大量的继电器作开关元件，并且与巴贝奇一样用十进制计数齿轮组作存储器，采用穿孔纸带进行程序控制。

【文档结束】

四、Word 文字处理

1. 文字排版。

在综合模拟题\第四套文件夹下打开名称为“Word01”的文件，完成以下操作。

（1）将标题“布达拉宫”设置为艺术字，第 3 行第 3 列样式，字体为隶书，44 磅，艺术字形状为“双波形 1”；删除原有标题。

（2）设置正文文字为楷体_GB2312，小四号；各段 1.5 倍行间距，首行缩进 2 个字符，段前间距 0.5 行。

（3）将正文中的“西藏”一词全部改为“西藏自治区”字体为蓝色，加粗。

（4）添加艺术型页面边框（样式为～～～～）；给最后一段添加浅绿色底纹，图案样式为 5%。

（5）设置第一段首字下沉，下沉行数为“2 行”，距正文 0.5 cm。

（6）将第二段分为等宽两栏式、添加分隔线。

（7）在第三段中插入图片“宫殿.jpg”，环绕方式四周型；调整图片大小为高度 5 cm，宽度 8 cm。

（8）添加页眉 Word01 右对齐，页脚“本人姓名”居中对齐。

2. 表格。

在综合模拟题\第四套文件夹下打开名称为 Word02 的文件，完成以下操作。

（1）将所给文字转换为一个 4 行 4 列的表格，并在“三月”后插入“合计”列。

（2）在表格的第一个单元格中插入斜线表头，采用样式一，行标题为“产量”，列标题为“单位”。

（3）将表格 2～4 行的行高设置为最小值 1.5 cm。

（4）将表格中的所有文字设置为小四号、黑体、蓝色、中部居中。

（5）将表格的外边框设置为绿色、双线、1.5 磅；并将表格的第一行填充为浅黄色底纹。

（6）利用公式或函数计算“合计”列的值。

五、Excel 电子表格处理

在综合模拟题\第四套文件夹下打开名称为 Excel 的文件，完成以下操作。

（1）将 sheet1 表中的标题在 A1:F1 区域中设置为合并及居中，字体为黑体。

（2）在“色氨酸”行前插入一行数据：“苏氨酸，87，37，35，7。”

（3）求出各种氨基酸对于各年龄段的平均值（小数取 2 位）并填入相应单元格中。

（4）求出中各年龄段“必需氨基酸总量”并填入相应单元格中。

（5）利用自动套用格式中的“彩色 1”设置 A3:F13 区域格式。

（6）对各种氨基酸按“平均值”升序排列，并将平均值最低的 3 种氨基酸数据的字体颜色设置为金色。

（7）根据“平均值”一列数据创建一个“饼图”，显示在 sheet1 表的 A14:F29 区域，要求以“氨基酸”为“图例”，且放置于图标左侧。

六、Powerpoint 演示文稿制作

在综合模拟题\第四套文件夹下打开名称为 PPT 的文件，完成以下操作。

（1）将最后一张幻灯片向前移动，作为演示文稿的第一张幻灯片，并在副标题处输入“人生感悟”文字；字体设置成黑体，加粗，倾斜。

（2）将第三张幻灯片的版式更换为“标题和竖排文字”，在左侧空白处插入剪贴画“日历”。

（3）插入一张版式为“标题和文本”的新幻灯片，作为第四张幻灯片，要求：

输入第四张幻灯片的标题内容：“依靠自己；”

输入第四张幻灯片的文本内容：“莱伊恩对自己的设计很有自信，因此他非常苦恼；坚持自己的主张吧，他们肯定会另找人修改设计；不坚持吧，又有违自己为人的准则。矛盾了很长时间，莱伊恩终于想出了一条妙计，他在大厅里增加了四根柱子，但它们并未与天花板连接，只不过是装装样子，糊弄那些自以为是的家伙。”

（4）将整个演示文稿设置为 Blends 模板；全文幻灯片切换效果设置为“从上抽出”。

（5）将第二张幻灯片文本部分的动画设置为“圆形扩展”；第三张幻灯片中的“日历”剪贴画的动画设置为“左侧飞入”。

（6）设置放映方式“循环放映，按 Esc 键终止”。

七、上网题

在浏览器的地址栏中输入 www.eurasia,edu，浏览欧亚学院网站，将主页保存到考生文件夹中，文件名“欧亚”，保存类型为“文本文件（*.txt）”。

综合模拟题五

一、选择题

1. 计算机病毒是指能够侵入计算机系统并在计算机系统中潜伏、传播、破坏系统正常工作的一种具有繁殖能力的（　）。

A. 流行性感冒病毒　　B. 命令

C. 特殊微生物　　D. 程序

2. CD-ROM 属于（　）。

A. 大容量可读可写外存储器　　B. 大容量只读外存储器

C. 直接受 CPU 控制的存储器　　D. 只读内存储器

3. 下列设备组中，完全属于输入设备的一组是（　）。

A. CD-ROM 驱动器，键盘，显示器　　B. 激光打印机，键盘，鼠标器

C. 键盘，鼠标器，扫描仪　　D. 打印机，硬盘，条码阅读器

4. 用高级程序设计语言编写的程序，要转换成等价的可执行程序，必须经过（　）。

A. 汇编　　B. 编辑　　C. 解释　　D. 编译和连接

5. 计算机网络分局域网、城域网和广域网，（　）属于广域网。

A. Ethernet　　B. Novell　　C. Chinanet　　D. Token.Ring

6. 正确的 IP 地址是（　）。

A. 202.202.1　　B. 202.2.2.2.2　　C. 202.112.111.1　　D. 202.257.14.13

7. 存储器的功能是（　）。

A. 指挥、协调计算机各部件工作　　B. 进行算术运算和逻辑运算

C. 存储数据和程序　　D. 控制数据的输入和输出

8. 世界上公认的第一台电子计算机的主要元件是（　）。

A. 继电器　　B. 晶体管　　C. 电子管　　D. 集成电路

9. 一个字长为 8 位的无符号二进制整数能表示的十进制数值范围是（　）。

A. 0–256　　B. 0–255　　C. 1–256　　D. 1–255

10. 二进制数 1001001 转换成十进制数是（　）。

A. 72　　B. 71　　C. 75　　D. 73

11. 十进制数 131 转换成无符号二进制数是（　）。

A. 01110101　　B. 10010011　　C. 10000111　　D. 10000011

12. 标准 ASCII 码用 7 位二进制位表示一个字符的编码，那么 ASCII 码字符集共有（　）个不同的字符。

A. 127　　B. 128　　C. 256　　D. 255

13. 下列关于 GB 2312—80 汉字内码的说法，正确的是（　）。

A. 每个汉字内码的长度随其笔画的多少而变化的

B. 汉字的内码与它的区位码相同

C. 汉字的内码一定无重码

D. 使用内码便于打印

14. 微型机运算器的主要功能是进行（　　）。

A. 算术运算　　B. 逻辑运算　　C. 加法运算　　D. 算术和逻辑运算

15. 下列各存储器中，存取速度最快的是（　　）。

A. CD-ROM　　B. 内存储器　　C. 软盘　　D. cache

16. 在一台计算机周围挂上若干台近程或远程终端，每个用户可以在各自的终端上以交互的方式控制作业运行。这样的操作系统是（　　）。

A. 批处理操作系统　　B. 分时操作系统

C. 实时操作系统　　D. 网络操作系统

17. 在外部设备中，扫描仪属于（　　）。

A. 输出设备　　B. 存储设备　　C. 输入设备　　D. 特殊设备

18. 计算机能直接识别的语言是（　　）。

A. 高级程序语言　　B. 汇编语言　　C. 机器语言　　D. BASIC 语言

19. 3.5 英寸 1.44 MB 软盘片格式化后具有（　　）个磁道。

A. 39　　B. 40　　C. 79　　D. 80

20. 通过 Internet 发送或接收电子邮件（E-mail）的首要条件是应该有一个电子邮件（E-mail）地址，它的正确形式是（　　）。

A. 用户名@域名　　B. 用户名#域名　　C. 用户名/域名　　D. 用户名.域名

二、Windows 基本操作

以下操作均在综合模拟五文件夹下操作。

（1）将考生文件夹下 ASSIGN＼COMMON 文件夹中的文件 LOOP.IBM 移动到考生文件夹下 GOD 文件夹中，并将该文件改名为 JIN.WRI。

（2）将考生文件夹下 BUMAGA 文件夹中的文件 CIRCLE.BUT 更名为 EXIT.DEC。

（3）将考生文件夹下 HOUSE 文件夹中的文件 TABLE.TXT 删除。

（4）将考生文件夹下 DAWN 文件夹中的文件 BEAN.PAS 的存档和隐藏属性撤消。

（5）在考生文件夹下 SPID 文件夹中建立一个新文件夹 USENET。

三、汉字录入

启动汉字录入程序，按照题目上的内容输入汉字。

【文档开始】

前面介绍的是狭义的系统定义。现在还有一种广义的说法，认为计算机系统是由人员、数据、设备、程序、规程五个部分组成，只有把它们有机地结合在一起，才能完成各种任务。这是强调了人的作用是意味深长的，许多经验表明，为了建立一个计算机系统，解决人的问题比解决设备还要重要。知道了计算机系统的定义，就不难理解微型计算机系统的组成。它也是由硬件系统和软件系统两大部分组成的。就普遍性而言，微机的硬件系统也可以说是由运算器、控制器、存储器、输入设备和输出设备五大部件组成的。就特殊性而言，上述说法就显得公式化、概念化了。

【文档结束】

四、Word 文字处理

1. 文字排版。

在综合模拟题\第五套文件夹下打开名称为 Word01 的文件，完成以下操作。

将标题设置为艺术字（艺术字样式为第二行，第二列），字体隶属，44 磅，艺术字填充为预设“孔雀开屏”。删除原有标题。

（2）作者名称右对齐，字体设置为四号，华文行楷。

（3）设置正文各段首行缩进 2 个字符，行间距为 1.5 倍。

（4）将正文中所有“硬币”一词格式替换为蓝色，加着重号，加粗。

（5）将第五段文字分为等宽 2 栏式，栏间距 2 cm，添加分隔线。

（6）给最后一段添加底纹填充颜色为灰色—25%，图案样式 5%。

（7）在第四段中插入图片“树.gif”，调整到合适位置；设置图片大小为高度 3.53 cm，宽度 3.53 cm；环绕方式紧密型。

2. 表格。

在综合模拟题\第五套文件夹下打开名称为 Word02 的文件，完成以下操作。

（1）设置表标题文字“用户登记表”为黑体，二号字，海绿色，居中。

（2）设置第一行行高为 1.5 cm；并制作斜线表头，采用样式一，行标题为“项目”，列标题为“序号”。

（3）设置表格外框线为双线，1.5 磅，内框线及斜线为蓝色，单线，1 磅。

（4）在序号为 0013 的用户登记行下方添加一个新用户，数据为“0014，钱中华，24，男”。

（5）设置表内所有文字中部居中。

（6）在表格最后一行利用公式分别计算最大年龄和最小年龄。

五、Excel 电子表格处理

在综合模拟题\第五套文件夹下打开名称为 Excel 的文件，完成以下操作。

（1）将 sheet1 表更名为“流通表”。

（2）在“流通表”中，为此表添加标题“学校图书馆五月份图书流通表”，字体为黑体、14 磅、居中对齐。

（3）分别求出“流通表”每个月各类图书借出的合计数和平均数（小数取 2 位），并填入相应单元格中。

（4）求出“流通表”每一类图书全年借出的类别平均数（小数取 2 位）并填入相应单元格中。

（5）将“流通表”每月所有信息按“月平均”降序排列并将最高 3 个月内容的字体颜色以红色，加粗表示。

（6）将“流通表”中表格的底纹设置为“灰度–25%”，自行设置表格的边框线，要求内外边框线样式要有区别。

（7）根据“流通表”五类图书的类别平均值据创建一个“饼图”，显示在 I3:L16 区域，要求以“类别”为“图例”，放置于图表底部。

六、Powerpoint 演示文稿制作

在综合模拟题\第五套文件夹下打开名称为 PPT 的文件，完成以下操作。

（1）将每张幻灯片的标题字体均设置为楷体，字号不变。

（2）给第二张幻灯片添加页脚，页脚为“海龟”，居中对齐。

（3）给第二张幻灯片添加一个动作按钮，链接到“下一张幻灯片”。

（4）设置第三张幻灯片中剪贴画的动画效果为“回旋”，其余选项默认。

（5）将第五张幻灯片的版式设置为“标题和文本”。

（6）添加第六张幻灯片，版式设置为“只有标题”，输入文字“谢谢观看!”。设置字号为60 磅，居中对齐。

（7）设置第 1～3 张幻灯片的切换方式为“盒状展开”，第 4～6 张幻灯片为“水平梳理”。

（8）将整个演示文稿设置为 Fireworks 模板。

七、上网题

接收并阅读由 j2000@126.com 发来的 E-mail，并立即回复。回复内容：“邮件已收到！祝工作顺利！”，并将 Word.exe 文件作为附件发送。